Alicia Giménez-Bartlett
Boten der Finsternis

UT *metro* wird
herausgegeben von
Thomas Wörtche

Zu diesem Buch

Petra Delicado gibt unvorsichtigerweise ein Fernsehinterview. Bald darauf treffen Päckchen bei ihr ein – mit äußerst beunruhigenden Inhalten.

Ein Irrer, der auf die gut aussehende Inspectora fixiert ist, vermutet Subinspector Fermín Garzón. Oder doch etwas Größeres? Etwas viel Größeres sogar. Petra und Fermín haben sich mit einer üblen Sekte angelegt. Glauben die beiden, die sich wieder ganz schön in der Wolle haben. Aber hinter der Sekte stecken noch ganz andere Kräfte. Das Ermittlerduo aus Barcelona muss ins kalte Moskau fliegen.

»Auch wenn es unwahrscheinlich klingt: Alles in diesem Roman entstammt direkt der Realität. Das Leben ist stärker als die Dichtung.« *Alicia Giménez-Bartlett*

»Petra Delicado und Fermín Garzón sind ein ungewöhnliches Paar, das Mut, Intuition und Scharfsinn beweist.«
Klaus Ickert, Bayrisches Fernsehen

Die Autorin

Alicia Giménez-Bartlett, geboren 1951 in Almansa, lebt und arbeitet in Barcelona und gehört zu den erfolgreichsten Schriftstellerinnen Spaniens. 1997 erhielt sie den »Premio Femenino Lumen«. Die Petra-Delicado-Romane waren die Vorlage für eine 13-teilige Fernsehserie mit Ana Belén in der Titelrolle.

Mehr über Buch und Autorin im Anhang
oder auf *www.unionsverlag.ch*

Alicia Giménez-Bartlett
Boten der Finsternis

Aus dem Spanischen von Sybille Martin

Unionsverlag

Die Originalausgabe erschien 1999
unter dem Titel *Mensajeros de la oscuridad*
bei Plaza & Janés, Barcelona.

Auf Internet
Aktuelle Informationen
Dokumente, Materialien
www.unionsverlag.ch

Unionsverlag Taschenbuch 217
© by Alicia Giménez-Bartlett 1999
© by Unionsverlag Zürich 2001
Rieterstrasse 18, CH-8027 Zürich
Tel. 0041-1-281 14 00, Fax 0041-1-281 14 40
mail@unionsverlag.ch
Alle Rechte vorbehalten
Umschlaggestaltung: Heinz Unternährer, Zürich
Druck und Bindung: Clausen & Bosse, Leck
ISBN 3-293-20217-9

Die äußeren Zahlen geben die aktuelle Auflage
und deren Erscheinungsjahr an:
1 2 3 4 5 - 04 03 02 01

1

An allem war das verdammte Fernsehen schuld.

Na gut, das ist ein bisschen übertrieben. Es war hauptsächlich meine Schuld.

Was? Im Fernsehen aufzutreten.

Warum? Weil ich mich nicht entziehen konnte. Ich habe mich einfach in Versuchung bringen lassen. Natürlich nur, um einen guten Eindruck zu machen.

Eines Tages rief mich der Comisario zu sich und hielt mir einen langweiligen Vortrag: Die Zeiten hätten sich sehr geändert, das Image der Polizei dürfe man nicht auf die leichte Schulter nehmen, die Dinge würden immer schwieriger. Ich wusste sofort, dass er mich um etwas bitten wollte, das nicht zu meinen Pflichten gehörte. Denn wenn der Comisario wünscht, dass man seine Arbeit macht, dann bellt er und aus. Nach langem Drumherumgeschwafel ließ er mich wissen, das jemand aus dem Dezernat im Fernsehen interviewt werden sollte. Wer, das hatte man ihm überlassen. Seine originelle Begründung kann ich nicht mehr hören. Sie belastet, verletzt und zermürbt: »Eine Frau macht sich immer besser.« Trotzdem habe ich zugesagt. Reine Eitelkeit.

Am Tag meiner Sternstunde wurde ich von einem Wagen mit Chauffeur abgeholt und ins Fernsehstudio in Sant Cugat gefahren. Dort erwartete mich Pepe Pedrell, ein Journalist, der durch seine Interviews mit eher schrägen Leuten berühmt geworden war. So ungewöhnliche Leute wie ein Bulle, der locker plaudert, und, noch ungewöhnlicher, eine Frau war. Als wir genug über Trivialitäten geplaudert hatten, kamen wir endlich zum Kern des Interviews. Es mag ja sein, dass die Leute, die Pedrell einlädt, eher außergewöhnlich sind. Seine Fragen hingegen waren gewöhnlich. Am Anfang war ich noch recht schüchtern, aber nach fünf oder sechs Fragen entspannte ich mich. Die Ruhe im Studio, die Aufmerksamkeit, die meinen Worten geschenkt wurde. Ich weiß nicht, was mich gebissen hatte, aber ich fühlte mich wie Gloria Swanson und verhielt mich auch so. Ich war originell, locker, kokettierte mit Kamera und Moderator, zeigte mich menschlich und aufrichtig, nett gegen Straffällige und gesetzesstreng. Ich war so überzeugt von mir, dass mein ganzes Wesen nach Einfluss und Glanz heischte, aber mindestens nach einer Szene à la Marguerite Gautier, die noch beim Husten und Blutspucken zärtliche Liebesworte flüsterte.

Zu Hause kam die Reue. War das nicht eine Riesendummheit gewesen? War ich nicht zu weit gegangen? Ich ging mit unsäglich mieser Laune ins Bett.

Am nächsten Tag umspülte mich im Kommissariat eine Welle der Popularität. Schon an der Tür klatschten die Wachen. Ich sah mich nach einer Berühmtheit um, aber der Applaus galt mir. »Aber hallo, Inspectora, Sie haben toll ausgesehen!«

Ich fühlte mich geschmeichelt. »Toll?«

»Ja, super, wenn Sie erlauben.«

Sie waren nicht die Einzigen. Auf dem Flur wurde ich ständig angehalten und hörte begeisterte Kommentare. Komischerweise waren die Komplimente so technisch und förmlich wie der Medienslang selbst.

»Was für eine Präsenz!«, rief mir ein Kollege zu.

»Die Kamera liebt Sie!«, sagte eine Sekretärin.

Und eine Putzfrau rief: »Sie füllen den Bildschirm, eine Augenweide!«

Der Comisario rief mich in sein Büro, um mich begeistert für das Bild der Polizei, das ich gezeichnet hatte, zu beglückwünschen. Wie üblich setzte er mit dem Spruch: »Ich wusste ja, dass Sie die richtige Wahl sind«, noch einen drauf.

Konfus und ein bisschen schwindlig flüchtete ich in mein Arbeitszimmer. Dort wartete schon Garzón mit einem ironischen Grinsen, das von einem Ohr zum anderen reichte.

»Soll ich Ihnen drei Sternchen auf die Garderobentür kleben? Soll ich mich an Ihren Agenten wenden oder kann ich Sie direkt ansprechen?«

Als er zum dritten Kommentar ansetzen wollte, knallte ich ihm an den Kopf: »Verarschen Sie mich nicht, Garzón!«

Das war die magische Formel, um weiterem Blödsinn vorzubeugen. Da lachte mein lieber Kollege und Freund herzlich auf und gratulierte mir. »Sie waren sehr gut«, sagte er. Geschmeichelt und dämlich wie ich war, glaubte ich ihm.

Drei Tage nach meinem Auftritt setzte eine Flut von Briefen ein. Im Kommissariat kam täglich bergeweise Post an. Sie unterschied sich von der normalen Dienstpost, weil auf den Umschlägen Petra Delicado Gonzálvez stand. Mein zweiter Familienname war falsch eingeblendet worden. Ich heiße González. Solange der Strom anhielt, öffnete ich die Fanpost kurz vor Feierabend. Garzón kam dann immer in mein Büro, um Akten abzuheften. Ich las ihm gelegentlich einen komischen Absatz vor oder kommentierte witzige Einfälle. Aber eigentlich erschreckte mich das Echo, das diese verdammte Medienmaschine bewirkte. Einmal las ich Garzón, der mit seinen Papieren beschäftigt am anderen Ende des Tisches saß, folgenden Absatz vor: »Mein Vater wurde mehrmals wegen Raub verurteilt und war im Gefängnis. Die Polizei hat ihn nie gut behandelt. Ihr Auftritt im Fernsehen hat mich davon überzeugt, dass das heute anders ist. Mit herzlichem Gruß, Mari Carmen.«

Garzón sah mich an.

»Ich bin mir nicht so sicher, ob das stimmt«, sagte er.

»Ich auch nicht.«

Zum Glück gab es auch weniger anklagende Briefe. »Ihr Pulli war sehr schick«, schrieb mir eine Señora. Und ein Herr aus Bilbao erläuterte: »Ich führe eine private Liste, in der ich notiere, wie oft in Fernsehinterviews das Wort ›demzufolge‹ gebraucht wird. Es ist erschlagend, glauben Sie mir. Ich muss Ihnen gratulieren, Sie haben es nicht ein einziges Mal gesagt.« Der Subinspector lachte und heftete weiter gnadenlos seine Papiere ab.

»Die Leute sind schon komisch, oder, Garzón?«

»Wem sagen Sie das, Inspectora.«

Zwischen den Briefen lag ein Päckchen. Daran war nichts Besonderes, ich hatte schon am Vortag eines erhalten. Eine alte Frau hatte mir ein Taschentuch geschickt, das sie in einsamen Stunden umhäkelt hatte. Ich war gerührt. Aber ein Päckchen ist immer auffällig, deswegen öffnete ich es als Nächstes. Es war klein, in normales Packpapier gewickelt und trug den falschen Familiennamen. Deshalb hielt ich es für ein Geschenk von einem Bewunderer. Darin befand sich eine schwarze Plastikschachtel. Als ich den Deckel abnahm, lag obenauf eine Schicht Watte. Ein Schmuckstück? Ich hob die Watte ein wenig an und … was ich sah, ließ mich instinktiv die Hand zurückziehen. Verwirrt versuchte ich den Inhalt zu erkennen. Es war ein neues, glattes Plastiktütchen, in dem so was wie … Mein Magen rebellierte.

»Garzón, könnten Sie mal kurz herkommen?«, flüsterte ich.

Garzón war beschäftigt und grunzte: »Hmm?«

»Garzón, kommen Sie bitte mal her.«

Er nahm die Hornbrille ab und kam langsam zu meinem Schreibtisch herüber.

»Könnten Sie sich das mal ansehen?«

Der Subinspector beugte sich sorglos über die Schachtel. Ich beobachtete ihn und sah bei ihm denselben unbewusst angewiderten Ausdruck, den mein Gesicht wenige Sekunden zuvor gehabt haben musste.

»Was ist denn das?«, fragte er mit zugekniffenen Augen, angeekelt und überrascht.

»Ich weiß nicht. Es war in dem Päckchen, das ich gerade aufgemacht habe.«

Ein paar endlose Minuten vergingen. Das Objekt faszinierte uns. Es war … Es war schwer zu beschreiben. Etwas ohne konkrete Form, eher ein länglicher Fetzen, der allem Anschein nach organisch zu sein schien. Seine Färbung schwankte zwischen dunkelblau und violett und er schwamm in einer transparenten Flüssigkeit. Garzón machte eine Handbewegung, aber ich stoppte ihn: »Nicht anfassen!« Er wollte es jedoch nur leicht mit dem Kugelschreiber berühren. Das Tütchen bewegte sich und der mysteriöse

Inhalt zeigte Gewicht und Elastizität. Der Subinspector wiederholte die Prozedur. Dann kratzte er sich heftig die Wange und sagte: »Petra, entweder habe ich den Verstand verloren oder das ist ein menschlicher Penis.«

Ich begann leicht zu zittern. »Das ist es, nicht wahr? Ein abgetrennter Penis. Das habe ich auch gedacht.«

Subinspector Garzón wurde plötzlich ausgesprochen nervös, er rannte aufgeregt hin und her und stieß dann aus: »Das ist unmöglich! Da muss man doch was machen! Wem gehört der? Vielleicht kann man ihn wieder annähen!« Es war, als litte er an einem momentanen Verlust von Logik.

Ich bremste ihn. »Wovon reden Sie eigentlich, Fermín?«

Er wurde immer aufgeregter. »Natürlich, Petra, ich habe das schon öfter gelesen. Auch wenn er ganz abgeschnitten ist, kann man ihn wieder annähen und er funktioniert wieder!«

Ich packte ihn am Arm und zwang ihn, mich anzusehen. »Kommen Sie wieder runter! So eine Operation ist nur möglich, wenn die Abtrennung gerade stattgefunden hat. Außerdem, Fermín, wem soll er denn wieder angenäht werden?«

Er beruhigte sich und starrte auf das traurige Überbleibsel. »Sind wir wirklich sicher, dass es das ist, was wir glauben?«

Offensichtlich litt der gute Garzón an einem nicht unbekannten Syndrom. Tatsächlich hatte ich schon öfter zu meiner Bestürzung gelesen, dass eine Kastration zu hektischem Aktivismus führen kann. Ärzteteams rasen los und beeilen sich, das Organ wieder anzunähen. Sogar meine Kollegen, die sich im Umgang mit einem Kriminellen normalerweise ziemlich gelassen zeigen, sputen sich, wenn es sich um ein abgetrenntes Glied handelt. Ich habe immer geglaubt, das sei ein atavistischer Zug von Männern, eine perverse Solidarität angesichts des Totempfahls.

»Gehen wir Schritt für Schritt vor, Subinspector.« Ich holte das Packpapier wieder aus dem Papierkorb. Kein Absender. Mein Name und die Anschrift waren mit dem Computer geschrieben. Ich konzentrierte mich auf den falsch geschrieben Familiennamen.

Das hübsche Geschenk stammte tatsächlich von einem Fernsehzuschauer. Ich legte das Papier vorsichtig auf meinen Schreibtisch.

»Was halten Sie davon, Subinspector, wenn wir dem Comisario einen Besuch abstatten? Er wirft bestimmt gerne mal einen Blick drauf.«

»Verdammt, hoffentlich trinkt er nicht gerade seinen Milchkaffee. Er verschluckt sich sonst.«

Der Comisario verschluckte sich keineswegs am Kaffee, sondern an seinen Worten. Wir baten ihn, in mein Büro zu kommen, damit wir die Schachtel nicht anfassen mussten. Als er davor stand, reagierte er genau wie wir. Er fuhr angewidert zurück. Dann sagte er mit einer seltsamen Mischung aus Mystik und Vulgarität:

»Großer Gott! Sieht aus wie ein Schwanz!«

Darauf wagte niemand etwas zu sagen. Schließlich tat der Comisario, was zu tun war. Er ließ jemanden aus dem Labor kommen. Kurz darauf trug einer unserer Männer das Schächtelchen und das Papier mit zwei Pinzetten hinaus. Als das obskure Objekt endlich verschwunden war, hing etwas Geheimnisvolles im Raum. Wir waren sprachlos.

»Wo ist der Rest?«

»Welcher Rest?«

»Na, der Mann dazu.«

Comisario und Subinspector liefen sichtbar Schauer über den Rücken.

»Er kann tot sein, aber auch noch am Leben.«

»Vielleicht ist es ein Verrückter, der sich selbst verstümmelt hat, als er Sie im Fernsehen gesehen hat.«

Ich fuhr alarmiert auf.

»Wer macht denn so was? Und warum?«

»Na, weil er verrückt ist und sich in Sie verliebt hat. Er begreift, dass es eine unmögliche Liebe ist, und schickt Ihnen den Penis. So ist dieser Körperteil der Geliebten nah.«

Ich sah den Comisario neugierig an. Er war mir immer wie ein ganz normaler Mann vorgekommen, der sich nur für Dienstangelegenheiten interessierte. Aber nein, Comisario Coronas hatte Fantasie. Ich versuchte zu scherzen:

»Comisario, ich sehe schon ein, dass man ein bisschen verrückt sein muss, um sich in mich zu verlieben, aber ... so verrückt?«

»Petra, da draußen laufen jede Menge Bekloppter herum. Was wissen wir denn schon über den Einfluss des Fernsehens auf die Fantasie von all den unglücklichen Irren.«

»Stimmt. Und außerdem haben sie mit dem schicken blauen Jackett so hübsch ausgesehen«, sagte Garzón.

»Meine Herren, das klingt nicht sehr professionell.«

Der Comisario reagierte:

»Ist es auch nicht, ich habe nur so geredet. Bleiben wir bei den Tatsachen. Der Laborbericht wird nicht lange auf sich warten lassen. Morgen früh gehen Sie, Garzón, zum Richter, er muss eine Untersuchung anordnen. Und heute Nachmittag werden wir die Notaufnahmen der Krankenhäuser abklappern. Gut möglich, dass gestern oder vorgestern jemand mit großem Blutverlust eingeliefert worden ist.«

»Ach ja? Und mit diesem Blutverlust ist er noch zur Post gegangen und hat das Päckchen aufgegeben?«

»Bringen Sie mich jetzt nicht durcheinander. Das wird jetzt gemacht. Ach ja, ich will spätestens in einer Stunde die Berichte über Ihre aktuellen Fälle auf dem Tisch haben. Ich werde sie anderen Kollegen übertragen und Sie werden sich um diesen hier kümmern.«

»Ja, Señor«, antwortete Garzón zackig.

Nachdem er die Organisation unseres Arbeitsalltags auf den Kopf gestellt hatte, schwirrte Comisario Coronas zufrieden mit seinem energischen Auftritt ab. Doch dann drehte er sich um und setzte noch eins drauf.

»Noch was, Petra, bis sich das aufgeklärt hat, stelle ich Ihnen nachts einen Streifenwagen vor die Tür.«

Eine rote Wolke des Zorns verschleierte meinen Blick.

»Was? Oh nein, Comisario, kommt nicht in Frage, das ist nicht nötig!«

»Das glauben Sie. Vergessen Sie nicht, dass Sie das Päckchen bekommen haben. Ich finde es überhaupt nicht witzig, wenn ein wild gewordener Verrückter Ihnen nachstellt, weil er sich in einem Anfall kastriert hat.«

»Aber Comisario, das ist lächerlich! Ich kann selbst auf mich aufpassen, außerdem …«

»Kein Außerdem. Ich befehle, Sie gehorchen und basta!«

Ich blieb mit Garzón zurück. Der Witzbold konnte sich ein Grinsen nicht verkneifen. Endlich hatte mich jemand zurechtgewiesen.

»Das ist lächerlich!«

»Der Comisario hat Recht.« Der Subinspector spielte den Vernünftigen.

»Wie, er hat Recht? Diese Geschichte vom verrückten Selbstverstümmler, die er sich gerade ausgedacht hat, ist doch absolut lächerlich. Wissen Sie, was wirklich los ist? In Coronas ist ein väterliches Gefühl für arme, hilflose und halbwegs dämliche Frauen hochgeschwappt.«

Garzón polierte sich die Fingernägel am Hosenbein. Er zog ein gelangweiltes Gesicht, wie ein Schüler, der zum tausendsten Mal den Erklärungen des neurotischen Lehrers lauscht.

»Und Sie, Fermín, finden das alles sehr komisch, weil es Sie nicht betrifft. Ich muss den Quatsch mit der Streife vor der Haustür ertragen. Das wird immer so gemacht, nicht wahr?«

»Kommt drauf an, wie der Comisario drauf ist. Er kann Ihnen auch einen Inspector vorbeischicken. Vielleicht sogar ein paar Husaren, die mit den Säbeln salutieren, wenn Sie das Haus verlassen.« Er lachte laut.

»Sehr witzig. Tun Sie mir den Gefallen und verschwinden Sie. Tun Sie, was der Comisario angeordnet hat. Und machen Sie sich darauf gefasst, Garzón, dass es in diesem Fall Arbeit hageln wird.«

Garzón nahm mich nicht ernst. So weit waren wir also. Meine Autorität bröckelte.

Wutschnaubend fuhr ich nach Hause.

Ich ließ mir ein Schaumbad ein und drehte das Radio volle Pulle auf. Die Aussicht, jemanden zur Bewachung vor der Haustür zu haben, erzeugte eine Welle des Unmuts in mir. Es war eine Art Kindheitstrauma, deshalb war mein Widerstand auch so groß. Schon als Mädchen hatte ich es nicht gemocht, an einem Ort nicht völlig allein zu sein. Ich wollte, dass meine Eltern ins Theater oder mit Freunden essen gingen, damit ich das Haus für mich hatte. In der Schule, wenn eine der unausstehlichen Nonnen uns die ständige Anwesenheit eines Schutzengels predigte, war mir zum Sterben zumute. Ich erinnere mich sogar, dass ich einmal das Fenster geöffnet und mit der Schlafanzugjacke gewedelt hatte, als wollte ich eine Fliege verscheuchen. Ich hoffte, den Engel zu vertreiben. Neurotisch?

Ich habe seit zwei Monaten eine neue Haushaltshilfe. Die unbezahlbare Azucena hatte gekündigt, mir aber eine Nachfolgerin besorgt. Julieta, Anfang zwanzig, kümmerte sich jetzt um mich. Im Wesentlichen hatte sich nichts geändert. Nur das Essen. Julieta war, wie sie aussah: Ein Späthippie, die vegetarisch und ökologisch lebte und wer weiß welchen ansteckenden Gesinnungen noch anhing. Vom Herd verschwanden Azucenas gehaltvolle Linsensuppen und aus der Mikrowelle ihre würzigen Chorizos. Julieta begann vorsichtig mit Tortillas aus feinen Kräutern. Weil ich nichts sagte, wagte sie sich an makrobiotische Köstlichkeiten. Bald fand ich beim Heimkommen unansehnliche Algeneintöpfe und Erläuterungen von Julieta vor, in denen sie ein Loblied auf die Vorzüge ihrer Spezialitäten sang. Ich bat sie nur deshalb nicht um eine Änderung des Speiseplans, weil ihre Gerichte, ehrlich gesagt, gut schmeckten. Außerdem mutierte ich mühelos zur Elfe.

Diesmal fand ich in der Mikrowelle eine Art kleine braune Baskenmütze auf Kartoffelboden. Ich las die Notiz, die Julieta mir unter einen Magnet am Kühlschrank gehängt hatte. »Das ist ein Tofuburger. Tofu ist das Fleisch der Vegetarier, mit viel Proteinen und Energie. Ich hoffe, er schmeckt Ihnen.« Das war der Gipfel. Ich nahm mir vor, sie am nächsten Tag anzurufen und ausdrücklich um ein bluttriefendes Steak zu bitten. Aber vielleicht war das nur eine Folge meiner schlechten Laune. Ich versuchte mich zu beruhigen, wärmte den Pseudohamburger auf und aß ihn. Selbst in meinem Zustand musste ich zugeben, das er gut schmeckte. Mit einem Glas Rioja fast eine Delikatesse. Vielleicht gar keine so schlechte Idee, Grünzeug zu essen und die Kühe in Frieden zu lassen.

Die Szene mit dem Comisario erschien mir jetzt eher unsinnig und fantastisch. Warum hatten Garzón und Coronas von einem Fall gesprochen? Gab es einen Fall? Nichts wies darauf hin, dass wir einen Fall hatten. Ich hatte von einem anonymen Spender einen Penis erhalten. Wenn ich weiter darüber grübelte, kamen die absurdesten Ideen heraus. Weil es absurd war, so ein Geschenk zu bekommen.

Ich schlug ein Buch auf, konnte mich aber nicht konzentrieren. Ich schaltete alle Lichter aus und spähte vorsichtig zum Fenster hinaus. Da waren sie, zwei Polizisten im Streifenwagen. Genau vor der Haustür. Der Comisario war ein Neurotiker, hatte wohl zu viele schlechte Krimis gesehen. Hatte ich nicht das Recht, eine Leibwache zu verweigern? Ich sollte meine Gesetzbücher konsultieren, also schaltete ich das Licht wieder an, aber da sah ich einen anderen Wagen näher kommen und schaltete es instinktiv wieder aus. Verstärkung? Falscher Alarm, der Wagen fuhr weiter und verschwand um die Ecke. Ich schaltete das Licht wieder ein und nahm mein Buch zur Hand. Das Telefon klingelte.

»Inspectora, sind Sie in Ordnung?«

»Wer ist da?«

»Ach, Verzeihung, ich bin's, ich meine, Sargento Marqués. Wir stehen hier vor Ihrem Haus, und als Sie das Licht ein- und ausgeschaltet haben, habe ich gedacht, Sie wollen uns ein Zeichen geben.«

Ich atmete tief durch und zählte bis drei.

»Sargento, tun Sie mir den Gefallen und kommen Sie an die Tür. Ich mache auf.«

»Wie Sie befehlen, Inspectora. Sind Sie in Ordnung?«

»Ja, verdammt noch mal, ich bin in Ordnung.«

Jetzt wusste ich, dass der beliebteste Zeitvertreib aller Polizisten tatsächlich schlechte Krimis waren. Als ich den Sargento und seinen Begleiter sah, ließ mein Ärger nach. Ich war fast gerührt. Vor mir standen zwei hoch aufgeschossene Grünschnäbel, Cheruben in Uniform. Sie sahen mich respektvoll an. Marqués setzte zu einer Entschuldigung an. Ich unterbrach.

»Wer hat Ihnen angeordnet, vor meinem Haus Wache zu schieben?«

»Der Comisario höchstpersönlich, Inspectora.«

»Und wenn ich Sie zurückschicken würde, müssten Sie trotzdem bleiben, oder?«

Sie sahen sich verständnislos an.

»Ja, natürlich. Dann sage ich Ihnen, was wir machen. Ich bin überhaupt nicht in Gefahr. Der Comisario hat Sie geschickt, weil er übertreibt und ein großer Freund von Formalitäten ist. Aber ich versichere Ihnen, dass für mich keinerlei Gefahr besteht. Fahren Sie den Wagen weg, parken Sie außer Sichtweite, entspannen Sie sich. Sie können auch schlafen.«

»Kommt nicht in Frage«, rief der Sargento entrüstet. «Höchstens abwechselnd.«

»Also gut, und was tut der, der wach bleibt?«

»Ich höre per Kopfhörer die Hitparade«, sagte der andere Polizist namens Palafolls.

»Ich hänge lieber meinen Gedanken nach«, erklärte Marqués.

»Wunderbar, tun Sie, was Sie wollen, und machen Sie sich keine Sorgen, ob ich das Licht ein- oder ausschalte, ob es seltsame Geräusche gibt oder die Türen quietschen, verstanden?«

»Und wenn wir einen Schrei hören, Inspectora?«, fragte Palafolls. Marqués verabreichte ihm mit dem Ellbogen unverhohlen einen Stoß in die Rippen. Ich antwortete mit Engelsgeduld:

»Sie sollen ja nicht leiden. Wenn ich eine Maus sehe, werde ich mich beherrschen.« Ich machte zwei Schritte in Richtung Tür:

»Kann ich Ihnen etwas anbieten, ein Glas Milch, einen Kaffee?«

»Nein danke, Inspectora, wir wollen nicht weiter stören.«

Sie trabten brav davon, wie Kinder, die zum Sammeln von Tür

zu Tür gingen. Ich hatte schon Angst, dass man ihnen inzwischen den Wagen gestohlen hatte. Wie peinlich, Comisario Coronas! Natürlich postierte er vor meiner Haustür keine erfahrenen Spitzenleute. Auf diese Weise erfüllte er das Protokoll und fertig. Mit einem mulmigen Gefühl ging ich ins Bett, war aber so müde, dass ich sofort einschlief.

Ich würde lügen, wenn ich behauptete, am nächsten Tag nicht gespannt wie ein Flitzbogen ins Büro gefahren zu sein. Hatten wir nun einen Fall? Als mir ein Streifenpolizist mitteilte, dass der Comisario mich erwartete, ahnte ich, dass wir wirklich einen Fall hatten. Garzón war schon da.

»Setzen Sie sich, Inspectora«, befahl Comisario im Stile eines allgewaltigen Herrschers. »Wir haben schon die ersten Ergebnisse aus der Voruntersuchung. Fahren Sie mit dem Bericht fort, Fermín.«

Garzón klappte eine Mappe auf, als müsse er ablesen, ließ dann aber die Spielchen und erläuterte:

»Gleich vorweg: Das Objekt in dem Schächtelchen ist ein echter Penis. Der Richter hat polizeiliche Ermittlungen angeordnet, Doktor Joaquín Montalbán vom gerichtsmedizinischen Institut wird ihn in einer Stunde untersuchen. Er hat uns mitgeteilt, dass wir an der Sektion teilnehmen können, wenn wir wollen. Fingerabdrücke: Das Packpapier ist voll davon, für die Ermittlungen sind sie absolut nutzlos. Ihr Name und die Anschrift sind auf einem gewöhnlichen Computer geschrieben worden. Möglicherweise kein Markenfabrikat, der Ausdruck stammt von einem Tintenstrahldrucker, von denen es Tausende gibt. Auf dem Päckchen klebten mehr Briefmarken als nötig. Es wurde in einen Briefkasten eingeworfen und ging von dort zum Hauptpostamt, wo es abgestempelt wurde. Der Grund für die Überfrankierung könnte sein, dass der Absender nicht in einem Stadtteilpostamt wiedererkannt werden wollte und damit das Päckchen nicht den Stempel einer Nebenstelle trägt. Mit der Überfrankierung konnte er sichergehen, dass die Sendung ankommt und nirgendwo auftaucht. Können Sie mir folgen, Inspectora?«

»Wie ein Hündchen«, säuselte ich.

»Mit anderen Worten ...«, fuhr Garzón fort, der in seiner Rednerrolle ganz aufging, »wir können davon ausgehen, dass der Absender mit Arglist gehandelt hat. Was gewiss nichts Gutes verheißt.«

»Gab es in den letzten Tagen irgendeinen Toten, der auch kastriert wurde?«

»Weder in den letzten Tagen noch Monaten, Inspectora. Wenn es einen kastrierten Toten gibt, dann muss er erst gefunden werden. Mehr noch, wir haben die Akten vom Meldeamt durchgesehen, in denen Amputationen verzeichnet werden. Nichts. Um ganz sicher zu gehen, haben ich und die Leute, die mir der Comisario zur Verfügung gestellt hat, gestern Abend alle Krankenhäuser abgeklappert, aber nichts mit versehentlichen oder aus medizinischen Gründen erfolgten Kastrationen.«

Coronas mischte sich ein.

»Angesichts der seltsamen Umstände des Falles bittet Sie der Richter um größtmögliche Diskretion. Mit anderen Worten, sollte Ihnen auf der Straße ein Reporter über den Weg laufen, wechseln Sie die Straßenseite, und wenn er dann immer noch hinter Ihnen her ist, lügen Sie ihn an. Die Richter haben es satt, dass die Presse die Sensationsgier der Leute noch anstachelt.«

»Es wird nicht einfach sein, denen aus dem Weg zu gehen.«

»Versuchen Sie es trotzdem. Haben Sie eigentlich die Unterlagen Ihrer Fälle mitgebracht? Ich werde Ihnen Bescheid geben, woran Sie weiter arbeiten können. Aber ich sorge dafür, dass Sie weitgehend frei sind. Ich will nicht, dass diese Geschichte ausufert, wie ich schon sagte, das ist eine attraktive Story und ein gefundenes Fressen für die Presse, wenn sie nicht aufgeklärt wird. Verstanden? Okay.«

»Und was ist mit meiner nächtlichen Leibwache, Comisario?«

»Die sollen noch ein paar Tage bleiben. Man könnte ja glatt meinen, die stören Sie!«

»Sie stören mich psychisch.«

»Wenn eine Woche lang alles still bleibt, ziehe ich sie ab. Bis dahin vergessen Sie die Psychologie und machen Sie sich an die Arbeit.«

Ich machte eine Handbewegung, die meinen Ärger ausdrückte. Darauf fügte Coronas hinzu:

»Und seien Sie nicht so dickköpfig und eigenbrötlerisch! Bei einer Polizistin macht sich das nicht gut.«

Garzón, der schon im Flur stand, konnte seine kindliche Freude nicht verbergen. Wie immer, wenn er mich heruntergeputzt sah. Und außerdem waren dickköpfig und eigenbrötlerisch die beiden Adjektive, die er sofort unterschrieben hätte. Er war zufrieden. Ich ging zum Angriff über.

»Außer sich einen in den Bart zu grinsen, gibt es noch was, was Sie mir mitteilen sollten?«

Er hielt es nicht mal für nötig zu widersprechen und zog das schäbige Notizbuch hervor, das er immer bei sich trug:

»Um elf findet die Autopsie des Überbleibsels statt. Meinen Sie, wir sollten dabei sein?«

»Na klar. Aber vorher gehen wir frühstücken.«

Garzón und ich freuten uns immer, wenn wir zusammenarbeiten konnten, aber diesmal spürte ich bei ihm eine ähnliche Reserviertheit wie bei mir. Nicht, dass etwas Besonderes die Situation erschwert hätte, aber uns schmerzte wie bei einem bevorstehenden Gewitter eine Narbe. Die Gründe dafür waren etwas Symbolisches oder Irrationales. Und mehr Symbol wie dieses echt freudianische, in Alkohol konservierte Teil ging nicht mehr. Das verfluchte Päckchen drohte, die verborgensten Gespenster des Geschlechterkampfes heraufzubeschwören. Es war noch zu früh, um dieses Problem sachlich anzusprechen, es würde noch Gelegenheit zu Klarstellungen geben.

Wir frühstückten in einer Kneipe gegenüber dem gerichtsmedizinischen Institut. Der Subinspector war davon überzeugt, dass wir einen Fall hatten. Wie üblich formulierte er unaufgefordert und ohne sich auch nur im Geringsten an die Logik zu halten, eine kleine Beschreibung.

»Das ist ein Verrückter, der wegen Ihnen ausgeflippt ist, Inspectora, Sie werden sehen. Irgendein Verwandter oder Nachbar wird ihn in einer Blutlache finden. Sie bringen ihn ins Krankenhaus, die Notaufnahme gibt uns Bescheid und Ende.«

»Sie scheinen ja viel Erfahrung mit herrenlosen Penissen zu haben.«

»Das nicht gerade, aber mit einsamen Typen schon, Inspectora. Glauben Sie mir, da draußen läuft ein Haufen Verrückter herum. Männer und Frauen, die ständig in der Dunkelheit leben. Stellen Sie sich selbst allein in einem Raum vor, allein mit Ihren Obsessionen, Ihren Zwangsvorstellungen. Wo führt das hin? In der Öffentlichkeit wirken die völlig normal. Nicht alle Verrückten sind in der Psychiatrie.«

Garzón hatte mein Zusammenzucken bemerkt. Er kannte mich gut genug, um zu wissen, was mich beeindruckte. Ich kannte ihn gut genug, um zu wissen, dass er dann weitermachte. Und das tat er.

»In Salamanca wurden wir einmal von der Policia Municipal gerufen. Mehrere Leute hatten dort angerufen, weil sie die ganze Nacht dumpfe Schläge an der Wand gehört hatten und nicht schlafen konnten. Die Streifenpolizisten hatten ein komisches Gefühl und ließen uns kommen. Wir mussten die Tür aufbrechen, hinter der wir Wimmern hörten. Verdammt, Inspectora, ich bin als Erster rein. Das war wie in Dantes Inferno. Die Wand war blutbespritzt und mitten im Zimmer lag ein nackter Kerl mit zertrümmertem Schädel. Wir sahen uns um und stellten fest, dass es keine Schlägerei gegeben hatte. Der Typ war ein armer Irrer, Inspectora, er hatte sich in einem Anfall von Wahnsinn die ganze Nacht über den Kopf an der Wand kaputtgeschlagen. Es war schrecklich, ehrlich.«

Ich bekam mein Stück Croissant nur schwer hinunter. Also trank ich einen ordentlichen Schluck Kaffee zum Nachspülen. Garzón beobachtete mich schadenfroh, und als er sah, dass ich die Geschichte geschluckt hatte, ohne die Haltung zu verlieren, fuhr er fort.

»Und ich erinnere mich an ein anderes Mal, als ich einen Selbstmörder entdeckte ...«

Er hatte erreicht, was er wollte. Ich ging in die Luft.

»Fermín, wenn Sie wollen, dass ich mir einen Kerl vorstelle, der sich bei meinem Anblick im Fernsehen röchelnd den Schwanz abschneidet, dann kann ich Sie beruhigen: Ich habe es mir schon vorgestellt. Der arme Irre hat sich auf den ersten Blick in mich verliebt, hat die Popcorntüte beiseite gelegt und sich an die Arbeit gemacht. Dann hat er, ohne Fingerabdrücke zu hinterlassen, ein raffiniertes Päckchen geschnürt und es in den Briefkasten gesteckt. Und das alles, während er verblutet! Was sehr verdienstvoll ist und seine große Liebe beweist!«

»Werden Sie nicht gleich so rabiat. Glauben Sie, dass ich Ihnen Blödsinn erzähle? Wenn ich mir einen einsamen, unglücklichen Mann vorstelle, dann denke ich an das Bild, das Sie in diesem Interview gegeben haben.«

»Was für ein Bild?«

»Vor allem ein mütterliches.«

»Mütterlich?!«

»Das ganze Verständnis für den Verbrecher und die Beladenen, Ihr gelassenes Lächeln, Ihre Behauptung, dass die Polizei nicht mehr so wie früher ist, den Diensteifer, den sie heute dem Bürger gegenüber zeigt, ihn beschützen zu wollen ... Mütterlich, Inspectora, mütterlich.«

»Finden Sie, dass ich zu weit gegangen bin?«

»Ich rede nicht davon, ob Sie zu weit gegangen sind oder nicht, mir hat's gefallen. Ich will nur sagen, dass der, der Ihnen das Ding geschickt hat, Sie wie eine beschützende Mutter empfunden haben muss. Damit muss man eben rechnen.«

Was Garzón sagte, klang gar nicht so abwegig. Ich war erschüttert. Nur die Autopsie konnte jetzt Klarheit bringen.

In der Gerichtsmedizin erwartete uns Doktor Montalbán. Er war ein gelassener, älterer Mann mit gutmütigem Gesichtsausdruck. Eher ein Kinderarzt als ein Gerichtsmediziner. Aber in den Augen konnte man einen Anflug von Abgestumpftheit und Bitterkeit entdecken. Er bat uns in den Vorraum und gab uns Kittel und Masken. Garzón sah damit wie ein Taucher aus. Wir stellten uns an den Operationstisch und Doktor Montalbán sagte gut gelaunt:

»Schauen wir mal, was uns die Leiche erzählen kann.«

Er öffnete das Schächtelchen, holte das Plastiktütchen heraus und legte es auf den Obduktionstisch. Die Flüssigkeit im Tütchen waberte und schlug Bläschen. Doktor Montalbán nahm eine Schere vom Instrumententablett, stellte das Tütchen in eine Schüssel und schnitt es an einem Ende auf. Die Flüssigkeit lief heraus, und es stieg ein kräftiger, beißender Geruch auf.

»Formol«, urteilte der Gerichtsmediziner augenblicklich.

»Kein Alkohol?«

»Formol. Vierzigprozentiges Formaldehyd. Ist ideal zum Konservieren sämtlicher anatomischer Präparate.«

Er machte weiter, nahm Gewebeproben und legte sie auf kleine Plättchen, die zur Analyse der Blutgruppe und der DNS geschickt wurden. Der Penis, den er geschickt hin und her bewegte, wirkte wie ein großer, lebloser Wurm. Montalbán untersuchte ihn aus der Nähe und öffnete mit einer Pinzette das Wurzelende.

»Es handelt sich um das Glied eines jungen Mannes, und es ist merkwürdig, dass ...« Er verstummte.

Garzóns lauernde Augen sahen mich erwartungsvoll an. Seinen Gesichtsausdruck konnte ich wegen der Maske nicht sehen. Montalbán führte weitere penible Untersuchungen durch. Schließlich wagte ich zu fragen:

»Was ist merkwürdig, Doktor Montalbán?«

»Es ist merkwürdig, aber ich habe keinen Zweifel. Ich würde sagen, dass dieser Penis chirurgisch abgetrennt wurde. Der feine Schnitt des Skalpells ist genau zu erkennen, der Beginn des spitzen Einschnitts und das Ende. Danach wurde an der Wunde das Blut gestillt.«

»Dann war es kein Unfall.«

»Absolut nicht. Ich kann mich nur darin irren, dass es sich um einen präzisen Schnitt mit etwas sehr Scharfem handelt. Er ist genau an der Wurzel abgetrennt. Bei einem Gewaltakt sieht das nie so aus. Die Verankerung des Gliedes im Schambereich macht einen so kräftigen Schnitt unmöglich. Können Sie mir folgen?«

Es entstand ein unsicheres Schweigen.

»Stellen Sie sich ein Hackbrett und ein großes Messer vor, zum Beispiel ein Schlachtermesser. Wenn man den Penis drauflegt und einen kräftigen Schnitt mit dem Messer setzt, dann hat man eine Schnittstelle dieser Art. Aber sagen Sie mir, wie muss man einen Mann hinstellen, um so etwas zu bewerkstelligen? Fast unmöglich, das gibt immer einen schwächeren Schnitt. Nie so einen wie hier. Verstehen Sie jetzt?«

»Ja«, antwortete ich und sah Garzón an. Auf seiner Stirn standen Schweißperlen so groß wie Tautropfen. »Verstehen Sie das, Subinspector?«, hakte ich höflich nach.

»Ja«, flüsterte er.

»Das und die Art des Einschnitts zeigen mit geringer Wahrscheinlichkeit eines Irrtums, dass das Glied chirurgisch abgetrennt worden ist. Es wurde höchstwahrscheinlich erst mit einem Gummiband die Blutzirkulation abgeschnürt, deshalb die blaue Stelle an der Wurzel. Wenn es so gemacht wurde, muss man danach die Bänder verknoten, um eine Schrumpfung zu vermeiden, und später einen kleinen Schlauch in die Harnröhre einschieben, damit sie offen vernarbt. Am Ende muss die Wunde verätzt werden.«

»So wie das klingt, scheint das nur ein Arzt machen zu können.«

Montalbán trat beiseite und nahm die Maske ab, dann ließ er auch uns zurücktreten und wir konnten offen reden. Jetzt sah ich den nachdenklichen Ausdruck des Arztes und das blasse, eingefallene Gesicht meines Kollegen.

»Das habe ich nicht gesagt, Inspectora. Zu bestimmen, ob das ein Arzt gemacht hat oder nicht, fällt absolut nicht in meinen Zuständigkeitsbereich. Das kann ein Krankenpfleger, ein Medizinstudent, ein Biologe im Labor, sogar jemand mit sicheren Händen, der gar nichts mit dem Gesundheitswesen zu tun hat. Ich habe viele erstaunliche Dinge dieser Art gesehen. Ich hatte einmal einen Fall, wo ein Bahnhofsvorsteher einem Zugkellner den Arm abtrennen musste. Es war ein Unfall und der Arm des Mannes war halb abgerissen. Als der Bahnhofsvorsteher merkte, dass der Notarzt nicht schnell genug eintreffen würde, hat er ihm den Arm vollständig abgeschnitten, somit eine Blutvergiftung verhindert, den Blutfluss gestillt und den Arm ins Gefrierfach gelegt. Als der Krankenwagen eintraf, musste der Verletzte nur noch abtransportiert werden. Ich habe die Arbeit gesehen, die der gute Mann ohne jegliches Instrumentarium verrichtet hatte, und war verblüfft. Sie war perfekt, kein Chirurg hätte es besser gemacht. Man muss hinzufügen, dass das Amputieren von Extremitäten ein relativ leichtes Unterfangen ist. Je geringer der Durchmesser des amputierten Gliedes, desto einfacher. Eine andere Geschichte ist das Wiederanfügen, verstehen Sie?«

»Sie glauben aber trotzdem, dass der Schnitt mit einem Skalpell gemacht wurde.«

»Ich bin mir fast sicher, dass ein chirurgisches Instrument benutzt wurde, aber das beweist noch nicht, dass ein Chirurg am Werk war. Es gibt Läden, die auf chirurgische Utensilien spezialisiert und für jeden zugänglich sind.«

»Und das Formol?«

»Dasselbe. Es ist nicht unbedingt handelsüblich, aber es wird offen in Apotheken verkauft.«

»Ohne Rezept?«

»Haben Sie schulpflichtige Kinder? Offensichtlich nicht! Meine haben schon oft Formolfläschchen für den Unterricht gekauft. Sie zerlegen Frösche im Biologieunterricht, konservieren monatelang Grashüpfer. Jede Schule oder jedes Gymnasium, jeder Lehrer oder Student, sie alle können Formol benutzen. Natürlich verkaufen die Apotheken es nicht eimerweise, um eine Leiche zu konservieren, aber kleine Mengen schon, weit mehr, als in dem Tütchen ist.«

»Gibt es noch etwas, was zu medizinischen Zwecken dient, Doktor, das Tütchen selbst, das Schächtelchen?«

Montalbán schüttelte den Kopf. Ich wandte mich an Garzón und sah, dass er schwankte.

»Geht's Ihnen nicht gut, Fermín?«

»Doch, doch. Wenn Sie mich entschuldigen … Ich warte in der Kneipe auf Sie, Inspectora, mir ist schlecht.«

Montalbán lächelte.

»Was hat er bloß?«, fragte ich. »Er ist ein Mann, der an diese Dinge gewöhnt ist, er hat an einer Unzahl von Autopsien teilgenommen, vielleicht …«

Der Gerichtsmediziner unterbrach mich väterlich.

»Ich weiß nicht, ob Ihnen das klar ist, Inspectora, aber der Penis ist für Männer etwas Besonderes. Sie pflegen sich seinen Verlust sehr plastisch auszumalen. Reden Sie vor einem männlichen Publikum über Kastrationen, und Sie werden sehen, wie sie instinktiv die Beine zusammenpressen.«

»Freut mich, das von Ihnen zu hören, Doktor, ich dachte schon, das seien Wahnvorstellungen meines exzessiv feministischen Penisneids.«

»Das vielleicht auch.«

Er sah mich schelmisch an und lachte. Mit gefiel dieser Gerichtsmediziner. Er war ein gelassener und beherrschter Mann. Hätte er nicht sieben Kinder und eine bewundernswerte Frau gehabt, hätte ich ihm vorgeschlagen, mich zu heiraten.

»Noch etwas sehr Wichtiges, Doktor, kann man herausfinden, ob das Glied von einem lebendigen oder einem toten Mann abgeschnitten wurde?«

»Natürlich kann man das. Ich glaube, dass der hier bei der Abtrennung noch gelebt hat. Das kann man an dem Glied erkennen, wir nennen das vitale Reaktion. Es weist eine Gerinnung und Gewebeschrumpfung auf. Wir wissen nicht, ob er bei der Kastration oder als Folge davon gestorben ist. Aber a priori handelte es sich nicht um eine Leiche, davon können Sie ausgehen.«

»Das schließt die Möglichkeit aus, dass wir es mit einem Überbleibsel zu tun haben, das in einem Sezierraum entwendet wurde.«

»Dachten Sie an einen schlechten Studentenscherz?«

»Das kann ich dann vergessen.«

»Körperteile, die im Anatomieunterricht benutzt werden, stammen von alten Leichen, die manchmal jahrelang in Formolbädern liegen. Sie sind geschrumpft wie getrockneter Thunfisch und haben eine eigenwillige Färbung. Ähnlich wie Pergament. So ein frischer und prächtiger Penis käme nie zum Einsatz.«

»Glauben Sie, dass er schon vor längerer Zeit abgeschnitten wurde?«

»Das kann ich nicht mit Genauigkeit bestimmen. Das Formol fixiert das Gewebe. Klar ist jedoch, dass er gleich nach der Abtrennung vom Körper in Formol gelegt worden sein muss, sagen wir mal, innerhalb von vierundzwanzig Stunden. Später würde sonst die Verwesung einsetzen und da kann ich keine Symptome entdecken.«

»Gibt es noch etwas?«

»Nichts Wesentliches. In ein paar Tagen haben wir die genaue Mikroskopanalyse. Vielleicht kommt dabei noch etwas zu Tage, was mir entgangen ist. Dann wissen wir auch die Blutgruppe und die DNS. Haben Sie einen Verdächtigen?«

»Nein, niemanden.«

»Dann helfen uns die Fakten im Augenblick wenig. Sie wissen ja, dass sie nur was wert sind, wenn man sie zum Vergleichen und Identifizieren einsetzen kann. Aber wenn es weder Opfer noch Täter gibt ... Einen Penis und das Phantom einer biologischen Identität, das ist nicht viel, nicht wahr? Aber vielleicht sind sie später doch noch nützlich, wenn Sie eine Leiche oder eine Liste mit Verdächtigen haben.«

»Das ist alles nicht sehr ermutigend.«

»Ich muss gestehen, dass ich so eine Arbeit zum ersten Mal mache, Inspectora. Das alles wirkt auf mich wirklich recht merkwürdig.«

»Ist es auch. Wir haben wenig Spuren, und es ist unerklärlich, warum sich in keinem Krankenhaus einer finden lässt, dem ordnungsgemäß der Penis abgetrennt wurde.«

»Penisamputationen werden höchst selten vorgenommen. Normalerweise nur bei Krebs. Haben Sie nachgefragt, ob in den letzten Monaten eine solche Operation gemacht worden ist?«

»Der Subinspector hat alle Krankenhäuser abgeklappert, ohne Resultat. So eine Operation wurde schlicht nicht gemacht.«

»Ist auch wenig üblich.«

»Doktor Montalbán, wo landet denn so ein Teil nach einer Amputation?«

»In einem Gemeinschaftsgrab. Es ist Vorschrift, solche Körperteile im Meldeamt eintragen zu lassen, obwohl das auch mal vergessen werden kann. Haben Sie dort schon nachgefragt?«

»Ja, das mit dem Meldeamt wussten wir und haben angefragt. Auch ohne Resultat.«

»Ich werde dem Labor sagen, dass sie nach Krebsspuren im Gewebe suchen sollen. Mehr fällt mir auch nicht ein und ehrlich gesagt erscheint mir das nicht sehr effektiv. Schöner Mist ist das!«

»Kann man wohl sagen. Von diesem Individuum wissen wir nur, dass es ein Mann ist.«

»Der arme Subinspector, wenn er in diesen Dingen so sensibel ist, dann wird es ihm schlecht gehen! Die ganzen blöden Witzeleien, die er während der Ermittlungen abkriegen wird!«

»Ich werde dafür sorgen, dass sie nicht von mir kommen.«

»Sie sind aber sehr freundlich.«

Ich sah in sein gutmütiges Gesicht. Warum musste ein so entzückender Mann wie er Leichen sezieren?

Ich fand Garzón in der Eckkneipe, wo er sich von seinem Genitalschock erholte. Ich erzählte ihm, was Doktor Montalbán mir noch gesagt hatte, und trank auch einen Kaffee. Zumindest hatte sein Gesicht wieder eine natürliche Farbe.

»Geht's Ihnen besser, Fermín? Wundert mich nicht, dass Ihnen da drin schlecht wurde, bei der Hitze ...«

»Von wegen Hitze, das war dieser verfluchte Pathologe mit seinen Vorträgen. Wie kann man nur so brutal sein? Stellen Sie sich ein Hackbrett vor ... Mein Gott, so plastisch hätte er es nicht beschreiben müssen!«

»Ich habe ihn gut verstanden.«
»Natürlich, Sie schon!«
Der Kellner kam eilig mit einem Tablett herbei.
»Gebäck, meine Herrschaften, frische Churros?«
Garzón machte eine abwehrende Handbewegung und schob die Churros beiseite.
»Nehmen Sie das weg! Ich werde einen Monat lang keine Würstchen, keinen Spargel und keine Churros essen, nichts, was länglich ist!«
»Übertreiben Sie nicht ein bisschen?«
»Die ganze Angelegenheit verursacht mir Übelkeit. Eine Leiche ist was anderes, aber daran zu denken, dass ein Typ ohne Schwanz herumläuft … Oder dass er irgendwo verblutet ist … Was glauben Sie, was da auf uns zukommt, Inspectora?«
»Ich weiß es nicht. Der Gerichtsmediziner hat mich verwirrt.«
»Mich auch. Logisch, dass das Glied gewaltsam abgetrennt wurde. Ich habe mir vorgestellt, dass es eine Frau war, die Gelegenheit hatte, ihren Vergewaltiger zu kastrieren. Deshalb ist keiner der beiden zur Polizei gegangen, weil beide schuldig sind. Und dann hat sie es aus Rache Ihnen geschickt.«
»Sie haben's ja gehört, das ist unmöglich.«
»Und wenn sie Krankenschwester ist und ihn mit vorgehaltenem Messer an einen Ort gezwungen hat, wo sie ihm den Schwanz abschneiden konnte?«
Ich traute meinen Ohren nicht.
»Haben Sie schon mal daran gedacht, Krimis zu schreiben?«
Statt einer Antwort bestellte er einen Donut.
»Die Übelkeit hat mich hungrig gemacht.«
»Essen Sie und lassen Sie die Gruselgeschichten. Wir können sowieso nichts tun, bis die Analyse vorliegt.«
Aber es war nicht einfach, ihn zum Schweigen zu bringen. Er spekulierte einfach zu gerne. Nach der Theorie vom Vergewaltiger dachte er an einen Serienmörder, der gerade erst angefangen hatte. Er bombardierte mich mit biblischen Exegesen von Verrückten, die

glaubten, geschlechtslose Engel zu sein. Ich war davon überzeugt, dass er seine entfesselten Gehirnzellen nur mit Nahrung versorgte, um sich abzulenken. Ich hatte mir vorgenommen, ihn reden zu lassen. Also ließ ich ihn reden. Wenn ihn das Thema Kastration wirklich so mitnahm, war es besser, wenn er seine Anspannung auf harmlose Weise löste.

Auf dem Heimweg dachte ich über all das nach. Ich fürchtete sehr, dass wir den Täter unter gewöhnlichen Menschen suchen mussten. Oder hatte der Subinspector vielleicht doch Recht, und es existierte eine verborgene, unterirdische Welt, ein einsames, grauenhaftes Universum, die dunkle Seite des Menschen? Ich sollte meinen Verstand als Basis für deduktives Denken betrachten, ohne diese bedrohliche Finsternis auszuschließen, von der Garzón sprach.

In Gedanken vertieft war ich zu Hause angekommen, hatte die Tür aufgeschlossen und mich sogar zum Weiterarbeiten an den Küchentisch gesetzt. Es gab noch Routinearbeiten zu erledigen, obwohl mir klar wurde, dass dieser abgetrennte Penis wie ein Leuchtturm fungierte, der meine ganze Aufmerksamkeit anzog.

Ich arbeitete konzentriert und vergaß dabei sogar das Abendessen. Es war schon elf, als ich beschloss, mir eine Käsetortilla zuzubereiten und ein Glas Joghurt zu trinken. Ich schlug wie eine Kriegerin die Eier und plötzlich fielen sie mir wieder ein: Standen sie noch da? Ja, da waren sie, die beiden Kämpen, Wächter und Herren meiner Sicherheit. Ich stellte mir vor, wie die beiden armen Teufel Coca-Cola aus der Dose tranken und immer lustloser auf meine Haustür starrten. Hatte ihnen der Comisario genau erklärt, warum er sie vor meinem Haus postiert hatte? Ich war neugierig. Ich ging hinaus und winkte sie heran. Sie sprangen aus dem Wagen und kamen leichten Schritts angelaufen, beide die rechte Hand in der Jackentasche.

»Sind Sie in Ordnung, Inspectora?«

»Ja, und Sie?«

Auf die lockere Antwort wussten sie nicht zu reagieren.

»Ich habe gedacht, Sie mögen vielleicht heute einen Kaffee trinken.«

Sie sahen sich zufrieden an.

»Wenn Sie so freundlich wären ...«

Im Küchenlicht wirkten sie noch jünger. Der Sargento war kräftig und hatte wie in Stein gehauene Gesichtszüge. Palafolls war, nach seinem zarten, schönen Gesicht zu urteilen, höchstens Anfang zwanzig. Während wir plauderten, machte ich Kaffee. Sie freuten sich über meine Einladung. Ich stellte drei dampfende Tassen und einen Plumcake auf den Tisch.

»Wissen Sie eigentlich, warum Sie hier sind?«

Sargento Marqués sah mich an, als wolle er mich bitten, ihn nicht in Schwierigkeiten zu bringen.

»Wir führen die Befehle des Comisario aus, der ...«

»Ich weiß, ich weiß. Aber sagen Sie mir, hat der Comisario Ihnen erklärt, in was für einem Fall ich ermittle?«

»Ja, Inspectora. Er hat uns gesagt, dass Sie einen Typen in den Knast gebracht haben, der jetzt wieder raus ist. Er meint, für den Fall, dass er herkommt und Ihnen einen Schreck einjagen will, sei es besser, wenn wir ein paar Tage Ihr Haus im Auge behalten ...«

Coronas glaubte also nicht wirklich daran, dass es einen Fall gab. Seiner Vorstellung nach würde sich das Ganze in kurzer Zeit zufrieden stellend aufklären. Er bagatellisierte die Angelegenheit einfach. So vermied er neugierige Fragen und interne Unannehmlichkeiten. Sehr geschickt, Comisario. Ich war beruhigt.

»Nehmen Sie noch ein Stück Kuchen.«

»Nein danke, Inspectora, sehr freundlich, aber wir müssen wieder an die Arbeit.«

»Aber jetzt arbeiten Sie doch auch! Wenn Sie hier mit mir zusammen sitzen, bewachen Sie mich von ganz nahem.«

Ich ging spät ins Bett und las noch. Kurz vor zwei Uhr klingelte das Telefon. Nach dem dritten »Hallo« hatte noch immer niemand geantwortet. Ich hielt den Hörer einen Augenblick in der Hand. Dann wurde aufgelegt. Verwählt? Ich stand auf und ging im Dunkeln zum Fenster. Meine Wächter standen noch immer an derselben Stelle. Ich sah den Lichtschein eines Streichholzes, das kurze Aufglühen einer Zigarette. Brauchte ich am Ende doch Schutz?

2

In den folgenden Tagen sprach niemand von dem Penis. Wir kümmerten uns um andere Fälle und vermieden es, ihn zu erwähnen. Aber Garzón und ich warteten mit bohrender Ungeduld auf das Ergebnis der Analyse. Ihm war sie leicht anzumerken. Er sah immer sofort die Kurzmitteilungen durch, die sich in unserer Abwesenheit angesammelt hatten, und wenn das Telefon klingelte, griff er hastig zum Hörer. Gelegentlich schaute er bei mir rein und fragte beiläufig: »Gibt's was Neues?« »Nein, nichts, alles in Ordnung«, antwortete ich mit gespieltem Desinteresse. Aber wir beide wussten, dass die keineswegs heilige Reliquie der Grund unserer mühsam beherrschten Unruhe war.

Als Doktor Montalbán uns schließlich die Resultate der Laboranalyse zukommen ließ, erfuhren wir DNS und Blutgruppe – Null positiv – eines Mannes, nichts weiter. Es waren weder Spuren seltsamer Werkzeuge noch Krankheitssymptome gefunden worden. Als ich die Frustration des Subinspectors sah, begriff ich, bis zu welchem Grad diese Angelegenheit sein Gehirn besetzt hielt. Ungehalten warf er das Zigarettenpäckchen auf den Tisch.

»Zum Auswachsen! So viele wissenschaftliche Fortschritte und zu nichts nütze.«

»Freuen Sie sich doch, sonst würden Richter und Mediziner alles unter sich ausmachen. Wovon sollten wir dann leben?«

»Wir könnten ein Restaurant aufmachen.«

»Wachen Sie auf, Fermín, wir sind zu diesem Beruf verdammt.«

»Würde ich so nicht sagen. Könnten Sie sich vorstellen, ein Mesón zu führen? Rustikale Holztische, in einer Ecke ein Ofen und Keramikteller an den Wänden? Eine gute Weinbodega mit guten Tapas: Mini-Chorizos, eingelegte Paprikaschoten, Tortillas, verschiedene Salate …«

»Haben Sie Hunger?«

»Nehmen Sie mich nie ernst?«

»Offen gestanden ... haben Sie mir noch nie erzählt, dass Sie mit dem Gedanken spielen, ein Lokal aufzumachen.«

»Weil ich weiß, dass ich es nicht tun werde, aber es würde mir gefallen ... Ich schwöre Ihnen, es würde mir wirklich gefallen. Es hat etwas Gesundes und Positives, anderen Leuten Essen zu geben. Wir würden uns in fröhlicher, menschlicher Atmosphäre bewegen. Dampfende Eintöpfe, gerötete Gesichter, Lachen ...«

»Haben Sie Sehnsucht nach heiler Welt?«

»Natürlich! Ich habe viel zu viele Jahre unter Dieben und Mafiosi auf dem Buckel. Immer das Finstere, das Negative, das Verbrechen, den Schrecken. Und jetzt, als hätte mir noch was in meiner Sammlung gefehlt, diese makabre Penisgeschichte!«

»Makaber ist das richtige Wort, Sie haben Recht.«

»Und was können wir tun, Inspectora?«

»Wenig. Wir können noch eine Runde durch die Krankenhäuser drehen, und wir können denen noch mal sagen, dass sie die Augen offen halten und uns sofort anrufen sollen. Wir werden uns die Leichen ansehen, die gefunden werden und ... Das war's schon.«

Dem Subinspector stand der Frust ins Gesicht geschrieben, sein Blick flackerte unruhig.

»Da draußen strolcht ein Mörder herum und wir müssen uns mit Routinescheiß befassen.«

»Im Augenblick gibt es keine Toten, denen wir hinterherschnüffeln könnten.«

»Und wenn Sie Pakete mit anderen menschlichen Körperteilen erhalten?«

»Wenn Ohren kommen, werd ich nachdenklich.«

»Sehr witzig, Inspectora, es gibt immer eine Reihe von Konsequenzen, die einer ersten Handlung folgen.«

»Wie zutreffend, Garzón. Wer hat denn behauptet, dass das Leben logisch ist?«

»Es muss eine Erklärung geben. Wenn eine Organisation dahinter steckt, die Organhandel betreibt? Könnte es nicht ein reuiger Sünder sein, der Ihnen dieses Prachtstück als Beweis geschickt hat?

Oder was sagen Sie zu einem einsamen, geistig verwirrten Arzt, der sich selbst verstümmelt?«

Ich drückte die Zigarette aus.

»Oder eine Frau hat es satt, ihrem Mann das Abendessen zu machen, und beschließt, ihm ein besonderes Würstchen zuzubereiten. Oder das Päckchen ist das Resultat einer Wette, die mit ›Ich wette meinen Schwanz darauf, dass …‹ beginnt?«

Der Subinspector sah mich wütend und grollend an.

»Sie sind heute sehr witzig. Wenn Sie erlauben, bearbeite ich meine wichtigen Angelegenheiten woanders.« Würdiger als ein verarmter Ritter zog er von dannen.

In unseren Alltag kehrte wieder Ruhe ein. Ich bekam keine Fanpost mehr und zur Krönung des Friedens zog der Comisario schließlich den Wagen vor meiner Tür ab. Eines Abends kamen sich Marqués und Palafolls verabschieden und sonderten so merkwürdige Höflichkeitsfloskeln ab, als wäre es ein Vergnügen gewesen, mich zu bewachen. Ich sah sie zufrieden davonziehen und konnte zum ersten Mal wieder ruhig schlafen.

An einem Novembermorgen betrat ich mit vom kalten Nebel geröteter Nase mein Büro im Kommissariat. Verärgert stellte ich fest, dass der Heizkörper nur mäßig Wärme spendete, und wollte mich nach meinem obligatorischen Blick aus dem Fenster vor der Arbeit gerade an meinen Schreibtisch setzen. Da sah ich es im Poststapel liegen. Ich erkannte es sofort. Es bestand kein Zweifel: Mein Name, die Anschrift, die Schrift, die Form des Päckchens, seine Größe, das Packpapier. Sind das jetzt die Ohren?, fragte ich mich. Oder die Leber, die Bauchspeicheldrüse, das Herz? Ich war ganz allein in diesem Horrorkabinett. Es werden Köpfe rollen, dachte ich in einem Anfall von Größenwahn, lief auf den Flur hinaus und schrie:

»Wer hat das hier abgegeben, verdammt noch mal?«

Als ich auf den Polizisten am Eingang zuschoss, war seine Antwort so rührend wie banal.

»Der Briefträger, Inspectora«, erwiderte er, als würde er mit einer aus der Irrenanstalt Entlaufenen reden.

»Der Briefträger?«

»Ja, der Briefträger heute ganz früh. Auf dem Päckchen steht Ihr Name, und es ist problemlos durch den Detektor gelaufen, so dass ich …«

»Und Sie wissen nicht, dass dieses Päckchen außergewöhnlich ist?«

Wie ein verblüfftes Kind schüttelte er den Kopf.

»Rufen Sie Subinspector Garzón.«

Garzón kam entspannt und zerstreut in mein Büro, aber er sah es sofort.

»Wann ist das angekommen?«

»Heute Morgen mit der Post.«

»Machen Sie es auf«, sagte er versonnen wie ein Schachspieler.

»Fermín, finden Sie nicht auch, es sei ratsamer, es ins Labor zu tragen und dort öffnen zu lassen?«

»Und wenn nur Zeitungsausschnitte drin sind? Nein, kommt nicht in Frage, es ist an Sie adressiert, machen Sie es auf.«

Als ich das Klebeband abriss, zitterten meine Hände. Eine Leber, ein Finger, eine blutige Luftröhre? Ich riss das Papier herunter. Die Schachtel hatte genau dieselbe Form, dieselbe Farbe. Ich hielt einen Moment den Atem an. Da kam mir der Subinspector ungeduldig zuvor und nahm den Deckel ab.

»Mein Gott!«, murmelte er.

Es war weder eine Speiseröhre noch eine Nase noch ein Arm. Es war ein geschrumpfter, welker Penis, dem vorigen ganz ähnlich.

»Mein Gott!«, wiederholte mein Kollege.

Es verging eine ganze Minute, ohne dass wir unseren Blick abwenden konnten. Schließlich legte der Subinspector aufheulend wie ein losfahrender Wagen los.

»Ich hab's Ihnen ja gesagt, Inspectora, ich hab's Ihnen ja gesagt, das konnte kein Zufall sein!«

»Ich begreife immer noch nicht, was hier geschieht.«

»Das ist das Werk eines Serienmörders, eines Psychopathen, einer verdammten Bestie, eines degenerierten Schweinehunds. Ich war mir sicher, dass wir einen Fall haben, Petra, und wir spielen hier die Bürohengste und vertrödeln unsere Zeit mit Geschwätz. Das hört auf. Ich kümmere mich um das Notwendige beim Richter und beim Comisario, und Sie gehen sofort los und erkundigen sich, ob es einen Toten gibt oder ob jemand vermisst wird.«

Mit dem Päckchen in der Hand lief er hastig aus dem Raum. Er hatte das Ruder in der Hand, ich war ein Zombie.

Nachdem wir die notwendigen Maßnahmen eingeleitet hatten, trafen Garzón und ich uns im gerichtsmedizinischen Institut. Er hatte Doktor Montalbán überreden können, seine anderen Arbeiten hintanzustellen und die Penisautopsie sofort zu machen. Der Subinspector hatte einen ordentlichen Aufstand veranstaltet. Selbst Coronas willigte ein, uns von aller anderen Arbeit freizustellen. Der Richter wiederholte: Geheimhaltung und Diskretion, wir könnten uns nicht eine Schlagzeile leisten.

Montalbán war ernster als beim ersten Mal. Er war sich der Ausmaße, die diese Geschichte annahm, bewusst. Tatsächlich waren meine ersten Nachforschungen über Tote oder Vermisste negativ. Einziger Toter: Ein Junge mit einer Überdosis. Deshalb konzentrierte sich der Gerichtsmediziner, als würde er ein Herz transplantieren, statt einen kleinen Penis sezieren.

»Fangen wir wieder von vorn an«, sagte er nach der ersten Inaugenscheinnahme. »Das ist der Penis eines jungen Mannes, in Formol konserviert. Genauso nichtssagend verpackt wie der erste.« Er stocherte an der Schnittstelle herum und urteilte: »Ebenfalls chirurgisch mit dem Skalpell abgetrennt.«

»Keinen Unterschied?«

»Klar, ein anderer Mann. Schauen Sie, ich zeige es Ihnen, ich hole den anderen Penis, er ist noch hier.«

Er ging zu einem Regal, auf dem eine ganze Reihe Gläser mit in Formol Konserviertem standen. »Sehen Sie? Der Vorige ist etwas länger, er hat einen größeren Durchmesser. Aber wenn Sie sich die Schnittlinie ansehen, können sogar Sie erkennen, dass der Schnitt absolut gleich ausgeführt wurde. Es gibt keine wesentlichen Unterschiede. Jetzt sehen wir mal ...« Plötzlich weckte etwas seine Aufmerksamkeit und er beugte sich über das kleine Körperteil. »Und das da? Was ist denn das?«

Der Subinspector platzte wie ein nervöser kleiner Junge heraus.
»Was ist los, Doktor Montalbán?«
Aber der Arzt hörte ihn nicht. Garzón insistierte.
»Haben Sie etwas Interessantes entdeckt?«
Ich musste ihm ein Zeichen machen, damit er den Mund hielt und nicht weiter störte.
»Ich glaube ... Also, das ist ohne Zweifel ein Stückchen Faden. Schauen Sie.«

Mit der Pinzette holte er etwas aus dem oberen Gliedende. Ich erkannte ein winziges Stückchen durchsichtigen Fadens.
»Ja, das ist ein Katgutfaden.«
»Was ist Katgut?«, fragte Garzón.
»Das ist ein chirurgischer Faden, anders als der aus Seide, moderner. Er löst sich von selbst auf. Er wird bei allen möglichen Operationen benutzt.«

Der Pathologe war weiter in seine Arbeit vertieft, mit gerunzelten Augenbrauen und unzufriedenem Gesichtsausdruck.
»Was ich nicht verstehe ... Was ich nicht verstehe, ist der Faden an sich. Ich meine, ein einzelner Faden an der Stelle ist zu nichts nütze, er ist unnötig. Ich begreife nicht, was er da zu suchen hat, es ist nichts genäht, er schließt nichts und auch sonst gibt es keine Schramme, keinen Riss, nicht mal einen kleinen Kratzer ... Sagen wir es so, er hat keinen medizinischen Grund. Was halten Sie davon, Inspectora?«

»Ich weiß nicht, Doktor, ich weiß es wirklich nicht. Sagen Sie, ist es mit dem Katgut wie mit dem Formol und den Skalpellen, kann man so was leicht erwerben?«

»Nicht in der Apotheke natürlich, aber als chirurgisches Material ... Obwohl ich eigentlich glaube, dass es etwas schwieriger sein dürfte, wenn nicht ... Ich weiß nicht, Inspectora, das ist vielleicht ein Chaos! Die bloße Vorstellung, dass sich jemand eine medizinische Instrumentensammlung zulegt, einen perfekten Schnitt setzt, einen Stich macht und den Faden so abschneidet, wie es normalerweise üblich ist, ich glaube, dass ...«

»Vielleicht soll uns die Anhäufung von Zufällen glauben lassen, dass es keine Zufälligkeiten sind und dass dies alles ein Arzt veranstaltet, oder?«

»Ein Arzt ist zu viel gesagt, ich habe es Ihnen ja schon das letzte Mal erklärt. Eine Krankenschwester, ein Student, eine OP-Schwester oder ein Arzt, ja ...«

Garzón mischte sich ein.

»Sagen Sie, wenn es keinen medizinischen Grund für diesen Faden gibt, was glauben Sie, warum ist er da?«

»Keine Ahnung, Garzón, vielleicht war es ein Probestich, weil die Wunde danach genäht wurde, vielleicht ...«

»Ein Versehen?«

»Nein, keinesfalls. Ärzte können Fehler machen, und Sie haben bestimmt schon von Instrumenten oder Scheren gehört, die bei einer Operation versehentlich in der Wunde geblieben sind, aber das passiert eher selten. Außerdem ist diese Annahme in diesem Fall absurd, der Faden wurde absichtlich an dieser Stelle gesetzt, aber fragen Sie mich nicht, warum. Mir scheint das kein Zufall. Und was die Ausführung anbelangt ... Sie ist einfach perfekt.«

»Gibt es eine Möglichkeit herauszufinden, ob diese Kastrationen in einem Krankenhaus vorgenommen wurden?«

»Ich kann Ihnen nur sagen, dass es in Barcelona viele Krankenhäuser, eine Menge Spezialisten, einen Haufen Chirurgen, eine Legion Krankenschwestern gibt ... Wenn Sie schon in der Andrologie, in der Urologie und den Notaufnahmen Alarm geschlagen haben, nehme ich an, dass Ihnen nicht mehr viele Möglichkeiten bleiben.«

»Wir reden mit den Chefärzten der Chirurgie, mit den Operateuren, mit den Bestattern von amputierten Körperteilen ... Irgendwas wird schon dabei rauskommen.«

Montalbán sah mich wohlwollend an.

»Ich beneide Sie nicht, meine Freunde.«

Das glaubte ich ihm nicht. Ich hatte den Eindruck, dass er von der Geschichte so gefesselt war, dass er uns mit größtem Vergnügen begleitet hätte, statt bei seinen Gläsern mit eingemachten Leichen zu bleiben.

Garzón war in sich gekehrt wie ein Geistlicher.

»Ich würde ja verstehen, dass ein Psychopath einen in Formol konservierten Körper aufbewahrt und Ihnen Teile davon schickt, aber dass ein weiterer Penis auftaucht, entbehrt jeder Logik.«

»Sie hatten sich diese Idee in den Kopf gesetzt und die neue Sendung hat sie zunichte gemacht. Aber das bedeutet nur, dass Ihre Idee ein Irrtum war.«

»Nein, Inspectora, das macht sie nur komplizierter und deshalb ist sie als Hypothese unwahrscheinlicher. Ist Ihnen klar, wie schwer es ist, zwei Männer umzubringen, ohne dass deren Körper auftauchen oder jemand ihr Verschwinden meldet? Und wenn diese verstümmelten Männer noch leben, können Sie mir sagen, warum sie dann nicht den Mund aufmachen?«

»Es muss etwas Entehrendes an diesen Kastrationen sein. Vielleicht eine Strafe, eine Drohung, das Begleichen einer Rechnung. Wenn sie reden, werden sie umgebracht, das erklärt ihr Schweigen.«

»Eine fachgerechte Kastration als Racheakt passt nicht. Das mit der Strafe ... Das klingt nach Mafia und Drogenkartellen.«

»Und warum werden die Trophäen dann mir geschickt?«

»Vielleicht um die Strafe zu verstärken, sie noch erniedrigender zu machen. Oder um dem Kastrierten den Mund endgültig zu stopfen.«

»Und woher nehmen die einen Arzt, der die Drecksarbeit macht?«

»Sie haben ja gehört, es muss kein Arzt sein. Und wenn es stimmt, was wir sagen, handelt es sich um eine andere Dimension. Diese Leute haben Mittel, Geld, internationale Verbindungen. Eine Krankenschwester aufzutreiben dürfte kein Problem für die sein.«

»Klingt zu ausgeklügelt.«

»Glauben Sie das bloß nicht. Es ist eine Methode, sie nicht verbluten zu lassen, damit wir sie nicht halb tot finden. Sie werden entführt und unter Narkose operiert. Wenn sie wieder aufwachen, sind die gesundheitlichen Risiken unter Kontrolle und sie lassen sie wieder laufen.«

»Klingt gut, Subinspector, ist plausibel. Setzen Sie sich mit dem Drogendezernat in Verbindung, die sollen Ihnen erzählen, wie es auf diesem Sektor aussieht: Bewegungen der letzten Monate, in Barcelona operierende Gruppen, offene Rivalitäten, irgendeinen Hinweis ... Und vergessen Sie nicht die Diskretion.«

»Ich werde denen das Wichtigste sagen müssen.«

»Tun Sie das, aber verplappern Sie sich nicht.«

»Keine Sorge, Inspectora. Es wird langsam interessant. Blöd wäre nur, wenn die von den Drogen mitmischen wollen.«

Ich verbrachte den Nachmittag damit, drei Krankenhausdirektoren zu befragen, die wir schon einen Monat zuvor besucht hatten. Sie zeigten mir alles, was ich sehen wollte, und überzeugten mich, dass es schlichtweg unmöglich war, einen Operationssaal heimlich zu benutzen. Ich suchte auch die Bestatter von organischen Überresten auf und überzeugte mich davon, wie methodisch, ordentlich, rasch und effektiv dort gearbeitet wurde. Ich bat darum, die Dienst habenden Chefärzte der Abteilungen Andrologie und Urologie zu sprechen, denn die beschäftigten sich mit den Organen, die uns interessierten. Keiner von ihnen hatte auch nur den leisesten Zweifel am psychischen Gleichgewicht des Personals unter ihrer Leitung. Obwohl mir diese Besuche anfangs sinnlos vorkamen, blieb mir nichts weiter übrig, als sie in allen Krankenhäusern zu wiederholen. Aber nicht alle an einem Tag, dachte ich, erlaubte mir eine Verschnaufpause und fuhr früher als üblich nach Hause. Meine Vorfreude auf einen ruhigen Abend verflüchtigte sich augenblicklich, als ich einen bekannten Wagen vor dem Haus stehen sah. Dann erblickte ich meine Haushaltshilfe Julieta im Gespräch mit Marqués und Palafolls. Sie plauderten, lachten und turtelten. Julieta lehnte an der offenen Tür. Die beiden Männer traten von einem Fuß auf den anderen, wobei sie sie mit den Augen verschlangen. Sie erwachten erst aus ihrer Verzückung, als ich die Autotür zuschlug.

»Señora Delicado!«, rief Julieta.

Die beiden jungen Männer nahmen Haltung an, als befänden wir uns bei einer Parade.

»Zu Diensten, Inspectora!«, brüllten sie unisono.

»Hallo, Julieta. Und Sie, was tun Sie hier, verdammt noch mal?«

»Wir sind gerade angekommen, Inspectora. Wir haben ein paar Fragen über die Sicherheitsvorkehrungen Ihres Hauses …«

»Steigen Sie in Ihren Wagen und verschwinden Sie.«

»Inspectora, Comisario Coronas hat angeordnet …«

»Zum Teufel! Sie haben gehört, was ich anordne.«

»Zu Befehl!«, brüllten sie und fuhren fluchtartig ab. Als ich mich umdrehte, sah ich Julietas erschrockenes Gesicht. Sie hatte mich noch nie in martialischer Verfassung erlebt.

»Jesus!«, raunte sie und lief eilig in die Küche.

Mit drei Sätzen war ich beim Telefon und wählte. Er war sofort dran.

»Comisario Coronas? Hier ist Petra Delicado.«

»Was gibt's, Petra, wie geht's Ihnen?«

»Ich bin auf hundertachtzig. Können Sie mir erklären, warum Sie mir wieder die Nachtwache verpasst haben?«

»Ich wusste, dass Sie sich aufregen. Ich hatte keine andere Wahl. Sie haben eine neuerliche Sendung erhalten und Sie kennen doch die Sicherheitsvorschriften.«

»Die Vorschriften, Coronas, die Vorschriften? Soll ich Ihnen alle Vorschriften aufzählen, die wir jeden Tag nicht beachten?«

»Sie müssen nicht ausfällig werden.«

»Wissen Sie, was ein Bummelstreik ist? Wollen Sie mich wegen diesem Blödsinn ernsthaft zwingen, in den nächsten Monaten alle Vorschriften zu befolgen?«

»Ist ja gut, Petra, ist ja schon gut. Sie sind so starrköpfig wie ein Maulesel. Ich ziehe die Streife ab, wenn Sie wollen, aber ich muss meine Vorgesetzten darüber informieren. Ich übernehme keinerlei Verantwortung für Sie.«

»Einverstanden, ich danke Ihnen.«

»Und jetzt entschuldigen Sie sich für Ihren Ton.«

»Entschuldigen Sie, Señor, ich war ein bisschen nervös.«

»Wie mag das aussehen, wenn Sie richtig nervös sind? Gehen Sie mir nicht mehr auf den Wecker. Die Jungs können abfahren.«

Ha, wenn er gewusst hätte, dass die Jungs schon Kilometer von hier entfernt waren. Julieta steckte den Kopf zur Wohnzimmertür herein.

»Señora Delicado? Ich bin fertig. Ich habe Ihnen das Abendessen in die Mikrowelle gestellt, eine Spinat-Empanada und Sojasprossensalat.«

»Und du, warum kochst du immer Gemüse? Kannst du kein vernünftiges Beefsteak braten?«

»Ja, Señora, ja, gleich morgen, keine Sorge.«

Vielleicht fürchtete sie, ich könnte meine Dienstwaffe ziehen und abdrücken. Wie lange ging das Geturtel mit meinen beiden Beschützern schon? Das war alles lächerlich. Coronas Entscheidung war lächerlich, der Fall war lächerlich, mein Wutausbruch war lächerlich. Ich versuchte es mit einem Whisky als Therapie.

Die folgenden Tage vergingen mit Überprüfungen, die zur Routine wurden. Trotz der Hilfe der Kollegen vom Drogendezernat kamen wir nicht weiter. Die Methode, einen Penis abzuschneiden und ihn der Polizei zu schicken, schien nicht zu den Vorgehensweisen der Leute zu gehören, mit denen sie zu tun hatten. Wenn Dealer oder Drogenbosse vorhatten, jemandem eine Lektion zu erteilen, ließen sie die Polizei aus dem Spiel und brauchten für den blutigen Teil auch keine Chirurgen. Rivalisierende Banden, so heftig deren Auseinandersetzungen auch sein mochten, hätten niemals ein Beweisstück an die Bullen geschickt. Auch die geheimnisvolle, verspielte Art, ein Päckchen nach dem anderen zu schicken und sich im Hintergrund zu halten, passte nicht. Nein, diese Typen waren nicht für solche delikaten Methoden zu haben, sie neigten eher zu rustikalen Schlachtereien. Die vom Drogendezernat versuchten das Unmögliche, um uns einen Gefallen zu tun und zu helfen. Ich dankte es ihnen und beneidete sie. Sie hatten wenigstens ihr Schlachtfeld genau abgesteckt, und das war festes, reales Terrain. Sie suchten Drogen und hatten es mit Figuren zu tun, die aus wirtschaftlichen Motiven handelten. Wir hingegen konnten es mit allem zu tun haben, mit wirklich allem, von einem verrückten Mörder bis zur brutalsten Organisation.

Parallel zu diesen Ermittlungen fuhren Garzón und ich zu weiteren Befragungen in die Krankenhäuser. Wir hatten schon Freunde unter den Ärzten. Das ging so weit, dass sich der Subinspector unverfroren von einem Spezialisten untersuchen ließ, um etwas gegen seine Rückenschmerzen zu tun.

Aber dann kam Garzón eines Morgens in mein Büro und sagte zufrieden:

»Inspectora, das wird Ihnen gefallen. Gestern Abend wurde ein junger Mann vermisst gemeldet. Wie finden Sie das?« Er sah mich an, als hätte er mir einen Strauß Blumen geschenkt.

»Mein Gott, Garzón. Sagen Sie mir, wo und wer ihn vermisst gemeldet hat.« Ich sprang auf und suchte ungeduldig meine Jacke.

»Sehen Sie? Ich wusste, dass Sie endlich aktiv werden müssen«, sagte er.

»Ich dachte, die *action* brauchen Sie.«

»In meinem Fall handelt es sich eher um ein Vergnügen.«

3

Der Vermisste hieß Ricardo López und stammte aus Hospitalet. Er war seit einer Woche verschwunden, aber seine Mutter hatte die Polizei nicht früher eingeschaltet, weil der Junge öfter mal ohne Erklärung von zu Hause wegblieb. Sie war Witwe und hatte noch sechs Kinder. Nachts arbeitete sie als Putzfrau in mehreren Büros, und tagsüber versorgte sie den Haushalt und versuchte, die Kinder vor dem sozialen Abrutschen zu bewahren.

All das deutete nicht darauf hin, dass der Junge etwas mit unserem Fall zu tun hatte. Trotzdem unterzogen wir die Frau einer ausführlichen Befragung: Über den Charakter ihres Sohnes, über seine Freunde, in welcher Gesellschaft er sich bewegte, ob sie in den Tagen vor seinem Verschwinden etwas Außergewöhnliches bemerkt hatte. Sie antwortete, wirkte aber weder verzweifelt noch berührt. Zum Leiden blieb ihr keine Zeit, das konnte sie sich nicht leisten. Meiner Meinung nach war es absurd, sie zu fragen, ob sich der Junge merkwürdig verhalten hatte. Sie hatte sieben Kinder zu ernähren, wie sollte sie sich da auch noch um deren psychische Befindlichkeit kümmern? Sie sagte uns immerhin, dass Ricardo der Unabhängigste von allen sei, dass er keine feste Arbeit habe, dass er öfter ein paar Tage verschwinde und dann mit der Erklärung wieder auftauche, er hätte persönliche Angelegenheiten zu klären gehabt. Zum Abschluss erwähnte sie noch etwas, das uns aufhorchen ließ: Der Junge hätte sich in der letzten Zeit viel mit Bettlern herumgetrieben. Das schien sie aufzuregen.

»Ich habe mich abgerackert, damit er sauber bleibt, immer Geld für ein Bocadillo hat und beim Heimkommen eine warme Mahlzeit kriegt! Aber er hat nichts Besseres zu tun, als sich mit diesem Lumpengesindel herumzutreiben. Ältere Männer, die auf einem Gelände bei Besós herumlungern. Sie gehen zu mehreren da hin, ziehen den armen Schweinen das letzte Hemd aus und amüsieren sich über die Geschichten, die die erzählen. Würde mich nicht wundern, wenn er in eine andere Stadt gegangen ist und dort als Bettler lebt.«

Die López standen nicht auf der untersten Sprosse der gesellschaftlichen Leiter; unter ihnen gab es noch ein paar mehr Sprossen bis zum Abgrund. Wir sahen uns in der Wohnung um und suchten Haare von Ricardo, die Garzón schnell fand.

»Ich glaube, wir haben gefunden, was wir suchten«, kommentierte er knapp und steckte die Haare in eine sterile Tüte.

»Wollen Sie damit meinen Sohn finden?«

»Es wird uns helfen.«

Ich hatte den Eindruck, dass es diese Frau nicht sonderlich interessierte, ob ihr Sohn wieder auftauchte oder nicht. Garzón warf mir vor, ungerecht zu sein.

»Das Leben armer Leute funktioniert nicht wie bei uns, Inspectora. Señora López liebt ihre Kinder, aber gleichzeitig bemüht sie sich, so wenig wie möglich zu fühlen. Warum sollte sie ihren Gefühlen auf den Grund gehen, wenn sie doch nur wehtun?«

»Aber, Garzón, sie sind ja ein richtiger Sozialarbeiter.«

»Vielleicht irre ich mich, aber ich bin sicher, dass ich mehr Arme in meinem Leben gesehen habe als Sie.«

»Ist das ein Wettbewerb?«

»Wenn Sie einverstanden sind, Inspectora, machen wir Folgendes. Wenn wir die Haare bei Doktor Montalbán abgegeben haben, fahren wir zu dem Gelände raus, diesem Obdachlosentreff, von dem die Frau gesprochen hat. Ich weiß, wo es ist.«

»Das werden die Kollegen schon gemacht haben, die mit der Vermisstenanzeige befasst sind.«

»Ich würde gern dort ein wenig herumschnüffeln. Bettler und Obdachlose haben wir nämlich vergessen. Glauben Sie nicht auch, dass es ganz einfach ist, eines dieser armen Schweine betrunken zu machen oder ihm Drogen zu geben und danach mit ihm herumzuexperimentieren und ihm den Penis abzuschneiden oder sonst einen Schwachsinn zu veranstalten?«

»Würde das Opfer nicht sofort loslaufen und Anzeige erstatten?«

»Anzeige erstatten? Die meisten von denen sind schwer angeschlagen, Inspectora. Und selbst wenn nicht, die Welt der Rechte und Gesetze gilt für sie nicht. Wie viele Obdachlose kennen Sie, Inspectora?«

»Na ja, kennen ...! Ich habe zerlumpte Männer in der Metro schlafen gesehen, andere haben mich angebettelt, aber ich bin davon überzeugt, dass Sie die auch nicht unbedingt am Samstagabend zum Essen einladen würden.«

»Aber ich habe mit ihnen geredet, Inspectora, ich habe sie oft genug in ihrem Saft schmoren sehen.«

»Glückwunsch, Fermín. Aber Sie wollen mir nicht nur das wahre Leben zeigen.«

»Nein, ich meine, wir sollten die Obdachlosenasyle in Barcelona abklappern, mit den Zuständigen reden und fragen, ob sie in den letzten Monaten einen jungen Mann aufgenommen haben, der im Genitalbereich verletzt war oder Anzeichen von Blutverlust aufwies oder geschwächt war...«

»Klingt vernünftig. Wir müssten bei der Stadtverwaltung anfragen, wie viele Obdachlosenheime es gibt.«

»Wissen wir schon, Petra. Ein Teil gehört der Sozialen Wohlfahrt, ein anderer der Stadt und es gibt ein paar kirchliche Obdachlosenunterkünfte. Sie begleiten mich einfach und entspannen sich.«

Wir gaben die Haare von Ricardo López zur DNS- Bestimmung im gerichtsmedizinischen Institut ab und machten uns dann auf den Weg in die Welt der Außenseiter. Wir fragten einen ganzen Tag lang in Heimen und Suppenküchen der Caritas und der Sozialen Wohlfahrt, in Wohltätigkeitsvereinen, auf den Geländen, wo die Obdachlosen zusammenkamen, bekamen aber keinen einzigen hilfreichen Hinweis.

Als wir endlich durch waren und diese deprimierenden Orte hinter uns gelassen hatten, verlor ich langsam die Selbstbeherrschung. Ich atmete mehrmals tief durch und seufzte.

»Das Leben mancher Menschen ist vielleicht beschissen!«

Garzón tat, als hätte er nichts gehört. Was ich gesehen hatte, ging mir nicht mehr aus dem Kopf. Die Ausstattung der Heime, identische Betten und grobe Decken, die bescheidenen Dekorationsversuche mit Plastikblumen und kleinen Bildern von idyllischen Landschaften sprachen für sich. Alles gescheiterte Menschen, die eine Wohlstandsgesellschaft als Spiegel vor sich haben. Ein Niemandsvolk, das nicht zählte, das fast nicht existierte. Das Gemeinschaftsbad, das Licht, das für alle gleichzeitig ausging ... Wer dort zum Schlafen hinging, hatte sein Scheitern akzeptiert. Und die übrige Welt behauptete, sie seien daran selbst schuld. Das war alles Betrug, dachte ich, eine ekelhafte Lüge, die wir auch noch glauben: eine gerechte Gesellschaft, gleiche Chancen für alle ...

Wir schlenderten die engen Altstadtgassen entlang. Garzón sagte:

»Nichts Interessantes, der einzige Gast dieser Luxushotels mit gesundheitlichen Problemen war ein Alter, der am Donnerstag Blut gespuckt hat. Von abgeschnittenen Pimmeln oder krank wirkenden jungen Männern keine Spur.«

»Lassen wir es für heute gut sein, Garzón. Warum kommen Sie nicht mit zu mir? Zum Essen wird sich schon was finden.«

Der Subinspector brauchte zehn Minuten, um sagen zu können, ob ihm Julietas Naturreiseintopf geschmeckt hatte oder nicht. Schließlich sagte er, er sei gut, und füllte sich nach. Ich hatte keinen Appetit und spielte mit dem Essen auf meinem Teller.

»Essen Sie nichts? Raffen Sie sich auf, es erinnert mich an das Essen in Pepes Efemérides.«

»Ist Pepe glücklich?«

»Weiß ich nicht, was für eine Frage! Ich nehme es an.«

Ich stand auf und ging zum Fenster. Der Wind zerrte an den Blättern der Bäume. Um die Laternen herum wirkte das Licht verschwommen. Ich zündete mir eine Zigarette an und blieb so stehen.

»Hat Ihre Angestellte auch was zum Nachtisch gemacht?«, fragte Garzón. »Eine Honigwabe mit Bienen und allem Drum und Dran, ein Waldbeerenkompott? Gibt es nicht wenigstens gezuckertes Unkraut?«

Ich drehte mich abrupt um.

»Einen Scheiß hat sie gemacht.«

»Aus Eselsmist?«

»Ja, lachen Sie nur, Fermín, eines schönen Tages werden wir auf einem Strohsack schlafen und uns von Armensuppe ernähren. Vergessen Sie nicht, dass wir beide ganz allein auf der Welt sind.«

»Gut möglich, aber ich würde eine Suppe mit Fleischstückchen und einen Strohsack mit Hydromassage und Baldachin aus Lumpen verlangen. Es wird immer Klassenunterschiede geben, selbst noch in der Bedürftigkeit.«

Ohne groß darüber nachzudenken, knallte ich ihm an den Kopf:

»Und Sie, sind Sie glücklich?«

Ich bereute die Frage sofort, als ich sah, wie ihm das Lachen im Hals stecken blieb. Dann riss er sich zusammen und sagte:

»Ich bin einsam, Inspectora, ich habe keine Frau, ich bin nicht reich, auch nicht hübsch oder jung. Wenn ich so darüber nachdenke, fange ich an, mich zu bedauern. Aber wissen Sie was? Es gibt Tage, an denen ich mich gut fühle. Ich plaudere mit Freunden, ich streite mich mit Ihnen, die Arbeit nimmt mich völlig in Anspruch ... Und da ist noch das Essen ... und der gute Rioja ... Ich mag meine Blumenkästen ...«

Er verstummte mit leerem Blick. Dann setzte er leise und abgehackt seine zögerliche Aufzählung fort: »Es gibt gute Fußballspiele ... Die Mittagssonne im Winter, wenn wir essen gehen ... Ich schwimme sehr gern im Meer ...«

Bevor er noch Zigaretten und Kaffee aufzählen konnte, unterbrach ich ihn.

»Sie sind ein vitaler Mann mit vielen Möglichkeiten. Daran habe ich nie gezweifelt, Fermín.«

Er reagierte mit einem geschmeichelten Lächeln.

»Übertreiben Sie nicht. Außerdem weiß ich nicht, warum ausgerechnet wir uns die Wunden lecken, während zwei arme Männer ohne Schwanz rumlaufen oder vielleicht schon tot sind.«

»Müssen Sie mich daran erinnern?«
Plötzlich wurde er lebendig.
»Fänden Sie es respektlos, wenn ich Ihnen ein Gedicht über Schwänze vortragen würde?«
»Wir kennen uns ja gut genug, Fermín, legen Sie los.«
»Es heißt:

Ein Kerl aus Vildecans
hat einen kurzen Schwanz.
Und Sangüesas Mannen
allesamt 'nen langen.
Doch das prächtigste Modell
hat ein Typ aus Teruel.
Ist der eine zum Entwöhnen,
lässt der andre heftig stöhnen.
Doch es gibt fürwahr,
eine Rute wunderbar,
einzigartig, unnahbar,
nur dass dieser hübsche Schwanz
dient gar nicht zur Stimulanz,
gehört er doch dem Papst von Rom,
und pflegt ein Dasein als Phantom.«

Mein Lachen hallte in der Küche wieder. Ich war erleichtert, das Verslein hätte viel schlimmer ausfallen können.
»Ich verabschiede mich. Wir müssen morgen früh raus.«
»Trinken Sie nicht mal einen Cognac mit mir?«
»Nein, ich muss ganz früh den Laborbericht abholen, hat ja auch lang genug gedauert.«
»Glauben Sie, der bringt was?«
»Würde mich wundern. Diese Männer sind nicht krank, Inspectora. Sie sind von einem feinsinnigen Metzger kastriert worden. Irgendwo liegen zwei junge Männer unter der Erde und ihre Leichen sind nicht vollständig.«

»Riskante These.«

»Ich kann mir vorstellen, dass ein Mann aus Angst den Mund hält, wenn man ihm diesen Körperteil amputiert hat. Aber zwei Typen schlucke ich nicht.«

»Und wenn die Angst sehr groß ist ...«

»Fest steht, dass derjenige, der das getan hat, ein absoluter Scheißkerl ist.«

»Daran gibt's keinen Zweifel.«

In seinen Mantel gemummelt, verließ er das Haus, der Wind zerzauste seine Haare. Ich sah ihm nach. Er war voller Energie, der Subinspector. Das Unglück hatte ihn nicht kleingekriegt. Beim Tischabräumen gingen mir tausend Bilder durch den Kopf. Da klingelte das Telefon. Ich dachte, es sei der Subinspector, der was vergessen hätte.

»Hallo?«

Keine Antwort.

»Hallo? Wer ist da?«

Da sagte eine entstellte, ängstlich und verzweifelt klingende Männerstimme:

»Nein, nein.«

Ich erstarrte.

»Wer ist da, wer sind Sie?«

Die Stimme wiederholte diesmal nachdrücklicher:

»Nein, nein, nein!«

»Was nein? Was wollen Sie damit sagen?«

Ich hörte deutlich das Klicken vom Auflegen. Meine erste Reaktion war, das Licht auszuschalten und zum Fenster hinauszuschauen. Ich spähte die leere Straße entlang. Es konnte kein Zufall sein, dass der Anruf mit Garzóns Abschied zusammenfiel. Jemand hatte ihn abfahren sehen und mich angerufen. So kurz das Gespräch auch gewesen sein mochte, es hatte nicht bedrohlich, sondern verzweifelt geklungen. War es eines der Kastrationsopfer, das mich um Hilfe bat? War es entführt worden? Oder hatte das alles gar nichts mit dem Penis-Fall zu tun? War ich doch in Gefahr? Ich schenkte mir ein Glas Wein ein und presste die Finger auf meine Schläfen. Und wenn dieser Anruf gar nichts zu bedeuten hatte?

Ich beschloss, ins Bett zu gehen und alles zu vergessen. Vorher ging ich zur Haustür und legte den Sicherheitsriegel vor. Na schön, wenn ich das schon tat, schien der Anruf doch etwas zu bedeuten. Deshalb sollte ich ihn melden. Ich würde meine verdammte Pflicht erfüllen.

Am nächsten Morgen traf Garzón am späten Vormittag mit einer entmutigenden, wenn auch positiven Nachricht ein. Ricardo López war wieder aufgetaucht. Er war mehrere Tage per Autostopp unterwegs gewesen. Seine Mutter hatte die Anzeige zurückgezogen. Jetzt mussten wir ihn also befragen und vielleicht zum Gerichtsmediziner schleppen, um herauszufinden, ob er seinen Penis noch hatte. Wie peinlich. Logischerweise reagierte er ungehalten. Schon aus seiner befremdeten Reaktion, so wie er aufsprang und uns wie Degenerierte anstarrte, konnte man ableiten, dass er so intakt wie aus dem Anatomiehandbuch war. Er kapierte überhaupt nichts und sah mich an, als würde ich meine Macht dazu missbrauchen, einen Blick auf sein junges Gehänge werfen zu können. Ich musste mich schwer zusammenreißen. Der Junge ging erhobenen Hauptes zur Tür, doch dann drehte er sich um und kam zurück. Er sah mich herausfordernd an, machte den Hosenschlitz auf und holte seine Genitalien heraus.

»Sind Sie jetzt zufrieden?«, fragte er. »Noch keine Frau hat bezweifelt, dass ich meinen Schwanz am richtigen Platz habe.«

Garzón sprang auf und wollte ihm eine reinhauen, aber ich hielt ihn fest und sagte dem Jungen, er könne gehen. Der kleine Exhibitionist packte seine Teile wieder ein und zog stolz und zufrieden ab. Der Subinspector bat um Verzeihung. Ich vermutete, im Namen des männlichen Geschlechts.

Wie auch immer, und männliche Empfindlichkeiten beiseite: Wir hatten weder einen Verdächtigen noch ein Opfer, und ich fürchtete sehr, dass der Weg mit den Bettlern und Obdachlosen nicht der richtige war. Ich saß stundenlang in meinem Büro und zerbrach mir den Kopf. War es das, was die geheimnisvolle Stimme am Telefon mir hatte sagen wollen, dass ich diesen Weg nicht weitergehen sollte? War es ein Verbündeter und kein Feind?

Wer auch immer er war, ich musste mich entscheiden, ob ich Garzón von dem Anruf erzählen und Coronas darüber informieren sollte. Wenn mein Telefon angezapft war, dann hatten wir ihn schnell. Obwohl, vom Handy oder aus einer Zelle ... Es war sinnlos, das Geheimnis zu wahren. Ich griff zum Telefon und bat um eine Audienz beim Comisario, dann informierte ich Garzón.

Coronas Schimpftirade war grandios, vielleicht etwas übertrieben und ungerecht, aber zumindest hatte sie eine barocke Note, die sie wieder witzig machte.

»Wollen Sie die Märtyrerin spielen, oder beabsichtigen Sie, den Fall wie im Krimi allein zu lösen? Ist Ihnen klar, dass ich Sie jetzt wie ein Geburtstagsgeschenk einwickeln könnte? Vorgesetzten oder Mitarbeitern Fakten über laufende Ermittlungen vorzuenthalten ist ein schwerwiegender Fehler.«

»Aber Comisario, es ist nicht einmal sicher, ob der Anruf was mit dem Penis-Fall zu tun hat.«

»Hören Sie auf, Petra. Was soll die ganze Geheimnistuerei? Stört es Sie wirklich so sehr, wenn zwei Bullen vor Ihrer Tür stehen?«

»Wenn ich weiß, dass die da draußen stehen, schlafe ich schlecht.«

»Dann nehmen Sie eine Schlaftablette. Oder kaufen Sie sich ein aufregendes Nachthemd, denn wenn Sie mir weiter auf die Eier gehen, stecke ich Ihnen die beiden Typen ins Bett!«

»Ich kann mich sehr gut selbst verteidigen, ich brauche keine Leibgarde.«

»Wenn ein Mann diese ganze Show abziehen würde, würden Sie schreien, was für ein arroganter Macho. Aber klar, so werden die

Dinge umgedreht und der Arrogante bin ich. Also, Inspectora, entweder Sie ersparen mir jetzt sofort Ihre feministischen Vorträge oder ich erspare Ihnen diesen Fall. Ihre Entscheidung.«

»Ich wollte keine Probleme machen.«

»Na wunderbar! Dann wird Ihr Telefon abgehört und der Wagen nachts wieder vor Ihre Haustür gestellt. Vielleicht ist dann, verdammt noch mal, endgültig klar, wer hier wem Probleme macht. Ja?«

»Zu Befehl, Comisario.«

Garzón ging ausgesprochen zugeknöpft neben mir den Flur entlang.

»Dass Sie sogar mir nichts sagen ...«

Ich blieb stehen.

»Subinspector, ich habe gerade Coronas Tiraden über mich ergehen lassen, weil mir nichts anderes übrig blieb. Aber ich warne Sie, ich will keinen Vorwurf mehr hören.«

Er schwieg. Ich brummelte hörbar vor mich hin:

»Verdammt, ich hab doch nicht mit dem Metzger von Milwaukee geplaudert!«

Garzón holte mich ein und schlug überraschend vor:

»Warum gehen wir nicht ins Efemérides essen? Wir haben den ganzen Tag in diesem verdammten Kommissariat zugebracht!«

Auf der Fahrt zum Lokal meines Exmannes rechnete ich nach, wann ich ihn zum letzten Mal gesehen hatte. Zu meinem Schrecken kam ich auf drei Jahre. Drei Jahre? Ich hatte ihn keinen Moment vermisst. Um ehrlich zu sein, hatte ich die ganze Zeit nicht einmal an ihn gedacht. Ich wusste von Garzón, dass er mit einer Journalistin zusammenlebte, dass er offensichtlich glücklich war und immer noch dieselben Lebensziele verfolgte. Es hätte mich wenig gekostet, gelegentlich sein Lokal aufzusuchen und ein bisschen zu plaudern. Wir waren ohne Groll oder zermürbende Trennungsszenen auseinander gegangen. Ich war schlicht und einfach nicht neugierig gewesen, wie es ihm ging.

Pepe war überrascht und erfreut, mich zu sehen. Er umarmte

mich herzlich und rief Hamed herbei. Er wusste gar nicht, wie er seine Freude ausdrücken sollte. Garzón schlug einen Trinkspruch vor und sofort wurde eine Flasche Sekt geköpft. Dann redeten und blödelten wir. Es war ein fröhliches Wiedersehen.

Wir wollten warten, bis die Stammgäste versorgt waren, und dann auch essen. Garzón und ich setzten uns an einen Ecktisch. Pepe und Hamed waren mit Bedienen beschäftigt. Pepe sah gelegentlich zu mir herüber und lächelte. Ich wurde unruhig. Was sah er in mir? Die Altersspuren der letzten drei Jahre in meinem Gesicht. Eine erschöpfte Frau ohne große Zukunft. Und ich trug ausgerechnet ein maßgeschneidertes graues Kostüm. Ich lächelte zurück. Er hatte große Augen, einen klaren Blick und einen fröhlichen, sinnlichen Mund. Diese Ziege von Journalistin behandelte ihn mit größter Wahrscheinlichkeit besser als ich. Aber dazu gehörte auch nicht viel, denn ich hatte ihn schlecht behandelt. Eigentlich hatte ich ihn gar nicht behandelt, ich hatte ihn geheiratet und danach gesehen, wie ich mein Leben in den Griff bekam. Als ich mich wieder gefangen hatte, stellte sich heraus, dass es für ihn keinen Platz darin gab. Armer Pepe, und er war mir nicht einmal böse!

Um ein Uhr nachts wurde es im Lokal ruhiger und sie setzten sich wieder zu uns. Wir öffneten noch eine Flasche Sekt und stießen auf eine Reihe abstrakter Dinge an. Dann schleppte Garzón Hamed mit der Ausrede, er hätte ein paar Fragen über orientalische Kunst, zum Tresen. Welch Zartgefühl! Ich blieb mit Pepe allein. Ich fragte ihn aus heiterem Himmel:

»Bist du glücklich?«

Pepe lächelte amüsiert.

»Verdammt, Petra, du stellst vielleicht Fragen!«

»Na ja.«

»Früher wärst du in die Luft gegangen, wenn ich dich so was gefragt hätte. Du hättest mir geantwortet, dass Glück ein überholtes, bürgerliches Konzept sei, dass es nicht im Supermarkt zu kaufen ist, dass ...«

»Es muss ätzend gewesen sein, mit mir verheiratet zu sein.«

»Ich weiß nicht, es war so kurz. Es war wie ein tropischer Zyklon. Er kommt, fegt alles hinweg und verschwindet.«

»Und hinterlässt nichts außer Verwüstung und schlechte Erinnerungen.«

»Ach was, er hinterlässt den Eindruck, dass man etwas Außergewöhnliches erlebt hat.«

»Weil das Haus kaputt ist.«

»Stimmt, und es bleibt einem nichts anderes übrig, als es wieder aufzubauen.«

»Ein besseres und stabileres.«

»Am ersten Haus hängen mehr Hoffnungen, man erinnert sich immer gern daran.«

»Geht's dir gut mit der Journalistin?«

»Ja, obwohl wir uns nicht viel sehen. Sie arbeitet viel und ich hier auch. Scheint so, als wäre ich einer von denen, die eine Mama brauchen.«

»Ihr braucht alle eine Mama. Du gibst es wenigstens zu.«

»Aber nur unter psychischem Druck.«

Wir lachten beide herzlich und über unseren Köpfen schwebte eine kleine Wolke der Rührung.

»Garzón hat mir erzählt, dass ihr an einen schwierigen Fall dran seid.«

»Hat er dir noch mehr erzählt?«

»Kannst du dir doch denken! Er ist besessen von dieser Geschichte! Aber sag mal, bist du denn glücklich?«

Um die aufsteigende Melancholie zu verscheuchen, zog ich eine kleine Show ab.

»Na klar! Wie du siehst, ist mein Leben eine einzige Orgie mit abgeschnittenen Penissen, in Strömen fließendem Blut, verdammten Seelen ... Und das alles würze ich mit einer Prise Perversion.«

»Klingt gut.«

»Darf ich dir noch was sagen? Du siehst gut aus, du warst schon immer ein schöner Mann.«

Ich neigte den Kopf und küsste ihn auf den Mund. Er war warm, trocken, voll und weich wie ein parfümiertes Stück Baumwolle. Er lächelte gelassen.

»Kommst du öfter her?«

»Wenn mein Büro voll mit Penissen ist.«

Nicht einmal der Anblick von Marqués und Palafolls, die wie zwei einsame Ölsardinen in ihrer Blechbüchse hockten, konnte meine melancholischen Anwandlungen verscheuchen. Ich schoss wie der Blitz ins Haus und wollte sofort zu Bett. Zuvor warf ich noch einen flüchtigen Blick ins Wohnzimmer. Das Päckchen lag auf dem Tisch. Ich erkannte es sofort. Meine Privatadresse. Poststempel. Der anonyme Absender musste mir nach Hause gefolgt sein. Bestimmt war er es auch gewesen, der mich angerufen hatte. Ich war im Visier. Verfolgt von jemandem, der mich provozieren wollte. Kastrierte er nur Männer, um mir makabre Päckchen zu schicken?

Ich rief Julieta an. Das Päckchen war normal mit der Briefpost gekommen. Was sollte ich tun mit diesem Ding? Ich brachte den Penis zum Dienst habenden Richter, der es am nächsten Morgen dem zuständigen Kollegen weiterleiten würde. Als ich wieder zu Hause war, rief ich Garzón an. Dann fragte ich meine Wächter, ob ihnen was aufgefallen war. Marqués stellte neugierige Fragen, aber ich konnte ihm nichts weiter sagen, als dass sie die Augen offen halten sollten. Ihm gefiel mein neues Verhalten, es gab ihnen das Gefühl von Wichtigkeit.

Früh am nächsten Morgen erwartete mich Garzón im gerichtsmedizinischen Institut, wo wir die bekannte Prozedur wiederholten. Er musste schon um fünf Uhr morgens im Kommissariat gewesen sein, denn zu dieser frühen Stunde wusste er bereits, dass keine verstümmelten Leichen gefunden worden waren. Wir hatten es wieder mit einem verwaisten Glied zu tun. Doktor Montalbán war langsam besorgt. Das hier war die reine Provokation.

»Sind Sie sicher, dass Sie nicht jemanden ins Gefängnis gebracht haben, der wegen Prostitution oder Missbrauch von Minderjährigen verurteilt worden ist?«

Ich war davon überzeugt, dass die wenigen, die ich ins Gefängnis gebracht hatte, mir so was nicht antun würden. Wie Garzón so schön sagte, ich war ein mütterlicher Typ.

»Es muss drei Leichen geben, Inspectora«, sagte Montalbán. »Es ist unmöglich, dass drei kastrierte Männer einfach so herumlaufen, keine Anzeige erstatten oder nicht zu finden sind.«

«Wenn es Leichen gibt, wo sind sie dann?«, insistierte Garzón.

»Die Päckchen kommen aus Barcelona, aber wo sollen wir anfangen, nach Leichen zu suchen? Sie können in einem Industrieofen verbrannt oder in irgendeinem Garten am Stadtrand vergraben sein. Es ist sinnlos, blind draufloszusuchen.«

Die Phantasie der beiden Männer bekam Flügel. Während sie sich gegenseitig mit Fragen bombardierten, lag das Schächtelchen mit dem neuen Penis auf dem Seziertisch.

»Mein Herren, bitte!«

Der Gerichtsmediziner merkte, dass er sich von kriminalistischem Eifer hatte hinreißen lassen, der seine Kompetenzen überstieg. Er wurde ernst, schob die Brille hoch und konzentrierte sich auf das kleine leblose Körperteil.

Nach einer halben Stunde stillen Zuschauens konnte Garzón nicht mehr an sich halten und fragte:

»Was Neues, Doktor?«

Montalbán sah auf und verkündete mit erhobenem Zeigefinger:

»Da ist noch was, aber lassen Sie mir noch zwei Minuten Zeit.«

Ich war extrem angespannt und ungeduldig. Und als ich sah, dass der Pathologe noch etwas Ruhe brauchte, schlug ich Garzón vor, eine rauchen zu gehen.

Mein Kollege qualmte förmlich vor Neugier und rannte wütend auf und ab.

»Finden Sie nicht auch, dass dieser Montalbán ein bisschen langsam ist?«

»Keine Ahnung, Fermín, das ist vermutlich normal.«

»Normal? Er zerlegt ja nicht Ramses' Mumie. Wenn er so lange für ein winziges Schwänzchen braucht, von dem er schon zwei hatte ...«

Bevor er ihn weiter verfluchen konnte, tauchte Montalbáns Kopf in der Tür auf.

»Kommen Sie bitte.« Wir gingen zum Seziertisch.

»Also, hundertprozentig die gleichen Charakteristiken; Penis eines jungen Mannes, chirurgisch sehr sorgfältig abgetrennt und sofort in Formol gelegt. Ich glaube nicht, dass die Amputation lange zurückliegt, obwohl das wegen der Gewebefixierung schwierig zu bestimmen ist. Alles stimmt mit den beiden anderen überein. An diesem Penis habe ich kein überflüssiges oder unnötiges Stück Faden gefunden, aber dafür etwas Ungewöhnlicheres ...«

»Und?«, fragte Garzón.

»Ein Tropfen, der von flüssigem Wachs stammen könnte, in Form eines Kreuzes.«

»Was Sie nicht sagen!«, entfuhr es Garzón.

»Ein Tropfen, der auf das bereits tote Fleisch gegossen wurde. Ich kann weder eine Schrumpfung noch Irritation noch Rötung erkennen. Sehen Sie? Er klebt ein bisschen, aber wenn ich ihn berühre, fällt er ab.«

Tatsächlich befand sich mitten auf dem Penis etwas, das wie eine Linse wirkte und genau betrachtet flüchtig die Form eines Kruzifixes hatte.

»Ich bin mir nicht so sicher, ob das Wachs ist«, sagte Garzón.

»Ich werde es in eine Schachtel geben und Sie schicken es an Ihr Polizeilabor.«

Garzón und ich sahen uns verzweifelt an.

»Verstehen Sie das, Inspectora?«

»Nein. Aber nehmen wir an, es sind Zeichen. Zeichen wofür? Was kann es an Gemeinsamkeiten zwischen einem Faden und einem Wachstropfen in Kreuzform geben?«

Der Gerichtsmediziner ging in die Defensive.

»Was wollen Sie hören? Ich weiß nur, dass diese beiden Materialien nicht zufällig da sind. Die menschliche Anatomie hat unzählige Verstecke, in denen etwas zurückbleiben kann. Aber an zwei kleinen Penissen zwei so augenfällige Dinge? Sie finden die Penisse ja nicht, sondern sie werden Ihnen nach Hause geschickt. Also werden sie eine Bedeutung haben.«

Die Logik des Pathologen war hieb- und stichfest. Er verabschiedete sich von uns mit einer düsteren Prophezeiung.

»Ich fürchte sehr, Inspectora, dass dies nicht das letzte Geschenk ist. Wenn der Kerl so einfach rumläuft und Männer kastriert, dann hat er eine sichere Lösung gefunden, wie er sich der Körper entledigen kann …«

Das aber war unhaltbar, wie ich zu Garzón sagte, als wir wieder allein waren. Niemand bringt drei Typen um, ohne dass die Leichen auftauchen oder jemand ihr Verschwinden anzeigt.

»Rache für eine Vergewaltigung, Petra, das habe ich Ihnen schon am Anfang gesagt!«

»Vergessen Sie's! Eine Rächerin, die chirurgisch vorgeht, oder wie?«

»Sie könnte Chirurgin sein.«

»Und das Kreuz aus Wachs?«

»Sie könnte auch Priesterin sein.«

»Lassen Sie die Scherze, Fermín, und bringen Sie dieses verdammte Beweisstück endlich ins Labor.«

Das tat er. Und es bedeutete vierundzwanzig Stunden der Ungewissheit.

4

Montalbán hatte einen Volltreffer gelandet. Es war Wachs, gewöhnliches Wachs, angereichert mit Weihrauch oder einer anderen aromatischen Substanz. Die Analyse brachte auch ein Pigment zu Tage, das die violette Färbung erklärte. Nichts, was man nicht in jedem Kerzenladen gefunden hätte. Na fein!

»Klappern wir Kerzenläden ab, Fermín«, lautete mein Vorschlag.

»Nichts, was ich lieber täte.«

Wir gingen in die Fußgängerzone der Altstadt. Es war kurz vor elf Uhr morgens, die Straßen waren voller Menschen. Die Sonne schien auf die alten, dicht stehenden Häuser. Ein Straßenmusiker spielte eine hübsche Melodie auf seiner Flöte. Auf mich wirkte alles harmonisch und friedlich. Während wir uns jeden Morgen in unsere düsteren Büroräume vergruben, gab es tatsächlich Menschen, die die Sonnenseite des Lebens genießen konnten. Ich beobachtete eine elegante Hausfrau in meinem Alter, die gedankenverloren einen Laden für Kinderkleidung betrat. Ja, das war wohl Glück: zu erleben, wie den Kindern die Zähne wuchsen, statt wie eine Schlampe herumzulaufen und sich zu fragen, warum anderen Leuten der Schwanz abgeschnitten wurde. Meine Lebenswahl war falsch gewesen, auch wenn es etwas spät war, das einzusehen.

Garzón grübelte über Wachs und Kerzen und das versetzte ihn nicht gerade in gute Stimmung.

»Verdammt, Inspectora, das ist wirklich das Letzte! Ich hab ja schon einiges erlebt und musste viel Schmutz sehen, aber einen Kerzenladen … In Salamanca gab es einen, wo die Frommen einkauften. Ich habe das Gefühl, ich werde verarscht.«

»Wir können ja eine Altarkerze kaufen und sie für die Heilige Rita anstecken.«

Er schnaubte.

Ich hatte den ersten Kerzenladen wegen seiner Größe ausgesucht. Ein außergewöhnliches Geschäft, in dem nicht nur Kerzen, sondern auch Raumschmuck und Figürchen aus Wachs verkauft wurden. Ein Angebot für jeden Geschmack: Öllampen, Duftkerzen, Mückenkerzen, Räucherkerzen, Geburtstagskerzen, Weihnachtskerzen, Halloween-Kerzen, Hochzeits- und Kommunionskerzen, Kerzen mit dem Barca-Wappen und andere mit dem von Real Madrid, robuste Gartenkerzen und Trockenblumenkränze, in die man auch Kerzen stecken konnte. Garzón war perplex.

»Unsere Gesellschaft geht den Bach runter.«

Dazu fiel mir kein intelligenter Kommentar ein. Also sagte ich kurz und bündig:

»In einer kapitalistischen Welt scheint so was der Inbegriff von Freiheit zu sein.«

»Quatsch!«, murmelte Garzón.

Das Schächtelchen mit dem Wachstropfen in der Hand, gingen wir zu einer der aufgetakelten, lächelnden Verkäuferinnen. Kaum hatte sie gehört, dass wir von der Polizei waren, rief sie den Geschäftsführer. Womöglich hatten sie den versteckt, weil er nicht in den schicken Laden passte. Er war ein griesgrämiger Mann und sah aus wie ein Handelsreisender des vorigen Jahrhunderts. Aber über Kerzen schien er alles zu wissen. Er nahm das Beweisstück in die Hand und betrachtete es genau. Wir sagten ihm, dass es Weihrauch oder eine andere aromatische Substanz enthalte. Er nickte und stellte klar:

»Von uns ist das nicht. Ich weiß genau, welches Wachs wir verkaufen. Das hier führen wir nicht. Ich würde sagen, dass diese dunkelviolette Farbe von einer Kirchenkerze herrührt. Und wenn Sie sagen, dass es Weihrauch enthält, umso eher. Früher benutzten die Pfarrer reines Wachs, aber heute ist das Angebot größer.«

Er gab uns die Adresse eines Geschäfts für Kirchenkerzen in der Nähe der Kathedrale. Dort gab es ausschließlich Artikel für den religiösen Gebrauch. Der Laden war wesentlich kleiner und machte einen schäbigen Eindruck. Trotzdem waren die Menge und Vielfalt an Kerzen beachtlich. Meterhohe Kerzen mit erstaunlichem Durchmesser, Altarkerzen mit seltsamen Initialen, Totenkerzen, Votivkerzen und Prozessionskerzen. Hinter dem Tresen standen zwei ältere Verkäuferinnen. Eine von ihnen stellte sich als die Inhaberin vor und war verblüfft, als wir unsere Ausweise zeigten. Polizisten gehörten bestimmt nicht zu ihren Stammkunden. Sie betrachtete den Tropfen aufmerksam und sagte nach ein paar Minuten bestimmt:

»Ja, ich glaube, diese Art Wachs verkaufen wir. Das stammt von einer Votivkerze, die nicht sehr häufig benutzt wird. Sie wird in Ávila in Handarbeit hergestellt. Ich glaube kaum, dass es in Barcelona noch andere Geschäfte gibt, die sie führen. Ich erkenne sie an der Farbe und weil sie wirklich ein wenig Weihrauch enthalten, den man beim Abbrennnen riecht. Wir bestellen jährlich vier oder fünf Schachteln, mehr nicht.«

»Und wer kauft die?«

»Wenn ich ehrlich sein soll, verkaufen wir fast alle an die Damas Negras. Für die bestelle ich sie, ich sagte ja schon, diese Kerze wird nicht häufig benutzt. Früher haben auch die Esclavas de Jesús diese Kerzen gekauft. Sie bevorzugen jetzt aber ein anderes Modell.«

»Und wer sind diese Damas Negras?«, fragte Garzón wenig diplomatisch.

»Das ist ein Orden mit einer Klosterschule in der Vía Augusta. Zufälligerweise ist ihre Kapelle fliederfarben ausgemalt und dekoriert, so dass sich diese violetten Kerzen bei der Messe gut machen. Wenn Sie wollen, gebe ich Ihnen die genaue Adresse.«

»Ja bitte. Und sagen Sie, erinnern Sie sich daran, diese Kerzen noch an jemand anderen verkauft zu haben?«

Sie schüttelte den Kopf. Die andere Verkäuferin räusperte sich.

»Ich schon«, flüsterte sie.

Die Inhaberin drehte sich zu ihr um und fragte herrisch:

»Du? An wen denn?«

»Ja, Mercedes, ich habe zwei Schachteln an einen jungen Mann verkauft, vor etwa zwei Monaten.«

»Das hast du mir gar nicht erzählt. Hast du in Ávila nachbestellt?«

»Nein, noch nicht.«

»Das musst du aber. Sor Ernestina kann jeden Tag vorbeikommen und wir können dann nicht liefern.«

»Aber ich ...«

Ich unterbrach sie:

»Erinnern Sie sich an den jungen Mann?«

»Der die Kerzen gekauft hat? Nein. Ich erinnere mich nur daran, dass er jung war, weil er ein Motorrad vor der Tür geparkt hatte, und ich noch gesehen habe, wie er die Kerzen verstaut hat, bevor er wegfuhr.«

»Erinnern Sie sich, wie er aussah?«

»Normal. Er war jung, schlank, so um die zwanzig, sah aus wie ein Student oder so was. Er ist reingekommen und hat Votivkerzen verlangt. Ich zeigte ihm die Muster und er hat sich für diese entschieden. Er wollte zwei Schachteln davon.«

»Wie viele Kerzen sind in einer Schachtel?«

»Fünfzig.«

»Und das hat Sie nicht stutzig gemacht?«

»Nein, warum?«

»Weil Ihre Kunden sonst doch offensichtlich zur Kirchenwelt gehören.«

Die Inhaberin mischte sich ein wenig aufgeregt ein.

»Überhaupt nicht! Hier kann jeder kaufen.«

»Ich weiß, aber ein Student zählt doch kaum zur üblichen Kundschaft, oder?«

»Manchmal werden junge Leute aus den Klosterschulen geschickt.«

»Mit zwanzig geht niemand mehr auf eine Klosterschule.«

»Es können auch Hochschulen sein, Pfarreien, in denen Jungs mithelfen, mildtätige Vereinigungen, Geistliche aus den Klosterschulen. Die Leute denken immer, das mit der Kirche ist nur was für Nonnen und Alte, aber das stimmt nicht. Gott sei Dank reicht die Glaubenslehre weiter.«

Dorniges Gelände.

»Ich verstehe schon, was Sie meinen. Wie auch immer, Sie haben ihn nicht gefragt, wozu er die Kerzen braucht.«

»Nein«, sagte die Verkäuferin leise. Die Inhaberin fügte hinzu: »Das hier ist kein Waffengeschäft. Zum Kauf von Kerzen braucht man keine Genehmigung.«

»Das weiß ich ja, entschuldigen Sie. Ich versuche mir nur ein Bild zu machen. Bedenken Sie bitte, dass dies hier wenig mit meinem beruflichen Umfeld zu tun hat.«

Der Subinspector mischte sich ein.

»Meine Kollegin will damit sagen, wenn ein Kerl eine schwarze Messe veranstalten möchte und dazu Kerzen braucht, um sie dem Teufel zu weihen, kommt er zu Ihnen und Sie verkaufen sie ihm.«

Beide Frauen wichen wie ein Tanzpaar einen Schritt zurück. Die Verkäuferin hob die Hand vor den Mund und die Inhaberin explodierte:

»Verehrter Señor, ich bitte Sie, so taktvoll zu sein und gewisse Dinge hier nicht auszusprechen!«

»Ist ja schon gut, Sie sollen aber wissen, dass sehr ernste Dinge passieren, die mit Ihren Kerzen zu tun haben. Also, wenn dieser junge Mann oder sonst wer wieder Kerzen kaufen will, seien Sie so freundlich und informieren Sie uns augenblicklich. Sonst sehen wir uns genötigt, Sie wegen Beihilfe festzunehmen.«

Eine Drohung dieses Kalibers machte mich sprachlos. Was hatte Garzón denn gestochen? Bevor die beiden Damen in Ohnmacht fielen, fragte ich:

»Würden Sie den Kunden wiedererkennen, wenn Sie ihn wiedersehen?«

Die entsetzte Verkäuferin nickte stumm. Wahrscheinlich stellte sie sich mit einer Bleikugel am Fuß in einem Verlies vor. Der Subinspector war zu weit gegangen, und das ließ ich ihn wissen, kaum dass wir wieder auf der Straße standen.

»Darf man erfahren, warum …«

Er ließ mich nicht ausreden. Er war auf einem seiner Streitrösser unterwegs.

»Das hätten wir uns doch denken können. Wehe dem, der sich auch nur auf einen Kilometer an die Kirche heranwagt ... Dann haben sie sofort die Hölle und die zehn Gebote zur Hand.«

»Übertreiben Sie nicht ein bisschen, Subinspector?«

»Überhaupt nicht. Haben Sie denn nicht zugehört? Damas Negras, Esclavas de Jesús, Siervas del Espírito Santo .... Ein einziger Angriff auf die Frauen, kaum zu glauben, dass Sie sich nicht daran stoßen. Und dieses Düstere, Aschgraue... Blut Gottes, die Wunden Christi.«

Er schüttelte sich.

»Auf mich wirkt das eher pittoresk«, sagte ich. »Diese Geschichten haben etwas Faszinierendes, der Gottesdienst auch. Er ist ein farbenprächtiges, großartiges Schauspiel.«

»Ich habe das mit der Muttermilch schlucken müssen. Zuerst in meiner Familie. Weihnachten, Fastenzeit, der erste Freitag im Monat, Pfingsten, Karfreitag ... Der Kalender war vermint! Nur Verbote: kein Fleisch essen, keine Freude zeigen, nicht ins Kino gehen. Schrecklich, absolut widernatürlich! Und dann kam meine Frau, ach, was erzähle ich das alles ...«

»Ist ja schön und gut, Fermín, aber ich glaube nicht, dass es was mit unserem Fall zu tun hat.«

»Sie haben ja Recht, nur, bei dem Thema fahre ich aus der Haut. Zu viele Jahre der Demütigung! Außerdem verdankt dieses Land all seine Übel der katholischen Kirche.«

»Na schön, Fermín, dann sind Sie ja jetzt inspiriert, was sage ich, geradezu in Hochform. Also gehen wir zu den Nonnen, und die befragen Sie.«

»Was denn?«

»Ob sie mit der Post eine Rute bekommen haben.«

»Machen Sie sich nicht über mich lustig, sonst mache ich das glatt.«

Weil ich mir nicht sicher war, ob Garzón seine Drohung tatsächlich wahr machte, ging ich vorsichtshalber allein zu den Damas Negras. Ich wurde von der Mutter Oberin empfangen. Sie hatten niemanden zum Kerzenkaufen geschickt und weder in der Schule noch in der direkten Umgebung der Kapelle arbeitete ein junger Mann. Den Pfarrer, der für sie die Messe las, kannten sie ein Leben lang und er war um die sechzig. In die Schule wurden nur Mädchen aufgenommen, logisch bei einem weiblichen Orden. Nur zu Reparatur- und Maurerarbeiten oder zum Ablesen von Gas und Strom betraten Männer das Gelände. Die Oberin war sehr kooperativ: Sie befragte ihre Untergebenen, und sie führte mich zur Kapelle, damit ich die verflixten Kerzen sehen konnte. Sie schenkte mir sogar eine. Sie stellte den ganzen Laden auf den Kopf, um mir zu helfen. Ohne mir eine einzige Frage zu stellen. Erst zum Schluss, als ich schon glaubte, durch die Gnade Gottes entkommen zu sein, konnte sie sich nicht mehr zurückhalten: »Was suchen Sie eigentlich, Inspectora? Haben wir etwas zu befürchten?« Was sollte ich ihr antworten? Machen Sie sich keine Sorgen, Mutter Oberin, Sie verfügen nicht über die Attribute, die der Besessene abzuschneiden pflegt? Ich entschied mich für eine Notlüge und erwiderte, dass wir Kerzenkartons mit Drogen gefunden hätten.

Der junge Kerzenkäufer machte alles nur noch komplizierter. Alle Kirchengemeinden der Stadt zu besuchen war unmöglich. Also mussten wir zum Erzbischof.

Ich informierte Comisario Coronas über unsere Absicht, und er riet uns, sehr klug und äußerst behutsam vorzugehen.

Wir wurden von einem ziemlich jungen, energischen Weihbischof empfangen. Er machte den Eindruck, als sei er der Gesellschaft gegenüber modern und aufgeschlossen. Noch bevor wir den Mund aufmachen konnten, fragte er uns schon aus. Wie zu erwarten, reagierte er entsetzt. Zumindest tat er so. Nachdem er uns kundgetan hatte, wie sehr ihn die Brutalität der heutigen Welt abstoße, legte er uns sorgfältig jede Menge Hindernisse in den Weg. Interne Anfragen bei den Pfarreien, ob sie verdächtige junge Männer in ihrer Gemeinde hätten, das stand nicht zur Debatte. Eine Maßnahme, die bei den Pfarrern Besorgnis, Verwirrung und unnötige Fragerei hervorrufen würde. Außerdem wage er zu behaupten, dass so etwas polizeilich betrachtet nicht sehr effektiv sei. Ebenso weigerte er sich, uns einen Spitzel in seine Jugendorganisationen einschleusen oder uns selbst im größeren Umfang Befragungen anstellen zu lassen. Das Beste war, wie uns der Kirchenfürst mit schönstem Lächeln und voller Besorgnis über unser Wohl Brot und Salz verweigerte. Ich bewunderte seine enorme diplomatische Fähigkeit, die überzeugende Art, mit der er vorgab, die ganze Zeit über zu unseren Gunsten zu argumentieren. Selbst der antiklerikale Garzón schwieg respektvoll. Ich versuchte, ein wenig sanften Widerstand zu leisten.

»Können Sie mir sagen, was wir tun sollen, wenn wir nicht mit der offiziellen Mitarbeit der Kirche rechnen dürfen?«

»Ich würde sagen, dass Ihr Ansatz von Anfang an falsch ist, Inspectora. Nur weil Sie diese Kerzen mit Ihrem Fall in Verbindung bringen, fällt Ihr Verdacht gleich auf die Schar der Gläubigen.«

»Aber es handelt sich um Kerzen, die zu religiösen Zwecken benutzt werden.«

»Inspectora, ich bitte Sie, nutzen wir unser logisches Denkvermögen. Nicht alles wird dafür benutzt, wozu es gemacht ist. Wenn Sie auf einen Stuhl steigen, um an ein Buch auf einem höheren Regalfach zu gelangen, sind Stühle deswegen trotzdem keine Leitern, nicht wahr?«

Ich bat ihn, uns seinen Parabelstil zu erläutern.

»Ich will damit sagen, dass man Votivkerzen auch für einen nicht katholischen Zweck kaufen kann. Und ich sage bewusst ›nicht katholisch‹, weil es sich auch um Rituale anderer Religionen wie den Hinduismus oder Buddhismus handeln kann. Ganz zu schweigen von der großen Zahl von Sekten, die immer mehr Anhänger unter der Jugend finden. Ich weiß nicht, ob Sie davon gehört haben, dass das dem Papst große Sorge bereitet.«

»Nein, das wussten wir nicht.«

»So ist es aber. Außerdem ist nicht jeder, der Kerzen anzündet, gläubig, Inspectora. Schließlich ist auch nicht jeder, der Hasenbraten isst, Jäger. Das Leben ist ein Mysterium, meine Herrschaften.«

Als wir gingen, war ich durcheinander. Vor lauter Parabeln, geheimnisvollen Anspielungen, Vergleichen, Ermahnungen und der Erwähnung des Papstes wusste ich nicht mehr genau, worum wir zu Beginn des Treffens gebeten hatten. Garzón ging es ähnlich.

»Dieser Typ hat uns eingewickelt«, rief er schließlich. »Dieser verdammte Schweinehund hat nicht die leiseste Absicht, uns zu helfen, und hält uns auch noch eine Bergpredigt.«

»Das Schlimme ist, dass er Recht hat.«

»Wie, er hat Recht?«

»Er hat mit wenigen Worten ausgedrückt, Subinspector, dass wir nicht genug Hinweise haben, um von Rom bis Santiago de Compostela die Kirche aufzumischen.«

»Und das Wachskreuz auf dem Penis? Und der junge Mann, der zwei Kartons Kerzen gekauft hat?«

»Das reicht nicht.«

Im Grunde stimmte Garzón mit mir überein. Es machte ihn rasend, dem Weihbischof nicht den Kampf angesagt zu haben.

»Sie wissen doch, wie die Kirche funktioniert, Fermín. Geflügelte Worte und doppelsinnige Anspielungen. Die drücken sich nie deutlich aus. Konfuzius sagt: ›Wenn sich die Lotusblume öffnet, ist der Augenblick gekommen, dass der Mensch sein Inneres sehe.‹«

»Und was wollte er damit sagen?«

»Nichts, aber es klingt wunderschön tiefsinnig. Und haben wir nicht alle Sehnsucht nach Schönheit und Tiefe?«

»Und was machen wir jetzt?«

»Ich weiß nicht, Garzón. Erst einmal was essen gehen. Diese geistlichen Dinge machen mich schon aus Protest hungrig.«

»Gehen wir ins Efemérides. Dienstags macht Hamed immer Couscous. Dort können wir in aller Ruhe rekapitulieren.«

»Ja, aber nicht, wenn Pepe dabei ist. Seine Frau ist Journalistin.«

»Das ist ja unglaublich, er war Ihr Mann und Sie haben so wenig Vertrauen zu ihm.«

»Genau deshalb sollte ich noch viel misstrauischer sein. Sie wissen doch, wie es so schön heißt: Vertrau nie einem Ehemann, weder einem aktuellen noch einem verflossenen noch einem zukünftigen.«

»Dieses Sprichwort haben Sie sich selbst ausgedacht.«

»Ist es deshalb weniger wahr?«

Hameds Couscous schmeckte göttlich. Garzón und ich aßen eine Riesenportion und spülten mit einer Karaffe Rotwein nach. Nach dem Essen bekamen die Eindrücke vom Morgen schärfere Umrisse und Garzóns Empörung über die unangreifbare Macht der Kirche wurde immer größer. Er gab ketzerische Schimpftiraden und biblische Flüche von sich, die nicht im Geringsten zu Augenblick und Umstand passten. Es war nicht an mir, seine Meinungsfreiheit einzuschränken. Zum Kaffee kamen Pepe und Hamed mit einer Flasche Likör an unseren Tisch.

»Warum bist du so aufgebracht, Fermín?«, fragte der Marokkaner mit dem weichen Akzent.

»Er schimpft auf die Religion im Allgemeinen«, beeilte ich mich anstelle von Garzón zu antworten.

»Ah, die Religion!«, rief Hamed aus.

»Religion ist Opium fürs Volk, hieß es früher«, warf Pepe ein. »Und das Kokain der Bourgeoisie«, ergänzte er und alle lachten.

»Warum redet ihr über Religion?«

»In Zusammenhang mit einem Fall, über den wir nicht sprechen dürfen.«

Pepe blieb beim Thema.

»Kann sein, dass die Religionen ein Scheiß sind, aber jetzt gibt es auch noch Sekten, die die Schafe noch mehr verarschen.«

»Der Papst ist in großer Sorge darüber«, warf Garzón ein.

Pepe sah ihn verständnislos an und fuhr fort:

»Seit einiger Zeit vermehren sich Sekten wie Pilze unter den Jugendlichen, ehrlich, wir haben es sogar hier schon zu spüren bekommen.«

»Wie?«, fragte ich.

»Ein paar von unseren Stammgästen sind völlig weggetreten.

Ganz normale Typen, die wir von früher kennen. Die kriegen so eine Gehirnwäsche, dass sie plötzlich ganz anders sind.«

»Und zu welchen Sekten gehören die?«

»Darüber erfährst du nichts! Ist aber auch egal, die reden ständig von ihrem neuen Leben, der Wahrheitsfindung, vom falschen Weg, auf dem sie waren. Es ist alles dasselbe.«

»Das passiert, weil Jugendliche geistige Anleitung brauchen und die Gesellschaft ihnen keine geben kann. Wir stecken bis zum Hals im Materialismus«, sagte Hamed.

»Diese Gesellschaft ist eine Katastrophe. Sie ist eine Zeitbombe, und wenn sie hochgeht, bleibt nicht mal ein Fingernagel übrig«, knurrte Garzón.

»Zum Teufel, Fermín. Sie sind ein Prophet und wissen es gar nicht.«

Er sah mich böse an.

»Sie machen sich ständig über mich lustig, wir lassen das besser.«

Ich telefonierte mit Jorge Rius, Oberst der Mossos d'Esquadra, die mit den Sektenfällen betraut waren. Er gab uns einen Termin in seinem Hauptquartier. Wir durchforsteten Akten, Karteien, Fälle, in denen sie aktiv gewesen waren, noch laufende Überwachungen … Wir arbeiteten fünf Stunden lang mit höchster Konzentration. Er gewährte uns Einsicht in sein ganzes Material und machte Fotokopien von Unterlagen. Rius unterstützte mich ausgesprochen eifrig, aber er bezweifelte, dass seine Unterlagen und Kenntnisse uns irgendwie nützlich sein könnten. Sein letzter Trumpf war Name und Adresse eines Sektenexperten. Der Oberst glaubte, dass es nicht schaden könnte, uns ein allgemeines Bild zu machen. Ich war ganz seiner Meinung.

Beladen mit Listen und mehreren Schnellheftern, verließen wir das Gebäude. Garzón wollte sie alle noch einmal durchgehen und danach die üblichen Anfragen nach Leichenfunden und Vermisstenanzeigen machen. Ich wollte mit dem Sektenexperten reden.

Es war nicht schwierig, die Adresse ausfindig zu machen. Ich fuhr zur Plaza Virginia, suchte die Hausnummer und stand zu meiner größten Verblüffung vor einer der großen Kirchen im Zentrum. Ein Scherz, ein Irrtum? Es ist eine Sache, gelegentlich mit der katholischen Kirche in Berührung zu kommen, aber eine ganz andere, immer wieder über sie zu stolpern. Ich betrat den Tempel, erkundigte mich beim Küster, und der sagte mir, dass ich den Pfarrer suche, der hinten im Pfarrhaus wohnte. Ich war nicht darauf vorbereitet, dass der Experte ein Kirchenmann war, obwohl, recht bedacht, sich alles auf dem glitschigen Terrain der Kirche abspielte.

Manuel Villalba entsprach dem Klischee eines englischen Dorfpfarrers. Attraktiv, grau meliert, schlank und um die vierzig. Das klassische Kollar harmonierte perfekt mit einer abgewetzten grauen Strickjacke. Er ließ mich in sein kleines Haus voller Bücher eintreten und erbot sich, einen Tee zu kochen.

»Die Polizei hat mich informiert, dass Sie hier auftauchen werden.«

»Mich nicht.«

Er hob die Augenbrauen zu einem hübschen Bogen und lachte auf.

»Worüber hat man Sie nicht informiert?«

Ich versuchte, meine Tölpelhaftigkeit zu überspielen, und stotterte:

»Ich meine …«

»Sie meinen, dass Ihnen niemand gesagt hat, dass ich Pfarrer bin, stimmt's?«

»Das wollte ich nicht sagen, es ist mir so rausgerutscht.«

Er lachte wieder, verhalten und mit leicht gregorianischem Touch.

»So ist es aber. Ich bin ein kleiner Pfarrer in einer Stadtgemeinde. Eigentlich bin ich überhaupt kein Sektenexperte. Sagen wir so, ich habe allgemeine Kenntnisse, die ich mir aus Berufsgründen angeeignet habe. Wir wissen um die Probleme, die Sekten unter Jugendlichen anrichten und … Na ja, Probleme lassen sich nur dann lösen, wenn man etwas von der Thematik versteht.«

»Ich glaube, der Papst ist sehr in Sorge darüber.«

Er sah mich ironisch an.

»Aha, Sie sind also über die Sorgen des Papstes auf dem Laufenden!«

»Wie Sie schon sagten, wenn man um die Probleme weiß, kann man sie besser in Angriff nehmen.«

»Ist der Papst Ihr Problem?«

Ich lachte aufrichtig.

»Ich fürchte Nein.«

»Umso besser! Sie haben keine Ahnung, wie anstrengend es für mich ist, ständig den Chef zu verteidigen.«

Dieser Pfarrer gefiel mir, er fiel aus dem Rahmen. Gutes Aussehen, angenehmes Auftreten, intellektuell, Sinn für Humor … Wäre er Protestant gewesen, hätte ich ihn vielleicht heiraten können.

Eine verführerische Vorstellung: Ruhige Abendstunden mit Lektüre vor dem Kamin, ein wenig spirituelle Konversation, ein bisschen Frieden als Gegenpol zu den Schrecken meines Berufs.

Padre Villalba setzte sich mir gegenüber an ein Tischchen und erzählte:

»Ich weiß ein wenig Bescheid über den Fall, in dem Sie ermitteln, Inspectora, und sage Ihnen gleich, dass ich im Speziellen nicht helfen kann. Ich weiß nicht, ob in Spanien satanische Sekten existieren oder solche, die Ritualopfer oder so was praktizieren. Meine Kenntnisse beschränken sich auf die bekanntesten Sekten, einige sind aktiv, andere per Gerichtsbeschluss verboten. Ein hoher Prozentsatz der Sektenmitglieder sind junge Menschen unter dreißig. Sie haben es mit der oberen Mittelschicht und mit gutem Bildungsniveau zu tun.«

»Wie das?«

»Ganz einfach. Es handelt sich um Menschen mit emotionalen Problemen, vielleicht mit introvertiertem Wesen oder ausgeprägten Komplexen. Menschen, die etwas suchen, und die Sekten wissen sehr gut, wie sie Kontakt zu ihnen aufnehmen und eine Gehirnwäsche verabreichen müssen. Das Ziel ist immer dasselbe: dem

Neuling zu zeigen, dass auf der einen Seite die erlösende Sektengemeinschaft steht und auf der anderen die normale Gesellschaft, korrupt und feindlich. In Spanien werden Sekten kaum noch strafrechtlich verfolgt.«

»Ich weiß, dass Sie nichts Definitives sagen können, aber glauben Sie an die Möglichkeit, dass eine Sekte sich an einem Neuling mit einer Kastration rächt ... weil er, sagen wir mal, das Gelübde gebrochen hat oder aus der Organisation aussteigen will?«

»Das weiß ich wirklich nicht, Inspectora. Eigentlich scheint es brutal und unmöglich, aber fast alle Sektenführer üben absolute Kontrolle über ihre Mitglieder aus. Oft handelt es sich um Größenwahnsinnige, Personen mit psychopathischen Strukturen und wenig Skrupeln, die es genießen, unbegrenzte Macht auszuüben und nebenbei reich zu werden. Insofern möchte ich behaupten, dass sie zu allem fähig sind, obwohl ...«

»Obwohl was?«

»Obwohl es in Spanien keinen Präzedenzfall gibt. In den aktiven Sekten ist bisher kein Blut geflossen, soweit wir wissen. In den Vereinigten Staaten ist das anders, aber ich wage mal, eine andere Idee zu formulieren: Haben Sie schon daran gedacht, dass diese schrecklichen Dinge von einem verrückten Sektenmitglied allein begangen werden, das aus Eigeninitiative handelt?«

»Ja, haben wir. Aber wie lässt sich erklären, dass keine Opfer auftauchen? Das ist unmöglich, Padre, diese verstümmelten jungen Männer müssen am Leben sein, sie müssen in ihrem gewohnten Umfeld leben und den Mund halten. Aber wie bringt man jemand zum Schweigen, der gegen seinen Willen verstümmelt worden ist? Das ist schlicht und einfach unmöglich.«

»Ich kann Ihnen lediglich ein Dossier mit allen meinen Unterlagen über Sekten in Spanien aushändigen. Eine Art Liste, die ich vor einiger Zeit für die Polizei angefertigt habe und die ich vervollständigen kann, wenn es neue Fakten gibt. Begleiten Sie mich in mein Arbeitszimmer, Inspectora.«

Er führte mich in einen großen, gemütlichen Raum mit einer

Verbindungstür zur Kirche und suchte in peinlich geordneten Aktenordnern. Ich sah mich ungeniert um und ging zu den Bücherregalen. Rangordnung der Engel, geistliche Anthropologie ... Ich fragte ihn spontan:

»Sind Sie glücklich?«

Er erstarrte und lächelte dann.

»Haben Sie diesen Eindruck von mir?«

»Nun ja, die Ruhe des Hauses, die Atmosphäre des Arbeitszimmers und die abstrakten Themen, denen Sie sich mit aller Konzentration widmen können, ohne vom Rummel des Lebens belästigt zu werden. All das vermittelt eine Art Glück, finde ich.«

Er schüttelte etwas beschämt den Kopf, sein Gesicht war leicht gerötet.

»Also, ich weiß nicht, ob das sehr schmeichelhaft ist. Ich verstehe Sie so: Dieser Typ hat Glück, er kann seine Zeit mit seinen Hobbys verplempern, ohne dass ihm jemand einen Vorwurf macht, und darüber hinaus muss er nicht mal ums Überleben kämpfen.«

»Ich wollte nicht ...«, setzte ich an.

»Es fällt mir wirklich schwer, Ihnen aufrichtig zu antworten ... ›Glücklich‹ ist kein spiritueller Begriff.«

»Es ist ein bürgerlicher Begriff.«

»Aber sehr gerechtfertigt, kein Zweifel. Ich kann Ihnen nur sagen, dass jemand, der die Dinge um ihn herum wahrnimmt, nie ganz glücklich sein kann. Und auch wenn es nicht so wirkt, sehe ich doch vieles von hier aus. Wir können uns bürgerliches Glück, die Geborgenheit einer Familie, kleine Besitztümer ... nicht erlauben.« Es war ihm peinlich, weiterzusprechen, deshalb schloss er scherzend: »Was für eine Polizistin sind Sie eigentlich?«

»Ich bin eine Polizistin, die auch in ein Kloster gehen würde. Diszipliniert genug bin ich schon, mir fehlt nur noch der Friede.«

»Vergessens Sie's, Inspectora, Sie würden die Aktivität vermissen. Außerdem beten Nonnen zu viel und die meisten Klöster sparen an der Heizung. Das ist ungemütlich, glauben Sie mir.«

Voller Sympathie blickte ich diesen untypischen Pfarrer mit Humor an. Er überreichte mir ein umfangreiches Dossier.

»Hier, da haben Sie die Informationen. Ich hoffe, sie helfen Ihnen weiter. Wenn Sie Fragen haben, rufen Sie mich an.«

Ich war überzeugt davon, dass ich Pfarrer Villalba auch gefallen hätte, wenn er Protestant gewesen wäre. Das reichte, um meine Eitelkeit zu befriedigen. Offensichtlich gibt es für Frauen Herausforderungen: Pfarrer, Schwule, Impotente oder regierende Politiker, alle die, die schwer zu erobern sind und in deren Verführung sich ein Hauch ideologischer Pflichtvergessenheit seitens des männlichen Parts mischt.

Im Kommissariat traf ich auf einen deprimierten Garzón.

»Keine Verdächtigen, keine Leichen, keine Vermissten, keine Kastrierten in Krankenhäusern … absolut null!«

»Wie fänden Sie es, wenn wir bis zum Morgengrauen arbeiten?«

»Bombig.«

»Und wenn ich Sie heute zum Abendessen zu mir nach Hause einlade und wir danach eine Arbeitssitzung machen?«

»Mit Malt-Whisky?«

»Na selbstverständlich.«

»Gehen wir; ich bin so hungrig, dass ich sogar einen dieser kandierten Schwänze essen würde, die Ihnen zugeschickt werden.«

»Reden sie keinen Blödsinn, Garzón.«

Er lachte wie ein übergewichtiger Mephistopheles und schlug vor, auf dem Weg ein Bier trinken zu gehen. Garzón mochte diese typisch spanische Geräuschkulisse, ich war nie eine Freundin von zusammengepferchten Massen gewesen, und als Garzón aufs Klo musste und mir seinen zeltartigen Mantel überhängte, unter dem ich fast begraben wurde, war ich schon fast versucht davonzulaufen. Aber ich hielt stoisch durch. Ich legte meine Tasche und die zusammengefaltete Zeitung auf den Tresen und zwängte mich zum Zigarettenautomat durch. Als ich mich durch das Menschengewimmel zurückgedrängelt hatte, kam Garzón gerade zurück. Wir bestellten ein Bier, ich öffnete die Zigarettenschachtel, und als ich in meiner Tasche nach dem Feuerzeug suchte, entdeckte ich ein Zettelchen, das vorher nicht da gewesen war. Ich faltete es mit spitzen Fingern auf. In Großbuchstaben stand da ein Wort: JA.

Ich rief den Kellner.

»Haben Sie gesehen, wer meine Tasche angefasst hat?«

Er sah mich verständnislos an.

»Nein, Señora, fehlt etwas? Sie hätten sie vielleicht nicht so liegen lassen sollen, bei dem Andrang.«

Aber ich hörte schon nicht mehr zu, drängte mich zur Tür und rief:

»Meine Herrschaften, wir sind von der Polizei, ich bitte um Ihr Verständnis, Sie müssen sich bitte ausweisen. Reine Routineangelegenheit, kein Grund zur Aufregung.«

Es war schlagartig still geworden. Garzón stand mit offenem Mund und nach dem Bierglas ausgestreckter Hand da, als wäre er ein Bewohner Pompejis.

»Fangen wir an, Subinspector.«

Da reagierte er endlich und wir zeigten dem Wirt wortlos unsere Marken. Der Subinspector holte sein Notizbuch hervor und die Ausweiskontrolle begann. Wir notierten Namen, Anschriften und baten die Menschen, denen wir den Feierabend verdorben hatten, um Entschuldigung. Eigentlich wirkten sie alle völlig harmlos: Angestellte mittleren Alters beim Feierabendbier, ein paar Frauen, die sich um diese Zeit trafen, und vereinzelte alte Männchen, wie sie in allen Kneipen herumhängen. Ich fragte alle, ob sie gesehen hätten, wie sich jemand an meiner Tasche zu schaffen machte. Da hob eine der Frauen die Hand und sagte:

»Ja, ich habe einen jungen Mann gesehen, der dort hingegangen ist und was in Ihre Tasche gelegt hat.«

»Wie hat der junge Mann ausgesehen?«

»Mein Gott, das weiß ich nicht, er hatte einen Motorradhelm auf, deshalb fiel er mir auf.«

»War er groß, schlank?«

»Darauf habe ich nicht geachtet. Ich habe nur gesehen, wie er hereingekommen ist, etwas hinterlegt hat und wieder verschwunden ist.«

Mit dieser wenig hilfreichen Information verschwanden auch wir und ließen Verwirrung und Neugier zurück. Garzón konnte es kaum abwarten:

»Was sollte denn das? Ich hab mich zu Tode erschreckt.«

Ich gab ihm das Zettelchen. Er las es.

»Ja? Was soll das bedeuten, Ja?«

»Ich habe keine Ahnung, Fermín.«

»Haben Sie ein Motorrad gehört?«

»Dass er einen Motorradhelm aufhatte, heißt nicht, dass er auch Motorrad fährt. Er kann ebenso gut zu Fuß abgehauen sein. Wer weiß, wo er jetzt ist. Rufen Sie für alle Fälle noch mal die Zeugin an und heben Sie die Daten der anderen Leute auf.«

»Ich weiß nicht, ob …«

»Vielleicht hat die den Zettel ja selbst reingelegt.«

»Ist ja gut, Inspectora. Wir werden es dem Comisario melden und ihn bitten, uns zwei Kollegen in Zivil hinterherzuschicken.«

»Kommt nicht in Frage! Wir gehen erst einmal nach Plan vor. Zuerst wird gegessen!«

Und das taten wir. In Poblenou grüßten wir meine beiden pflichtbewussten Schutzengel und ich rundete Julietas Karottenkohlpüree mit ein paar saftigen Entrecôtes ab. Trotzdem konnte ich mich nicht richtig auf die Zubereitung konzentrieren, mein Geist war mit dem Ereignis in der Kneipe beschäftigt. Garzón verhielt sich wie ein Roboter, dessen Motor organische Nahrung brauchte. Er kaute schweigend vor sich hin. Schließlich brach es aus ihm heraus:

»Verdammt noch mal, spucken Sie doch endlich aus, was Sie denken! Der Junge, der Ihnen den Zettel in die Tasche gelegt hat, ist derselbe, der die Kerzen gekauft hat, nicht wahr?«

»Ja, derselbe, der mich angerufen und Nein gesagt hat. Er ist uns gefolgt und weiß, was wir tun. Als er Nein sagte, hatten wir gerade die Bettler befragt. Jetzt war ich bei Padre Villalba, und er sagt Ja.

Soll heißen, mit unseren Nachforschungen über Sekten sind wir auf dem richtigen Weg. Mehr noch, Fermín, Doktor Montalbán hatte Recht, die seltsamen Überbleibsel an den Penissen sind Fährten, die uns dieser Junge legt.«

»Also ist der Junge, der uns die Penisse schickt, und der, der uns folgt, ein und derselbe.«

»Diese Behauptung ist gewagt, aber wahrscheinlich.«

»Und auch der, der die Penisse abschneidet?«

»Diese Behauptung ist noch gewagter. Also sage ich lieber, ich weiß es nicht.«

»Verdammt, Inspectora, wenn er uns Spuren zuspielen will, dann versteh ich nicht, warum sie nicht deutlicher sind. Falls er nicht ein Verrückter der religiösen Sorte ist, der meint, schlauer zu sein als wir.«

»Und das ist er auch, deshalb glaube ich nicht, dass es sehr klug ist, wenn uns zwei Kollegen begleiten. Er würde es sofort merken und uns nicht mal mehr diese extravaganten Spuren zuspielen.«

»In diesem Falle ist es besser, Comisario Coronas nichts von dem Zettelchen zu berichten. Sie wissen ja, wie er das aufnimmt, der wäre imstande, uns eine berittene Eskorte hinterherzuschicken.«

»Darin stimmen wir hundertprozentig überein.«

»Fällt Ihnen was auf, Inspectora? Wir haben einen Serienmörder, der uns verschlüsselte Botschaften hinterlässt, genau wie im amerikanischen Krimi! Wenn mir das jemand erzählt hätte, als ich noch in Salamanca gearbeitet habe, hätte ich ihm nicht geglaubt.«

»Sie glauben es ja noch immer nicht. Machen wir weiter, mit welchen Opfern haben wir es zu tun?«

»Mit Sektenmitgliedern?«

»Möglich, aber warum werden sie kastriert und schweigen?«

»Interner Racheakt. Mitglieder, die aussteigen wollen, werden zur Abschreckung auf diese Weise bestraft.«

»Und darunter ist kein Einziger, der sich auflehnt, nachdem er aussteigen wollte und kastriert wurde, und der Polizei was flüstert?«

»Ihm wird gedroht, dass er das nächste Mal stirbt.«

»Ich weiß nicht, Garzón, mir platzt gleich der Kopf, konzentrieren wird uns endlich auf die Fakten.«

»Welche?«

»In Augenblick nur diese.«

Ich holte das Dossier und verteilte die Seiten auf dem Tisch.

»Was ist denn das?«

»Sekten, lieber Freund, also machen wir uns daran, sie durchzuarbeiten. Wir teilen uns das Material auf. Die ersten dreißig Seiten nehme ich mir vor, den Rest Sie. Dann reden wir. Einverstanden?«

»Und zur Inspiration?«

»Ich hol den Whisky, aber wir trinken besser einen Kaffee, sonst schlafen wir ein.«

Wir tranken unseren Kaffee, aßen Kokostörtchen, rauchten ein paar Zigaretten und waren sehr neugierig.

Diese Mischung zusammen mit dem ungewohnten Materialstudium hielt uns problemlos wach. Auch Garzóns Kommentare halfen beim Wachbleiben.

»Hören Sie mal, Inspectora, Alfa-Omega, das ist eine Sekte, der ich bestimmt nicht beitreten würde. Es heißt, es gibt wenig zu essen und viel Arbeit. Nicht reizvoll.«

Keine dieser Sekten schien irgendetwas Reizvolles zu haben. Laut den Unterlagen wurden alle Mitglieder auf hinterhältige Weise gewonnen und innerhalb der Organisation ausgebeutet: sexuell, als unentgeltliche Arbeitskräfte oder sie wurden ihrer finanziellen Mittel beraubt. Aber wie konnte jemand diese Prinzipien unterstützen, sosehr sein Gehirn auch gewaschen sein mochte? Als Hauptziel wurde oft die Weltherrschaft und das Infiltrieren von Regierungen und internationalen Institutionen genannt. Am meisten überraschte mich, dass alle Sekten im Geld zu schwimmen schienen und sich in vielen Ländern breit gemacht hatten.

»Hören Sie mal, Inspectora, wie die Sekte der Transzendentalen Meditation drauf ist. Die haben sogar Ministerien gegründet. Ministerium zur Gewissensentwicklung. Ministerium zur Erziehung und Erleuchtung. Und die einzige einheimische Sekte sitzt in Palmar de Troya. Das Letzte. Einem Kerl, der in Sevillas Homosexuellenkreisen Miss Volt genannt wird, erscheint die Jungfrau Maria persönlich. Und dann ernennt sich der Schweinehund selbst zum Papst. Aber das ist noch nicht alles, sie machen Heilige wie Churros: Heiliger Francisco Franco, Heiliger Don Pelayo …. Wie finden Sie das?«

Ich nickte mechanisch und lustlos. Wir betraten wirklich ein Terrain, das sich perfekt für Verbrechen anbot. Wenn man die Aufzeichnungen der Policía Autonómica und die uns vorliegenden zusammenfügte, kam man zu dem Schluss, dass jede Sekte, egal welche, in etwas Schmutziges verwickelt war. Es war die Rede von Prostitution, von Geldwäsche, von Kapitalflucht aus anderen Ländern, von Erpressung durch kompromittierende Fotos neben hübschen Lockvögeln und der Entführung von Kindern wichtiger Unternehmer oder Politiker. Einigen der Anführer hatte man den Prozess gemacht, anderen konnte nie etwas nachgewiesen werden. In Spanien waren bestimmte Sekten aufgelöst worden, aber es blieb fraglich, ob sie nicht wieder aufgebaut worden waren oder unauffällig auf ihre Chance warteten. Man hatte nicht immer klare Indizien für kriminelle Handlungen gefunden und deshalb war eine kontinuierliche und effektive polizeiliche Ermittlung schwierig. Mit anderen Worten, der Boden war so fruchtbar wie sumpfig.

Der Druck, der auf Mitglieder ausgeübt wurde, wenn sie aus der Sekte aussteigen wollten, war enorm.

»Immerhin gibt es zwei Sekten, die besonders gewalttätig werden, wenn jemand aussteigen will«, präzisierte der Subinspector. »Die Scientologen und die hinduistisch ausgerichtete Regenbogensekte, die in Indien ehemalige Mitglieder sogar hat hopsgehen lassen, damit sie nicht reden.«

»Und in Spanien?«

»Im Polizeibericht steht, dass es mehrfach Anzeigen gegen die Scientologen gegeben hat, die nichts gebracht haben, weil sie wieder zurückgezogen wurden, noch bevor Ermittlungen eingeleitet werden konnten. Fest steht, dass ein paar ehemalige Mitglieder extrem eingeschüchtert waren. Die Inder sind nicht so weit gegangen, die sind hier friedlicher.«

»Das wird der Einfluss der mediterranen Küche sein.«

»Schwören Sie lieber nicht darauf. Ihr Hauptsitz ist eine Finca in Alcover, ein Dorf in Tarragona.«

»Aha, das scheint ein Ziel aller Sekten zu sein: Ein großes Zentrum auf dem Land, wohin sie pilgern und wo sie zusammenleben können. Ein Großteil der Einnahmen von Sekten werden in den Kauf von Grundstücken auf dem Land und in den Aufbau oder Wiederaufbau von großen Häusern investiert. Aber die Puzzleteile passen noch immer nicht zueinander. Dass all diese jungen Männer fachgerecht kastriert wurden, damit sie die Sekte nicht verlassen, ist etwas ... ich weiß nicht, etwas übertrieben. Sehen Sie sich die Berichte an, es scheint immer jemanden zu geben, dem es gelungen ist zu entwischen. Warum wandern unsere hypothetischen Exjünger widerspruchslos auf die Schlachtbank? Warum schweigen sie selbst noch nach der schrecklichen Verstümmelung?«

»Sie wissen, dass der nächste Schritt der Tod sein kann. Außerdem ist eine Kastration etwas Entehrendes, das man lieber verheimlicht. Wenn sie bleiben, müssen die Verantwortlichen ihnen Unterkunft und Verständnis für ihren neuen Zustand als ...«

»Eunuchen?«

»... versprechen, genau. Wie grausam. Durch den chirurgischen Eingriff gehen sie sicher, dass es keine fatalen Fehltritte gibt. Alles ist sauber und schmerzlos, wenn sie erst mal im Operationssaal sind. Ich vermute, dass sie bis zur Narkose Gewalt anwenden müssen.«

»Sollten wir nicht ein paar Stunden schlafen, Fermín, was meinen Sie?«

»Ja, das wäre gut. Ich gehe schon.«

»Bleiben Sie, ich habe ein Gästezimmer.«

»Und die da draußen?«

»Die Aufpasser?«

»Besser, ich gehe, die sind fähig und haben was daran auszusetzen, wenn ich hier schlafe.«

»Das hat mir noch gefehlt, an meine Reputation zu denken! Wenn die das nötig haben, umso schlimmer. Sie schäkern mit meiner Haushaltshilfe herum.«

»Was Sie nicht sagen!«

»Ist kein Scherz, ich habe sie schon öfter mit ihr plaudern sehen.«

»Na, so was!« Er ging zum Fenster und lugte durch die Gardinen hinaus. »Ja, da sind sie. Na gut, Inspectora, so viel die auch mit ihrer Haushaltshilfe herumschäkern, ich gehe lieber. Man soll bösen Zungen keine Nahrung geben.«

»Wie Sie wollen.«

Ich spähte auch durch die Gardinen und sah Garzón auf den Streifenwagen zugehen. Er fragte sie etwas und fuhr dann ab. Klasse, ich war noch nie so abgeschnitten von der Außenwelt gewesen.

5

Wir steckten fest wie der Karren im Dreck. Wir warteten auf ein neues Zeichen unseres Motorradphantoms. Diese Möglichkeit war unsere einzige Hoffnung. Ich hatte mir angewöhnt, allein in Kneipen zu gehen, mich irgendwo hinzusetzen und zu gegebenem Zeitpunkt auf die Toilette zu verschwinden, wobei ich die zusammengefaltete Zeitung auf dem Tisch liegenließ. Doch wenn ich zurückkam, war nie etwas drin. Garzón, der sich in meinen Schutzengel verwandelt hatte, beklagte diese Solos. Er fand, ich würde dabei ein Risiko eingehen, und jedes Mal, wenn ich loswollte, gab es eine Auseinandersetzung.

Comisario Coronas ertrug das langsame Vorankommen der Ermittlungen geduldig. Gelegentlich setzten wir uns mit ihm zusammen, und er nutzte die Gelegenheit, uns skurrile Methoden aus drittklassigen Krimis vorzuschlagen. Eines schönen Tages hatte er die Idee, mich wieder im Fernsehen auftreten zu lassen, als eine Art Lockvogel, um dem Kastrationswütigen ein Geständnis abzuringen. Ich war empört, weil so etwas subtil unterstellte, dass ich mit meinem Auftritt das Verbrechen angestiftet hatte und deshalb in gewisser Weise schuld daran war. Es war aber gar nicht nötig, noch einmal in der Glotze aufzutreten, denn am sechzehnten Dezember kam ein Streifenpolizist mit einem Päckchen in der Hand in mein Büro gelaufen.

»Inspectora, das ist für Sie angekommen.«

Penis Nummer vier, dachte ich und spürte einen freudigen Stich angesichts der neuen Spur, aber gleich darauf begannen meine Beine zu zittern. Noch ein verstümmelter Mann, vielleicht noch eine Leiche, nicht gerade ein Anlass zur Freude.

Diesmal wollten der Comisario und sogar der Richter bei der Autopsie des Gliedes anwesend sein. Doktor Montalbán fühlte sich von der Zahl der Zuschauer etwas überfordert, aber er hatte nichts zu melden. Als Montalbán das Päckchen unter eine grelle Lampe legte und es öffnen wollte, entdeckte ich etwas und bat ihn, noch einen Augenblick zu warten. Eine Sekunde lang herrschte allgemeine Verwirrung. Ich nahm einen Kugelschreiber und zeigte auf den Poststempel.

»Haben Sie das gesehen?«

»Das kommt aus Tarragona!«, rief Garzón.

»Waren alle anderen in Barcelona abgestempelt worden?«, fragte der Richter.

»Alle.«

»Gibt es sonst noch äußerliche Unterschiede?«

»Alles andere ist absolut identisch. Trotzdem glaube ich, dass es besser wäre, auch eine Analyse machen zu lassen, ob der Schrifttyp mit dem vorigen übereinstimmt.«

»Gute Idee, Petra, ordnen Sie das an. Fahren Sie fort, Doktor.«

Coronas konnte seine Ungeduld nur schlecht verhehlen; auch der Richter starrte wie hypnotisiert auf den Seziertisch.

Als Montalbán das Papier entfernt hatte, kam die uns wohlbekannte Plastikschachtel zum Vorschein und in ihrem Innern der vierte Penis in einer mit Formol gefüllten Plastiktüte.

»Da haben wir ihn ja«, murmelte Montalbán.

»Mein Gott!«, entfuhr es dem Richter leise.

Der Pathologe bestätigte eine nach der anderen seine früheren Diagnosen: Fachgerechte Abtrennung, junger Mann, Gewebe, das keine Anzeichen von Schrumpfung aufwies, woraus man schließen konnte, dass das Glied gleich nach seiner Amputation in Formol gelegt worden war …

»Sonst gibt es nichts weiter?«, fragte ich.

»Auf den ersten Blick … nein. Sehen wir hinein.«

Er zog mit einer Pinzette die schlaffe Vorhaut zurück und darunter kam die runzlige, weißliche Eichel zum Vorschein. Dann fiel etwas auf das blütenweiße Tuch.

»Und was ist das?«, entfuhr es Coronas.

»Wie soll ich das wissen, Comisario!«, erwiderte Montalbán ungeduldig.

Er schob das winzige Objekt mit der Pinzette hin und her und hielt es schließlich unters Licht. Aus meiner Perspektive glaubte ich etwas Hartes, Quadratisches mit weißlichem Schimmer zu erkennen. Schließlich sagte Montalbán:

»Herrschaften, das fällt nicht in mein Ressort, ich kann nicht mit Bestimmtheit sagen, ob das ein Stückchen Stein, Marmor oder so was ist. Ein Steinsplitter vielleicht.«

»Ich schlage vor, Sie schicken es direkt ins Polizeilabor«, bestimmte der Richter.

»Das tun wir«, bekräftigte ich und die Versammlung löste sich langsam auf.

»Halten Sie mich auf dem Laufenden und bitte, größte Diskretion!«, verabschiedete sich der Richter.

»Keine Sorge, Señor. Weil Sie gerade da sind, der Subinspector und ich brauchen für morgen einen Durchsuchungsbefehl. Wir haben vor, den Sitz einer der Sekten in Tarragona zu durchsuchen.«

»Ist in Ordnung, kommen Sie vor zehn bei mir im Gericht vorbei.«

Das war nicht das Einzige, was wir vor unserer einstündigen Fahrt zu erledigen hatten. Wir mussten bei den Mossos d'Esquadra die genaue Adresse der Regenbogensekte erfragen und den Analysebericht über den Stein oder was zum Teufel es auch immer sein mochte, abwarten. Endlich hatten wir eine Spur, etwas Greifbares, auch wenn es nur ein Ort auf der Landkarte war.

Am nächsten Morgen wurde die Spur noch etwas konkreter. Die Laboranalyse hatte ergeben, dass der Splitter von einem ganz besonderen Stein stammte. Es handelte sich um weißen Kalkstein voller kleiner Fossilien, der nur in einem Steinbruch bei Ulldecona abgebaut und zum Hausbau benutzt wurde. Ulldecona war hundert Kilometer von Tarragona entfernt. Sollten wir in Alcover keine Hinweise finden, wäre es nützlich, eine Kundenliste des Steinbruchs zu erhalten. Wir nahmen uns vor, dort vorbeizufahren.

Wie üblich teilte Garzón meinen Optimismus nicht.

»Nicht mal der Poststempel ist aus Alcover!«

»Na und? Es ist dieselbe Provinz. Der Absender ist in die Hauptstadt gefahren, weil ihn in einem kleinen Dorf jeder beim Einwerfen des Päckchens hätte beobachten können. Das ist wichtig, mein lieber Fermín!«

»Ich weiß nicht, ob ... dieser verdammte Fall ... und es sind schon vier Männer, vier Eunuchen.«

»Vergessen Sie's. Warum rezitieren Sie mir nicht eines Ihrer schweinischen Gedichte über Schwänze?«

Ich glaubte, er würde es nicht tun, aber er sah mich von der Seite an und rief, vielleicht nur, um mich zu ärgern:

»Ich habe nichts dagegen einzuwenden, aber da wir unterwegs sind, singe ich es besser.«

Der Subinspector räusperte sich und stimmte wie ein rolliger Kater halblaut an:

»Manche Schwänze sind groß und fein
andere nur mickrig und klein,
egal, ob so oder schlimmer
steif werden müssen sie immer.«

»Aber Subinspector«, rief ich aus und tat empört. Er lachte wie ein kleiner Junge und legte, begeistert von seinem Einfall, noch eins drauf:

»An dieser Stelle sollte ein großer Chor einsetzen und lautstark wiederholen: i-im-mer!«

»Wollen Sie schon still sein?«

»Sie haben mich doch darum gebeten.«

»Ist ja gut, und jetzt bitte ich Sie aufzuhören.«

»Wie Sie wollen, aber dann entgeht Ihnen die beste Strophe.«

»Ich werd's überleben.«

Sein ausladender Bauch hinterm Steuer wippte vor Lachen.

»Wie wär's, wenn wir ein bisschen arbeiten, Fermín? Ich lese den Bericht über die Regenbogensekte laut vor.«

»Gute Idee.«

Die Regenbogengemeinschaft in Spanien war von einem nicht vorbestraften Emilio Fidel gegründet worden, und es war ihm gelungen, sechs Häuser aufzubauen. Sie hatten noch nie Schwierigkeiten mit der Polizei gehabt. Besagter Fidel hatte seinerzeit gegen Franco gekämpft und später geistige Erleuchtung nach indischem Vorbild erfahren. Innerhalb der Gemeinschaft pflegten die Anhänger eine orangefarbene Tunika im Stile der Hare-Krischna-Bewegung zu tragen. Die postulierten Doktrinen waren ein Mischmasch aus Tantra, Buddhismus, Naturreligion, Esoterik, Magie, Yoga, Psychoanalyse, Bioenergetik, Sufismus, Musiktherapie, Taoismus und Körperausdruck, unter dem ich mir nichts vorstellen konnte. Nicht mal ein ausgeflippter Barkeeper hätte mit solchen Ingredienzien einen Cocktail zustande gebracht. Trotzdem war ihr Markenzeichen, die einzige Tantraschule in Spanien zu führen. Garzón bat mich, ihm das näher zu erklären, aber ich konnte ihm nur das wiederholen, was in Padre Villalbas Dossier stand: »Der Tantrismus ist die Lehre von der orgiastischen Ekstase, die zahlreiche Yogis und den tibetanischen Buddhismus inspiriert hat.« Offensichtlich wurde besagte Ekstase bei den Anhängern durch entfesselte Tänze und bioenergetische Techniken hervorgerufen und, ganz wichtig, durch ein grundlegendes Element des Tantrismus: den Sex. Die Regenbogenanhänger erklärten sich für amoralisch und praktizierten den freien Sex.

»Vielleicht sind ein paar der Jungs zu weit gegangen und wurden kastriert oder sie haben den Geist der Gemeinschaft verraten.«

»Unterbrechen Sie mich nicht, Garzón. Im Prinzip basiert unser Verdacht darauf, dass die Aussteiger bestraft worden sind.«

»Und wie finanzieren sich diese Vögel?«

»Durch Einlagen der Anhänger. Im Polizeibericht steht, dass nicht klar ist, woher das Geld stammt, mit dem sie die Finca in Alcover gekauft haben. Trotzdem mochte kein Richter etwas unternehmen, weil es keine Hinweise auf ein Wirtschaftsdelikt gab. Sie erwirtschaften auch viel Geld durch den Einsatz ihrer Mitglieder als unentgeltliche Arbeitskräfte.«

»Also, Inspectora, ich versteh gar nicht, warum wir beide keine Sekte gründen, wir würden viel besser leben.«

»Kommt nicht in Frage, orange steht mir überhaupt nicht.«

Die Regenbogensekte gewann und indoktrinierte junge Menschen durch Vorträge und Seminare zur »Naturtherapie«. Villalba wies nachdrücklich darauf hin, dass Psychologen aus Neugier die Regenbogengemeinschaft besucht hatten und entsetzt waren. Sie erzählten, dass ohne jede Befähigung oder Kontrolle gefährliche psychologische Therapien angewandt wurden. In einem Absatz erwähnte er noch, dass in Navarra ein paar Fälle bekannt geworden waren, wo ein paar Mitglieder nach den Intensivkursen des Regenbogens direkt in der Psychiatrie der Hauptstadt gelandet sind.

»Und was ist das höchste Ziel dieser Typen?«

»Die Erlösung des Individuums, heißt es hier.«

»Wenigstens haben sie nicht die Absicht, den Planeten zu beherrschen.«

»Ich weiß nicht, ob das ein Trost ist. Glauben Sie, dass das mit den Merkmalen übereinstimmt, die wir suchen?«

»Keine Ahnung, jede Sekte ist finster genug, um an eine Kastration als mögliche Repressalie, Bestrafung oder Einschüchterung zu denken.«

Die Finca der Regenbogenbewegung ausfindig zu machen war nicht schwer. Die Kollegen von der Policía Autonómica hatten Garzón einen kleinen Plan gezeichnet. Wir befanden uns plötzlich in einer paradiesischen, idyllischen Landschaft. Auf einem Hügel stand, umgeben von Zypressen und Mandelbäumen, ein zum Teil wiederaufgebautes Gehöft. Als wir näher kamen, sahen wir Gemüse- und Obstfelder, säuberlich eingeteilt wie Gärten. In der Nähe des Hauses die fröhlichen Gestalten der jungen Anhänger, Männer und Frauen, alle in orangefarbenen Tuniken und dem einen oder anderen dicken Wollpullover darüber wegen der morgendlichen Frische. Beim Anblick des Autos reagierten sie weder überrascht noch gestört. Sie lächelten uns an, als wäre die Ankunft von Fremden willkommen.

Wir hielten auf einer großen Fläche vor der Eingangstür. Ein paar zahme Hunde kamen herbeigelaufen und beschnüffelten uns.

»Das wirkt nicht wie der Eingang zur Höhle der Verdammnis«, flüsterte der Subinspector.

Wir sprachen einen jungen Mann an, der einen Karren frisch geernteter Kartoffeln an uns vorbeischob.

»Entschuldigung, wir hätten gern den Verantwortlichen des Zentrums gesprochen.«

Er nickte wortlos und verschwand mit einem frommen, dümmlichen Lächeln auf den Lippen im Haus.

Ich instruierte kurz meinen Kollegen.

»Schauen Sie sich überall nach dem fossilierten Kalkstein um. Und denken Sie daran, wir wollen es uns nicht gleich verscherzen. Erwähnen Sie bloß nicht das Wort Sekte, sagen Sie immer Gemeinschaft oder Kollektiv.«

Zu unserer Überraschung kehrte der stumme Junge nach kaum fünf Minuten in Begleitung einer Frau zurück. Damit hatten wir nicht gerechnet. In Padre Villalbas Aufzeichnungen stand, dass all diese Organisationen zu Frauenfeindlichkeit neigten und Frauen nur eine untergeordnete Position einräumten. Sie stellte sich als Direktorin des Zentrums vor und bat uns einzutreten. Ich erklärte ihr, dass wir von der Polizei seien und einen Durchsuchungsbefehl für die Einrichtung hätten. Ihr Ausdruck änderte sich nicht im Geringsten.

»Aber natürlich, das ist nichts Neues! Ab und zu schickt uns ein Richter die Polizei von Tarragona mit einem Durchsuchungsbefehl vorbei. Ich weiß nicht, was Sie sich vorstellen, was wir hier tun. Aber wenn Sie sich dann sicherer fühlen, ich habe nie etwas dagegen. Kommen Sie bitte mit in mein Büro.«

Sie war um die vierzig und hatte ebenfalls eine dieser buddhistischen Kutten an. Wir betraten einen nüchternen Raum mit dicken Mauern. Die Frau bat uns, Platz zu nehmen. Sie hieß Esperanza Ortiz und zur Bestätigung holte sie ihren Ausweis aus einer Schublade. In der Rubrik Beruf stand: Psychologin.

»Womit kann ich Ihnen dienen?«

»Wir ermitteln in einem Fall und wollen uns vergewissern, dass Ihre Gemeinschaft nicht darin verwickelt ist.«

»Was für ein Fall ist das?«

»Drogenbesitz«, log ich.

Sie lächelte.

»Mein Gott! Aber gerade wir sind doch Verfechter eines gesunden Lebens.«

»Umso besser für Sie. Apropos, dürfen wir rauchen?«

»Selbstverständlich. Wir sind nicht dogmatisch.«

»Sagen Sie, Señora Ortiz, wie viele junge Leute leben hier und wie alt sind sie?«

»Fest leben hier etwa dreißig Personen, obwohl manchmal am Wochenende junge Leute aus der Stadt herkommen, die auch zur Organisation gehören, aber bei ihrer Familie leben wollen.«

»Verständlich.«

»Natürlich. Hier wird niemand zu etwas gezwungen, Inspectora. Alle kommen und gehen nach ihrem Belieben und alle sind volljährig.«

»Sie können die Gemeinschaft auch problemlos verlassen, nehme ich an.«

»Aber natürlich!«

»Könnten Sie uns eine Liste der Mitglieder geben, die nicht mehr zur Regenbogengemeinschaft gehören?«

»Brüder und Schwestern, wir ziehen es vor, sie so zu nennen. Nun, das ist schwierig. Eben wegen der Freizügigkeit wäre es nicht vertretbar, ihre Daten aufzubewahren, wenn sie ausgetreten sind. Es würde auch nicht für uns sprechen, wenn wir Informationen über Personen herausgeben würden, die vielleicht beschlossen haben, ihre Zugehörigkeit aus irgendeinem Grund geheim zu halten. Das wäre eine Verletzung der Privatsphäre.«

»Ich verstehe. Darf ich fragen, was Sie hier tun?«

»Oh, alles Mögliche. Wir betreiben Landwirtschaft zur Selbstversorgung, wir meditieren, wir veranstalten eine Art therapeutischer Sitzungen, wir hören Musik, wir handarbeiten, wir proben Theaterstücke und wir tanzen.«

»Tanzen?«

»Tanzen ist sehr wichtig für unsere geistigen Ziele.«

»Und die Sexualität?«, fragte ich mit honigsüßer Stimme.

»Ja, Sexualität praktizieren wir auch. Ist an der Sexualität etwas illegal, Inspectora?«

»Nein, im Prinzip nicht.«

»Das beruhigt mich, denn bei uns ist Sexualität etwas Schönes und Natürliches.«

Diese Frau wusste sehr gut, wie sie sich zu verhalten und was sie zu sagen hatte. Es war sinnvoller, die Anlage in Augenschein zu nehmen. Aber auch da gab es nichts Verdächtiges. Wir fragten nach einer Kapelle oder einem Saal für Opfergaben auf der Suche nach violetten Kerzen. So was gab es nicht. Diese Leute zelebrierten keine anderen Rituale als ihre geheimnisvollen Tänze. Wir wollten auch wissen, ob es eine Krankenstation gab, mit der vagen Hoffnung, einen klapprigen Operationstisch und Chirurgeninstrumenten zu finden, aber sie hatten nur eine kleine gewöhnliche Hausapotheke. Wenn jemand krank war, gingen sie zum Dorfarzt. Nichts. Man zeigte uns Zimmer und Speisesaal, Duschen, Küche und Vorratskammern. Wir durchsuchten sorgfältig jeden Winkel des erst kürzlich renovierten Anwesens. Nichts, es gab nicht mal weißen Kalkstein, alles bestand aus grauem Stein und gewöhnlichen Ziegeln. Wir mussten aufgeben.

»Ein hübscher Ausflug und ein wunderbarer Reinfall«, sagte Garzón, als wir wieder im Auto saßen.

»Das Geheime ist geheim, bis es enthüllt wird.«

»Was ist denn das, ein Satz aus der Esoterik?«

»Nein, ich will damit sagen, dass wir von so einem Ort direkt wenig erwarten können, aber jetzt waren wir da und wissen, wo er ist. Außerdem bewirkt unser Besuch vielleicht irgendwas.«

»Na klar, heute Abend werden sie das ganze Marihuana verbrennen, das sie unter den Matratzen versteckt haben. Falls wir mit

Hunden zurückkommen. Die Rauchsäule wird man bis ins Dorf sehen und sogar der Bürgermeister wird high sein.«

Die einzige Art, die schlechte Laune meines Kollegen zu vertreiben, bestand in dem Vorschlag, auf dem Weg nach Ulldecona etwas essen zu gehen. Er war einverstanden.

Der Küstenstreifen von Tarragona nach Vinaroz ist für seine Gastronomie berühmt. Dort gibt es einen Haufen Luxusrestaurants, die von Geschäftsleuten frequentiert werden. Wir hielten in Sant Charles de la Rápita und entschieden uns für eines der namhaften Lokale. Ich dachte daran, dass Coronas einen Schrei zum Himmel senden würde, wenn er unsere Spesenrechnung sah.

Das Restaurant war tatsächlich voller Männer in Anzug und Krawatte, die über Geschäfte redeten. Garzón und ich passten nicht ins Bild. Ihn schien das nicht zu stören, angesichts der Platten voller Meeresfrüchte. Mein Kollege verfiel in eine seiner Ekstasen, für die er nie eine Tantraschule gebraucht hatte.

»Haben Sie diese Tintenfischlein probiert, Petra? Ich würde jeder Sekte beitreten, wo es so was jeden Tag zu essen gibt.«

»Meinen Sie das ernst?«

Er schlürfte eine Muschel aus der Schale. »Ich will nicht abstreiten, dass das Leben in einer Welt, in der alles geregelt ist und es keine anderen Probleme gibt als Paprika zu züchten, nun, höchst angenehm sein muss.«

»Ja, ja, der Traum vom täglichen Frieden. Ich habe so was Ähnliches bei meinem Gespräch bei Padre Villalba gefühlt. Ich habe mir ausgemalt, wie wunderbar es wäre, wenn er protestantischer Pfarrer und ich mit ihm verheiratet wäre.«

»Na, so was! Und was zum Teufel würden Sie mit einem Pfarrer anfangen?«

»Nichts Besonderes, ich würde die Armen speisen und ihnen Schokolade zubereiten. Abends würde ich mich mit meinem Gatten vor den Kamin setzen und mit ihm Tee trinken.«

»Ich weiß nicht, ich kann Sie mir nicht den ganzen Tag beim Kochen von irgendwas vorstellen.«

»Ich auch nicht, dass Sie Paprika züchten.«

»Zumindest würde ich beim Regenbogen die ganze Nacht mit freiem purem Sex zubringen.«

»Und was glauben Sie, was ich tun würde? Pfarrer haben den Ruf, im Bett sehr lüstern zu sein.«

»Vielleicht die aus Alcarria, aber die protestantischen, ich weiß nicht …«

Dann kam die köstlich duftende Paella. Garzón stieß einen genussvollen Pfiff aus und häufte sich eiligst den Teller voll.

»Wir machen uns zwar lustig, Inspectora, aber mir fällt bei der ganzen Angelegenheit auf, wie sehr die Leute nach geistigem Futter verlangt, nach Religion.«

»Sehen Sie sich die Leute hier an. Wenn Sie ihnen ein Weilchen zuhören, wird Ihnen klar, dass sie nur übers Geld reden. Wir widmen uns wenigstens originelleren Dingen.«

»Zum Beispiel?«

»Die Wahrheit ans Licht zu bringen.«

»Und hinter einem Phantom mit Motorradhelm herzurennen.«

»Und hinter einem Haufen Schwänze.«

»Ja, das ist wirklich originell!«

Sein sonores Lachen hallte im ganzen Restaurant wider. Der Himmel blieb bis zum Ende des Essens und zum Kaffee heiter. Als wir wieder auf der Straße standen, machte sich das gute Essen bemerkbar, denn wir fuhren in bester Stimmung weiter.

Um vier Uhr nachmittags kamen wir beim Kalksteinbruch an, der direkt an der Landstraße lag, und fragten nach dem Chef. Wir hatten nur wenige Fragen, er sollte uns lediglich eine Kundenliste des vergangenen Jahres aushändigen. Tatsächlich fühlte er sich geschmeichelt, dass ihn die Polizei von Barcelona um seine Mitarbeit bat. Garzón erklärte ihm, die Angelegenheit sei absolut geheim und der arme Mann gab sich damit zufrieden. Er öffnete seine Datenbank und druckte uns eine Liste aus. Der Steinbruch erhielt nur Großaufträge; Leute, die eine kleine Menge Kalkstein brauchten, wandten sich an die entsprechenden Baumärkte.

»Und die haben keine direkte Kundenbeziehung?«

»Die bewahren den Lieferschein auf, aber auf dem steht weder Name noch Anschrift.«

»Verstehe.«

»Zumindest können Sie davon ausgehen, dass sich der Kunde im Umkreis von hundert Kilometern finden lässt.«

»Warum?«

»Weil es nicht rentabel ist, den Stein über größere Strecken transportieren zu lassen, die Transportkosten wären zu teuer. Möchten Sie den Stein sehen? Kommen Sie, ich werde ihn Ihnen zeigen. Er ist einzigartig.«

Er führte uns durch Stapel großer glatter Steinblöcke hindurch, die mit einer feinen Staubschicht überzogen waren. Er bückte sich und hob ein abgefallenes Stückchen auf. Es war zweifelsohne derselbe Typ wie der unsrige. Deshalb bat ich ihn, uns das Stückchen zu überlassen. Wir verabschiedeten uns und ließen ihn glücklich und neugierig zurück.

Garzón war absolut unzufrieden.

»Sehen Sie, Inspectora? Jeder kann eine kleine Menge dieses Steins in einem Baumarkt kaufen. Es war sinnlos, hier herzufahren.«

»Bei kleinen Mengen hätte der Informant ihn nicht als Hinweis benutzt.«

»Aber was sollen wir denn mit dieser Kundenliste anfangen, verflucht noch mal, jeden Einzelnen befragen?«

»Wir werden nur die aus der Provinz Tarragona überprüfen, vergessen Sie den Poststempel auf dem Päckchen nicht. Und sehen Sie nach, ob die Regenbogengemeinschaft Kunde ist.«

Murrend blätterte er herum, während ich auf den Verkehr achtete.

»Nein, die ist nicht dabei. Auch nicht unter dem Namen der Psychologin, Inspectora. Der Fels verkauft sich gut. Es gibt sogar Ausländer, die sich damit einen Bungalow bauen. Hören Sie: Jean Pierre Dolman, James Wood … Sogar einen Russen: Sergei Iwanow … Wo zum Teufel sollen wir anfangen? Und was sollen wir die fragen? Haben Sie ein paar Jungs kastriert und ihnen dann aus fossilem Stein einen Pantheon gebaut? Das ist absurd, Inspectora! Wir dürfen uns nicht länger auf Ihren Informanten, wie Sie ihn nennen, verlassen.«

»Machen Sie mich nicht nervös, Garzón, gehorchen Sie einfach.«

Er fluchte leise. Immerhin schlief er darüber ein und ließ mich in Ruhe.

Im Büro erkundigte ich mich nach Vermissten oder Leichen, und da die Antwort wie immer negativ ausfiel, begann ich die Kundenlisten vom Steinbruch durchzuarbeiten. Da wurde ein Anruf durchgestellt. Es war Pepe, was mich sehr wunderte, weil er mich nicht einmal während unserer Ehe im Kommissariat angerufen hatte. Ich erkannte seine Stimme sofort. Sie kam mir jünger vor, als ich sie in Erinnerung hatte.

»Petra, es ist was Merkwürdiges passiert, aber vielleicht ist es auch ganz normal.«

»Ich verstehe kein Wort.«

»Also, im Efemérides wurde ein Brief für dich abgegeben.«

»Was?«

»Ja, ein Bote mit einem Umschlag für dich. Hamed hat ihn angenommen und ihm gesagt, dass du nicht hier wohnst. Aber der Junge hat gesagt, das sei sein Auftrag. Wir waren etwas überrascht, aber dann dachten wir, dass du aus einem bestimmten Grund unsere Adresse angegeben hast.«

»Wie sah der Bote aus?«

»Ich habe ihn nicht gesehen.«

»Von welchem Kurierdienst?«

»Wart mal, ich rufe Hamed.«

»Nein, ist nicht nötig; ich komm gleich vorbei.«

Ich flog in Garzóns Büro und wir rannten zum Auto. Der Subinspector mochte meinen Verdacht nicht teilen.

»Das kann jeder Blödsinn sein.«

»Auf keinen Fall. Wollen wir wetten, dass es unser Freund mit dem Helm war? Den hat er bestimmt nicht abgenommen, als er mit Hamed geredet hat. Sie werden sehen, dass er uns in diesem Brief eine neue Spur liefert. Er hat ihn nicht bei mir zu Hause eingesteckt, weil er den Streifenwagen vor der Tür gesehen hat.«

»Und warum schickt er ihn nicht per Post?«

»Ich weiß es nicht, Fermín, machen Sie mich nicht wahnsinnig.«

Der Bote war ein schlanker, junger Mann gewesen und hatte den Motorradhelm nicht abgenommen. Ich betrachtete den Umschlag und wagte nicht, ihn zu öffnen, solange Pepes, Hameds und Garzóns Augen auf mich gerichtet waren.

»Ich möchte ihn lieber allein öffnen«, sagte ich und mein Exmann und sein Kompagnon kehrten fast beleidigt zu ihrer Arbeit am Tresen zurück. Ich öffnete den Umschlag mit zittrigen Händen. Er enthielt ein zusammengefaltetes Blatt. Ich zog es heraus und las die knappe Mitteilung, die aus der dreimaligen Wiederholung des Wortes Nein bestand: NEIN NEIN NEIN. Die Schrift wirkte wie gedruckt und die drei Neins waren so energisch geschrieben worden, dass der Kugelschreiber das Papier geritzt hatte. Ich rief Hamed.

»Und du musstest nichts unterschreiben?«

»Nein.«

»Und das hast du nicht merkwürdig gefunden?«

»Ich habe nicht darüber nachgedacht. Seit ich eine Kneipe habe, finde ich nichts mehr merkwürdig.«

»Wann kam das an?«

Er dachte einen Augenblick nach.

»So um vier. Ich habe Teller abgewaschen, als er hereinkam. Pepe war unten im Weinkeller.«

»Hat er irgendwas gesagt, war er nervös, ist dir was aufgefallen?«

»Nein, nichts. Er kam mir wie ein Kurier vor. Er hat nicht viel geredet.«

Ich ging zu Garzón an unserem Ecktisch zurück.

»Fällt Ihnen was auf? Wir kommen in etwa um halb zwei bei der Regenbogensekte an und sind eine gute Stunde dort. Ich bin davon überzeugt, dass der Junge uns bis Alcover gefolgt ist und uns dort reinfahren gesehen hat. Aber er hat nicht gewartet, bis wir wieder rauskamen, weshalb ihm entgangen ist, dass wir weiter zum Steinbruch gefahren sind. Er ist nach Barcelona zurückgefahren und hat diese Nachricht hier abgegeben. Er schickt sie nicht per Post, weil es so schneller geht. Er will uns wissen lassen, dass dieses Nein sich auf den Schritt bezieht, den wir gerade gemacht haben. Womit er uns sagen will, dass der Fall nichts mit der Regenbogensekte zu tun hat. Aber auf den Steinbruch kann es sich nicht beziehen. Eine Frage der Zeit.«

»Inspectora, bitte, können Sie mir erklären, warum wir den Hinweisen Ihres Phantoms folgen sollten?«

»Sehen Sie einen anderen Weg?«

»Aber Petra, glauben Sie, das alles hat einen Sinn? Was für einen Grund soll es geben, dass ein Kerl, der uns mit aller Gewalt auf den richtigen Weg bringen will, nur einsilbige Mitteilungen und Hinweise in den Penissen schickt?«

»Wie soll ich das denn wissen, verflucht noch mal? Haben Sie Ihre Theorie vom einsamen Verrückten schon vergessen?«

»Verrückt, ja, aber verrückt, intelligent und verspielt ist zu viel. Ich habe mal einen Film gesehen. Der Mörder hinterlässt der Polizei Spuren, um sie in Schach zu halten. Er kopiert Zitate aus der Bibel, die mit den Verbrechen zu tun haben. Lächerlich, das glaubt doch kein Mensch.«

»Sie machen mich wahnsinnig, Subinspector. Dass Sie einen unrealistischen Film gesehen haben, heißt noch lange nicht, dass die Realität manchmal nicht außergewöhnlich ist. Glauben Sie etwa, das sei ein normaler Fall? Ist es üblich, abgeschnittene Penisse zu bekommen, die zu niemandem gehören? Habe ich mir das etwa auch ausgedacht?«

»Ich sage ja nicht, dass Sie sich etwas ausdenken, aber ich habe fünfunddreißig Dienstjahre auf dem Buckel, fünfunddreißig Jahre, Inspectora! Und ich habe noch keinen Kriminellen kennen gelernt, der mit Spielchen seine Haut riskiert hat.«

»Wollen Sie damit sagen, dass ich eine naive Anfängerin bin, die alles frisst, was man ihr auftischt?«

»Das habe ich nicht gesagt.«

»Aber gedacht haben Sie es.«

»Bei allem Respekt, Inspectora, wenn Sie nicht meine direkte Vorgesetzte wären und wir im Augenblick nicht eine Dienstfrage erörtern würden, wissen Sie, was ich dann tun würde?«

»Was?«

»Ich würde verschwinden und erst zurückkommen, wenn Sie die Dinge, die ich sage, besser verstehen.«

»Toll, dann werde ich Ihnen einen Gefallen tun: Hauen Sie ab und seien Sie so freundlich und lassen von dieser blöden bedeutungslosen Nachricht ein graphologisches Gutachten anfertigen, sie soll mit allem Schriftlichen dieser nicht existierenden Person, die uns nichts sagen will, verglichen werden, verstanden?«

»Ist das ein Befehl?«

»Dank Ihrer fünfunddreißig Dienstjahre haben Sie das aber schnell begriffen.«

Garzón stand gereizt auf und war mit ein paar großen Schritten an der Tür. Er verabschiedete sich nicht einmal von Pepe und Hamed, die ihm vom Tresen aus überrascht hinterhersahen. Pepe kam unschlüssig zu mir.

»Was ist passiert?«

»Eine kleine Meinungsverschiedenheit.«

»Aha! Garzón ist abgerauscht, als wäre ihm der Teufel auf den Fersen.«

»Er ist ein unverbesserlicher Dickschädel.«

»Und du?«

»Ich bin bescheuert, Pepe, du kennst mich ja. Beim geringsten Anlass erinnere ich ihn daran, dass ich das Sagen habe, und hinterher bereue ich es.«

Er verschwand wortlos und kam gleich darauf mit einer Flasche Portwein und zwei Gläsern zurück. Er setzte sich zu mir und schenkte uns ein. Obwohl es noch nicht spät war, war es draußen schon dunkel. Um diese Uhrzeit war das Lokal noch leer und schwach beleuchtet. Wir tranken schweigend.

»Fällt es dir immer noch so schwer, dich nach einer Auseinandersetzung wieder einzukriegen?«

Ich sah ihn alarmiert an. Sein breites Lächeln zeigte mir, dass in dem Satz keine alten Vorwürfe mitschwangen. Ich entspannte mich.

Nicht nur sein Gesicht und sein Körper hatten ihren kindlichen Anflug verloren und waren erwachsen geworden. Auch seine Stimme klang anders, ebenso seine Worte. Ich erinnerte mich an ihn in der Zeit, als er noch mir gehörte, als ich jeden Morgen beim Aufwachen überrascht und ängstlich seine Jugend bestaunte. In mir stieg ein Bild auf, wie er sich nach dem Duschen angezogen hatte, der sehnige Oberkörper, die Art, mit der er das Hemd in die Hose steckte ... Ich glaube, in dem Augenblick wäre ich mit ihm unter den Tisch gekrochen und hätte mit ihm gevögelt. Statt dessen küsste ich ihn auf den trockenen, warmen Mund mit den festen Lippen. Pepe reagierte auf den hungrigen Impuls und wir saugten uns die Seele aus dem Leib. Im Alkoholdunst des Kusses hörte ich eine Tür klappen und drehte mich um. Hamed war in die Küche verschwunden, er wollte keinesfalls Zeuge des Geschehens werden. Ich löste mich von Pepe, versuchte, wieder in die Realität zurückzufinden und das in mir aufsteigende Begehren zu unterdrücken, das mich schwindlig machte und schmerzte.

»Pepe, ich muss gehen.«

»Du musst nicht gehen.«

»Ich gehe aber.«

Mit übermenschlicher Anstrengung stand ich auf und verließ atemlos das Efemérides. Zum Abschluss der Schocktherapie duschte ich beim Heimkommen und versuchte, auf dem Sofa ein bisschen zu schlafen.

Als ich vom Telefonklingeln geweckt wurde, wusste ich nicht, wer ich war oder woher ich kam, und noch viel weniger begriff ich, von wem die hektisch ausgestoßenen Worte kamen, die ich hörte.

»Aber wer spricht denn da?« fragte ich verständnislos.

»Wie, wer spricht? Ich bin's Inspectora, Garzón. Geht es Ihnen gut?«

»Ja, Garzón, warten Sie mal.« Ich schwieg einen Augenblick und rekonstruierte meine Anwesenheit auf der Welt. »Einverstanden, Garzón, Sie sind es. Was gibt's Neues?«
»Geht es Ihnen wirklich gut, Petra?«
»Aber ja, Garzón, verdammt, kann man nicht mal einen Augenblick eindösen? Was ist denn passiert?«
»Es ist sehr wichtig. Die Leiche eines jungen Mannes ist gefunden worden.«
»Und?«
»Er hat einen amputierten Penis, Inspectora, ich meine, er hat keinen mehr. Ich warte im Büro auf Sie.«
Am Tag zuvor war die Leiche eines jungen Mannes von ungefähr zweiundzwanzig Jahren ohne Ausweispapiere gefunden worden. Sie wies keine Spuren von Gewaltanwendung auf. Im gerichtsmedizinischen Institut wurde bei einer ersten Inaugenscheinnahme festgestellt, dass dem Körper der Penis fehlte. Man hatte sofort Coronas verständigt, dann Garzón.

Eine Leiche, der erste makabre und eindeutige Beweis dafür, dass wir es mit einem Mordfall zu tun hatten, möglicherweise mit einer Serie. Na also, hatten wir uns nicht eine Leiche gewünscht? Da lag sie. Ihr Anblick war nicht sehr angenehm. Der Junge war groß, kräftig und blond und hatte einen kindlichen Gesichtsausdruck. Doktor Montalbán zog energisch das Tuch vom Körper. Wir konnten die Augen nicht von den unvollständigen Genitalien abwenden.

»So weit ich sehen konnte, ist die Wunde frisch. Die Amputation ist mit derselben Technik wie die anderen ausgeführt worden. Trotzdem scheint der Junge nicht an den Folgen gestorben zu sein. Es gibt keine Anzeichen von Blutergüssen oder Anzeichen einer Infektion.«

»Wie lange ist er schon tot?«
»Fast vierundzwanzig Stunden. Er muss kurz nach der Kastration gestorben sein. Sehen sie sich die frischen Stiche an.«
»Wie ist er gestorben?«

»Das kann ich Ihnen erst nach der Autopsie sagen, das wird noch ein Weilchen dauern. Ich habe noch andere Leichen zu bearbeiten.«

Wir vereinbarten, später wiederzukommen, und fuhren inzwischen zu dem Acker an der A 19, wo die Leiche gefunden wurde. Comisario Coronas hatte angeordnet, die Umgebung abzusuchen, er überwachte die Spurensuche persönlich.

»Gibt's was Neues?«, fragte Garzón.

»Bisher nichts, aber es ist klar, wie die Leiche hier gelandet ist. Sie wurde von dem parallel zur Autobahn laufenden Weg die Böschung hinuntergerollt. Hier hat sie ein Autobahnarbeiter gefunden. Es gibt kaum Schleifspuren, man hat ihn wohl aus dem Auto rausgeworfen.«

Ich stellte mich an genau die Stelle, auf die Coronas zeigte.

»Von hier aus?«

»In etwa, ja.«

Der Fundort war abgesperrt. Ich ging hinunter.

»Und hier wurde er gefunden?«

»Ja, genau.«

»Ist die Spur, die der Körper beim Rollen hinterlassen hat, überprüft worden?«

»Hier können Sie sie sehen.« Coronas zeigte auf einen abschüssigen Streifen, wo das Gras leicht platt gedrückt war.

»Und weiter unten gibt es keine Spuren?«, fragte ich.

»Nein, keine.«

»Comisario, wie kann die Leiche bis hierher rollen, wenn die Böschung so flach ist? Ist es nicht logischer, dass sie kräftig geschubst wurde?«

»Kann sein.«

»Dann muss mehr als eine Person am Werk gewesen sein. Zwei, vielleicht sogar drei.«

»Warten Sie, wir rufen Teniente Segarra, er leitet die Spurensuche.«

Coronas fragte ihn und der Teniente stimmte mir zu. Ja, man konnte von mindestens zwei Personen ausgehen. Tatsächlich begann die Spur einen Schritt vom Weg entfernt. Deswegen konnte man sogar annehmen, dass der Körper, an Armen und Beinen gehalten, mit Schwung hinuntergeworfen worden war.

»Warum glauben Sie, dass eine dritte Person im Spiel sein könnte?«, fragte mich Garzón.

Ich sah den Teniente an und sagte bescheiden:

»Ich dachte, weil es keine Spuren gibt, die darauf hinweisen, dass der Körper vorher abgelegt worden ist, oder irre ich mich?«

»Nein, Sie irren sich nicht. Ich könnte schwören, dass dieser Körper da runtergeworfen wurde, ohne vorher den Boden berührt zu haben. Das würde man sehen.«

»Also, müssen es dann nicht zwei kräftige Männer gewesen sein, um das hinzukriegen? Einen toten Körper zu bewegen ist umständlich und der Tote im Leichenschauhaus ist ziemlich stämmig.«

»Was Inspectora Delicado sagt, ist nicht abwegig. Drei Kerle hätten es leichter bewerkstelligen können, ohne Spuren zu hinterlassen.«

Coronas nickte zustimmend.

»Na gut, Herrschaften, machen Sie an diesem Abhang weiter. Ich muss ins Kommissariat zurück. Und Sie wissen ja, sollte ein Journalist hier auftauchen, dann sammeln Sie Pilze, okay?«

»Mich nervt, wenn er okay sagt«, knurrte Garzón, als er außer Hörweite war. »Das findet er wohl modern.«

»Glauben Sie, dass die von der Spurensuche noch lange brauchen?«

Garzón sah auf die Uhr.

»Die machen bestimmt morgen bei Tageslicht weiter, aber wir können schon fahren, wenn Sie wollen. Segarra hat ja das Kommando.«

»Ja, bitte, dieser Ort macht mich krank.«

»Fahren wir in die Gerichtsmedizin zurück.«

»Und vorher halten wir bei einer Kneipe, ich brauch einen kräftigen Schluck.«

Ich wollte an der Autopsie des jungen Mannes nicht teilnehmen. Garzón, der an so kritische Augenblicke gewöhnt war, ging zu Doktor Montalbán in den Saal. Ich wartete im Flur und ließ meinen nicht sehr angenehmen Gedanken freien Lauf. Einen Mann zu kastrieren war grausam. Es kam mir in den Sinn, dass es sich um eine homosexuelle Geschichte handeln könnte. Aber das würde die Autopsie klarstellen. Die Kleidung des Jungen wies auf Mittelschicht hin, vielleicht sogar Oberschicht. Warum wurde jemand kastriert, warum? Es war so still, dass ich einschlief. Als ich die Augen wieder öffnete, sah mich Montalbán fast väterlich an.

»Sie sind müde, nicht wahr, Inspectora?«

»Das ist ein Dauerzustand«, antwortete ich und versuchte mich aufzurappeln.

Neben ihm stand Garzón, vielleicht ein bisschen blasser als sonst. Montalbán führte uns in sein Arbeitszimmer und stellte drei Becher in den Automaten. Während der Kaffee einlief, sah er den Subinspector fragend an, aber dessen Gesicht blieb unbewegt. Ich konnte meine Neugier nicht länger bezwingen.

»Wie ist der Mann gestorben, Doktor?«

Ich glaubte, einen Anflug von Theatralik herauszuhören, als der Gerichtsmediziner antwortete:

»Würden Sie mir glauben, wenn ich sagen würde, eines natürlichen Todes?«

Jetzt war ich wach.

»Was wollen Sie damit sagen?«

»Ich will damit sagen, dass es außer einem Herzstillstand keinen klinischen Befund gibt. Es gibt weder Anzeichen von Gewalteinwirkung noch nachweisbare Spuren einer Vergiftung.«

»Und?«

»Aber … es gibt immer ein Aber. Wir reden nicht von einer normalen Leiche, sondern von der eines entsetzlich verstümmelten Mannes. Das ändert den Blickwinkel und bringt mich auf den Gedanken, dass der Junge bei der Operation gestorben ist. Begründung? Die Narbe. Sie ist schlampig, es wurden schnell vier Stiche gemacht, was nur geschieht, wenn die Person gestorben ist. Wozu soll man sich da noch große Mühe geben?«

»Ist es möglich, Ihre These zu belegen?«

»Natürlich. Ich habe Blutproben zum Analysieren entnommen, und sein Gebiss muss noch untersucht werden zur Identifizierung. Sie können morgen mit dem Ergebnis rechnen.«

»War der Junge homosexuell?«

»Nein, es gibt keine Anzeichen dafür.«

»Haben Sie was gefunden, was bedeutend sein könnte?«

»Alles scheint darauf hinzuweisen, dass es sich um einen gesunden und normalen jungen Mann handelte. Er hat keine einzige Operationsnarbe.«

Er sah mich grübeln und schweigen.

»Enttäuscht Sie das, Inspectora?«

»Ich weiß nicht, Doktor, ich weiß es nicht. Ich bin verwirrt. Aus welchem Grund auch immer man diesen Jungen kastriert hat, warum wurde er dann nicht begraben oder besser versteckt?«

»So was ist nicht so leicht unbeobachtet zu bewerkstelligen«, mischte sich Garzón ein. »Obwohl ich vermute, dass die Erklärung ist, den Körper so schnell wie möglich loszuwerden. Jemand oder etwas könnte sie bedroht haben oder sie fürchteten, erwischt zu werden.«

»Kann sein.«

Wir verabschiedeten uns von Doktor Montalbán bis zum nächsten Tag.

»Wir müssen mit der Identifizierung anfangen.«

Garzón blieb abrupt stehen.

»Tut mir Leid, Inspectora, aber ich muss was essen und schlafen, ausruhen. Da drinnen ist es mir nicht so gut ergangen.«

»Ja, Sie haben Recht, die Leiche kann auch bis morgen warten.«

»Sie kommen bestimmt nicht mit ins Efemérides?«

Ich lächelte ihn an und ging weiter.

6

Die Leiche zu identifizieren war einfacher, als wir geglaubt hatten. Vierundzwanzig Stunden nach ihrem Auffinden kam eine Vermisstenanzeige. Ein Student war seit anderthalb Tagen nicht zu Hause aufgetaucht. Die Personenbeschreibung und die Angaben zur Kleidung schienen zu passen. Wir bestellten die Eltern ins Kommissariat. Das Paar war um die fünfzig, gut gekleidet, hatte diskrete Umgangsformen und ernste Gesichter. Der Vater, ein Herzspezialist, gab den Ton an und ließ keinen Moment den Arm seiner Frau los. Er begleitete uns ins Leichenschauhaus und identifizierte seinen Sohn Esteban. Seine Frau hatte voller Bangen draußen gewartet. Als sie ihn herauskommen sah, wusste sie die Wahrheit sofort. Sie umarmten sich schweigend und weinten Schulter an Schulter. Zwei Leben waren zerstört. Garzón und ich hielten uns in einiger Distanz, ohne zu wissen, was wir tun sollten. Hilflos beobachteten wir ihre Trauer, die Schutzlosigkeit, den großen Kummer, der jede normale Reaktion unmöglich machte.

Als Doktor Riqué vierundzwanzig Stunden später zur Befragung eintraf, hatte sich sein Gemütszustand keinen Deut gebessert. Aber er hatte seine anfängliche Betäubung überwunden und war wieder fähig zu begreifen, was wir sagten. Wir erwarteten nichts Außergewöhnliches. Er konnte uns immerhin erzählen, dass sein Sohn Esteban dreiundzwanzig Jahre alt war und im vierten Semester Medizin studiert hatte, dass er das fünfte von sieben Geschwistern und sein Verhalten, soweit sie wussten, völlig normal gewesen war. Um Intimeres über den Jungen zu erfahren, sollten wir mit einer seiner Schwestern sprechen. Mit ihr hatte er sich am besten verstanden. Wir erfuhren, dass er nicht viele Freunde gehabt und zur Zurückgezogenheit geneigt hatte. Wir fanden zudem bestätigt, was wir schon vermutet hatten: Die Riqués waren ordentliche Leute und hatten ihrem Sohn eine, wie man so schön sagt, solide katholische Erziehung angedeihen lassen. Ihre Kinder gehörten alle irgendeiner katholischen Jugendgruppe an. Das Mädchen erzählte uns, dass ihr Bruder schon seit einiger Zeit nicht mehr hingegangen sei.

»Und was machte er dann in seiner Freizeit?«, fragte ich.

Sie zuckte die Achseln, als wäre sie damit überfragt. Gleich darauf sagte sie aufs Geratewohl:

»Er ging mit seinen Freunden aus, ins Kino, manchmal ist er verreist ... Ich weiß nicht, was halt alle so machen. Er war wenig zu Hause.«

»Hatte er eine Freundin?«

»Soweit ich weiß, nein.«

»Hast du eine Ahnung, warum ihm jemand so was angetan hat?«

Statt einer Antwort brach sie in Tränen aus. Seine Familie half, eine kurze Liste seiner Freunde aufzustellen. Diese spärlichen Informationen gaben dem Subinspector genug Nahrung für eine Theorie.

»Ich bin fest davon überzeugt, dass der von einem Pfarrer hopsgenommen wurde.«

»Bitte, Fermín, Sie klingen wie ein Kneipenphilosoph!«

»Haben Sie gehört, was seine Schwester gesagt hat? Der Junge gehörte zu einer katholischen Jugendgruppe, zu der er plötzlich nicht mehr gegangen ist. Ist der Gedanke so abwegig, dass sexueller Missbrauch durch einen Pfaffen der Grund für sein Fernbleiben ist?«

»Verdammt!«

»Es gibt hundert solcher Fälle. Später hat der Junge gedroht, ihn anzuzeigen ...«

»Und die anderen Penisse?«

»Ein Wahnsinniger, der sich unter der Soutane versteckt.«

»Ihre Hypothese hat doch weder Hand noch Fuß.«

»Na, wenn es nicht das ist, dann so was in der Art, was wetten Sie?«

Ich tat Garzón und sein Kirchen-Trauma ab und konzentrierte mich auf das Einzige, was mir an den vorliegenden Fakten bedeutsam erschien: Esteban Riqué war Medizinstudent gewesen. Da hatten wir eine Verbindung zu den Päckchen. Ein Medizinstudent konnte einen Penis amputieren und die Wunde anschließend nähen. Zumindest war das in so einem Umfeld möglich. Ich sah Tage intensiver Arbeit auf uns zukommen, denn wir mussten nicht nur die restlichen Familienmitglieder und Freunde befragen, sondern auch Kommilitonen und die Professoren, deren Vorlesungen der Tote besucht hatte.

Vor der Bestattung bat ich Hamed, die Leiche zu identifizieren. Könnte das der Bote sein? Der arme Hamed war auf den Anblick nicht vorbereitet. Stotternd und zweifelnd meinte er, dass Größe und Körperbau vielleicht hinkommen konnten. Aber er könne nicht mit Bestimmtheit sagen, dass er es gewesen sei, denn er hätte ja einen Helm getragen. Ich hatte nicht mehr erwartet. Auch nicht von Estebans Geschwistern. Die eigene Familie weiß am wenigsten über einen Menschen. Außerdem waren die Eltern zutiefst gläubig und hatten klare Moralvorstellungen. Also hatte der Junge das, was immer er außerhalb der Norm getan hatte, höchstwahrscheinlich verheimlicht.

Wir waren kurz vorm Platzen. Das permanente Wiederholen der Fragen, die Trauer der Geschwister, die sich bei allen anders ausdrückte, sowie die Schwierigkeit, sie zu befragen und gleichzeitig nicht an empfindliche Punkte zu rühren, produzierte Spannung. All das kulminierte, als wir mit der Mutter sprechen mussten. Sie strahlte eine feierliche Ergebenheit aus und wiederholte nur wie weggetreten: »Gott hat ihn zu sich genommen, nur ER weiß, warum!« Es half uns nicht sonderlich weiter, Gott dieses Privileg streitig zu machen. Weihnachten stand vor der Tür und die Straßen empfingen uns nach einem anstrengenden Arbeitstag mit dämlichen künstlichen Lichtern und Weihnachtsliedern. Wir konnten nicht mal ein Glas trinken, ohne an den Frieden und die Liebe zwischen den Menschen erinnert zu werden.

»Wo werden Sie Weihnachten feiern?«, fragte mich Garzón eines Abends, auf den Kneipentresen gestützt.

»In der Hölle, und Sie?«

»In dem Zipfelchen der Hölle, das Sie mir zuteilen.«
Wir lachten.
»Ich darf nicht vergessen, meinem Sohn das traditionelle Turrón-Paket zu schicken. Natürlich kann er in irgendeinem Laden in der Fifth Avenue Turrón kaufen, aber nein. Was tut man nicht alles für die Familie!«
»Die Familie ist ein Scheiß, Garzón.«
»Das kann ich Ihnen sagen.«
Esteban hatte wirklich nicht viele Freunde gehabt. Von seinen Geschwistern erfuhren wir, dass es vier junge Leute gab, mit denen er sich regelmäßig getroffen hatte: Drei Männer und eine Frau. Einer von ihnen studierte auch Medizin. Natürlich der, den wir nicht befragen konnten. Seine Mutter erzählte uns, dass der Tod seines Freundes ihn sehr mitgenommen hatte und er für ein paar Tage nach Cambrils gefahren sei, wo die Familie ein Landhaus besaß. Es wäre jedoch nicht nötig, ihn dort anzurufen und zu bitten, zu uns zu kommen, er würde sowieso am Heiligabend zu Hause sein. Na fein!

Als wir die anderen drei befragten, fiel mir zuerst ihre Uniformität auf. Sie waren alle gleich angezogen und legten darüber hinaus die gleichen Verhaltensweisen an den Tag, sprachen im selben Tonfall und benutzten die gleichen Ausdrücke und denselben Slang. Sie stammten aus einer sozialen Schicht, wo ihnen bestimmt eingeimpft worden war, mit keinen anderen Lebensbedingungen als den ihren in Berührung zu kommen. Sie waren nicht sonderlich gläubig, aber bodenständig, betrieben Sport, gingen aus und waren mittelmäßige Studenten. Sie bereiteten sich auf ein Leben ohne Schrecken vor, in Kürze würden sie sich auf etablierten Gleisen auf eine ruhige Endstation zubewegen.

Keiner von ihnen fand, dass Esteban schwierig gewesen war, oder glaubte, dass er in etwas verwickelt gewesen sein könnte. Es war schwierig, ihnen eine genaue Beschreibung zu entlocken, weil sich alle darauf beschränkten, ihn als einen »normalen« jungen Mann darzustellen. Ein großes Vokabular zählte offensichtlich nicht zu den Vorzügen ihrer Gesellschaftsschicht. Nur die junge Frau formulierte so etwas wie ein psychologisches Porträt. Esteban war wesentlich introvertierter, als er gewirkt hatte; schweigsam, etwas kindlich und mit gewisser Neigung zur Depression. Vor zwei Jahren, erzählte sie, hätte er eine Freundin gehabt, die er verlassen und sich danach monatelang zurückgezogen hatte. Er war auch kaum in die Uni gekommen. Dann ging das vorüber, nicht zuletzt, weil bei ihm zu Hause immer so viel Krach und Hektik herrschte, dass es nicht einfach war, sich in die Ecke zurückzuziehen, zu leiden und in Selbstmitleid zu versinken.

»Glaubst du, dass er in irgendwas verwickelt war?«

»Drogen oder so? Nein, bestimmt nicht, er war von uns allen noch der Gläubigste. Er hätte sich nie mit etwas Amoralischem beschäftigt.«

»Was kannst du mir über seinen Freund Ramón sagen?«

»Der Arme ist völlig am Ende. Sie werden ja sehen, wenn er aus Cambrils zurückkommt. Obwohl ich nicht verstehe, warum er ausgerechnet da hingefahren ist. Ich glaube, dort ist es noch schlimmer. Sie waren manchmal ein paar Tage zum Lernen dort. Da werden nur Erinnerungen hochkommen.«

»War er sein bester Freund?«

»Wir sind alle gut befreundet, aber Estebans und Ramóns Familien kennen sich schon ein Leben lang. Außerdem sind sie Kommilitonen.«

»Könnte man sagen, dass ihre Freundschaft über das normale Maß hinausging?«

Sie sah mich verständnislos an.

»Hast du mal daran gedacht, dass sie homosexuell sein könnten?«

Abscheu durchbohrte mich. Danach Verachtung. Es war nicht nötig, ein Wort zu sagen, ihr Blick drückte alles aus: Ich gehörte zum Gesindel und war daran gewöhnt, mit noch schlimmerem Gesindel zu verkehren, und ich wagte es, ihren Status mit meinem Auswurf zu beschmutzen.

»Hören Sie, gehen Sie nicht zu weit, ja?«

Mit der Zurechtweisung wurde mir klar, dass dieses Mädchen gar nicht mitgekriegt hätte, wenn sich vor ihren Augen irgendwas Ungeheuerliches abgespielt hatte. So verschanzt war sie hinter den Schutzwällen ihres abgesicherten Lebens. Unsere letzte Trumpfkarte war der abwesende Ramón. Er war für neun Uhr morgens am nächsten Tag zu uns bestellt. Sein Vater hatte sein Erscheinen fest zugesichert.

Ich schlief in dieser Nacht unruhig und wachte mehrfach mit trockener Kehle auf. Das Licht der Straßenlaternen fiel durchs Fenster herein und erinnerte mich an meine Nachtwächter im Auto. Im Halbschlaf sah ich kafkaesk anmutende Akten, die sich in unendlich langen Korridoren stapelten. Ungelöst, ungelöst, ungelöst … Ein Haufen Toter, ein alter Aktenschrank voll mit namen-, körper- und leblosen Penissen. Als mitten in dieses schreckliche Bild hinein das Telefon klingelte, schrie ich auf. Ich schaltete die Nachttischlampe an und schaute auf die Uhr: Fünf Uhr früh. Ich war auf die Stimme des Subinspectors gefasst, aber auf meine Antwort folgte nur Stille. Mein Herzschlag beschleunigte sich.

»Hallo, hallo, wer ist da?«

Die Stille wurde von etwas unterbrochen, vielleicht von einem pfeifenden Atemzug.

»Wer ist da, hallo?«

Ich war in heller Aufregung. Einen Moment lang war ich überzeugt davon, dass aufgelegt worden war, aber plötzlich vernahm ich eine seltsam entstellte Stimme.

»Inspectora Delicado, sind Sie es wirklich?«

»Ja, ich bin Petra Delicado. Wer spricht denn da?«

Ein Wimmern, ein Heulen oder vielleicht ein ersticktes, verzweifeltes Aufschluchzen kam durch den Hörer.

»Was ist los, wer sind Sie?«

»Ich kann nicht reden, Inspectora, ich kann nicht reden.«

Schluchzer. Es war eine Männerstimme, möglicherweise die eines jungen Mannes.

»Warum können Sie nicht reden? Was ist passiert?«

Die Versuche, das Schluchzen zu überwinden, klangen wie Wiehern.

»Ich habe Ihnen noch einen Penis geschickt, Inspectora; versuchen Sie es diesmal, bitte, ich flehe Sie an, versuchen Sie herauszufinden …«

Er brach ab.

»Aber wer spricht denn da? Was soll ich herausfinden? Antworten Sie bitte!«

»Ich kann nicht, Inspectora, Sie verstehen das nicht, aber ich kann nicht reden. Ich kann nicht, ich kann nicht … Versuchen Sie es allein, das Päckchen muss bald ankommen.«

»Ich bitte Sie, wir müssen uns treffen, Sie müssen ja nicht jetzt reden, hören Sie, ich …«

Er hatte aufgelegt. Ich wrang das Leintuch in meinen Händen. Dann rief ich in der Zentrale an, um zu erfahren, woher der Anruf gekommen war. Zwei Minuten später hatte ich die Auskunft.

»Aus einer öffentlichen Telefonzelle, Inspectora, außerhalb Barcelonas, aus einem Dorf namens Cambrils.«

Ich gab sofort Garzón Bescheid und wir trafen uns eine knappe Stunde später im Kommissariat. Er hörte sich die Aufzeichnung des Anrufs an und meinte danach:

»Ich habe den Verdacht, dass dieser Junge, Ramón, heute nicht hier auftauchen wird. Rufen Sie bei ihm zu Hause an.«

Tatsächlich war Ramón am Abend zuvor nicht wie vereinbart nach Hause gekommen. Anrufe im Haus in Cambrils waren vergeblich. Eine Stunde später trafen seine Eltern im Kommissariat ein. Sie konnten wenig sagen, sie hatten das Gefühl, dass ihnen jemand einen schlechten Streich spielte. Standhaft versuchten sie, Ruhe zu bewahren und nicht die Kontrolle zu verlieren, aber in all ihren Gesten und Worten schwang verhaltene Angst mit. Sie hatten schon bei seinen Freunden angerufen und nach Ramón gefragt. Niemand hatte ihnen was sagen können. Wir versuchten es noch einmal, genauso erfolglos. Alles, was sie uns über ihren Sohn erzählen konnten, bewegte sich im normalen Rahmen: Er sei ein besonnener, ernsthafter, sensibler Junge, der wenig redete. Als er von Estebans Tod erfahren hatte, sei er zusammengebrochen und habe darum gebeten, allein zu sein. Beide, Vater und Mutter, schlossen jede Möglichkeit kategorisch aus, dass ihr Sohn in etwas Obskures verwickelt oder drogensüchtig war. Sie redeten sich ein, dass es eine einfache Erklärung für sein Wegbleiben gab.

Es gelang uns nicht, den Vater davon abzuhalten, uns zu dem Haus in Cambrils zu begleiten. Als wir nach einer langen, schweigsamen Fahrt ankamen, mussten wir eine Anordnung erfinden, damit er nicht zusammen mit uns das Haus betrat. Wir wollten, dass er mit ein paar Schutzpolizisten draußen wartete. Gleich darauf standen wir vor dem ersten Problem. Die Alarmanlage war zwar abgeschaltet, aber als wir den Schlüssel ins Schloss steckten, stellten wir fest, dass die Tür von innen verriegelt war. Das war kein gutes Zeichen und Ramóns Vater begriff das schnell. Garzón und zwei Schutzpolizisten schlugen die Tür ein. Danach konnte ich gerade noch verhindern, dass der verzweifelte Mann ins Haus stürmte.

»Warten Sie hier, Señor Torres, ich bitte Sie, das ist Vorschrift. Wir rufen Sie gleich herein.«

Garzón und ich betraten das Haus.

Es war ein großes, zweistöckiges Landhaus mit großen Fenstern, deren Jalousien hochgezogen waren. Ich ging zum Panoramafenster und erblickte die Omnibushaltestelle, an der Ramón höchstwahrscheinlich angekommen war. Alles schien ruhig. Wir inspizierten das Wohnzimmer, nichts Besonderes. Auf dem Tisch stand ein Teller mit Essensresten. Garzón stieß den ersten Warnruf aus.

»Ist jemand da, ist jemand im Haus?«

Seine Stimme hallte wider, aber die darauf folgende Stille ließ mich erschauern.

Wir gingen in die Küche. Dort standen eine Sardinendose und ein paar halb ausgetrunkene Bierflaschen auf der Marmorplatte. Ich entdeckte, dass vor allen Fenstern Eisengitter angebracht waren.

»Gehen wir nach oben, Inspectora? Hier wirkt alles normal.«

Ich sah ihn in der Jackentasche die Dienstwaffe umklammern. Wir gingen die Treppe hinauf. Er rief wieder.

»Ist jemand zu Hause? Wir sind von der Polizei, antworten Sie!«

Dann drehte er sich zu mir um und sagte leise: »Seien Sie vorsichtig, Inspectora.«

Auch ich griff nach der Pistole, obwohl ich davon überzeugt war, dass nichts, was uns da oben erwartete, sie nötig machte.

Wir öffneten die Tür zum großen Schlafzimmer, das peinlichst aufgeräumt war. Die beiden Türen daneben führten zu kleineren Schlafzimmern, beide unberührt. Im mittleren Flur ließ sich eine Tür nicht öffnen. Sie war von innen verriegelt. Der Subinspector und ich sahen uns an. Er klopfte, erst sanft, dann nachdrücklich.

»Aufmachen, Polizei, machen Sie auf!«

Absolute Stille. Garzón sah mich fragend an, ich nickte. Dann trat er gegen den Türgriff und die Tür sprang auf. Wir gingen hinein.

Ich werde diesen Geruch nie vergessen. Er war weder unangenehm noch fremd. Weder penetrant noch aufdringlich. Ein milder, süßlicher Geruch, der fast alltägliche Geruch von Blut. Blut. Über dem Spiegel verspritztes Blut. Blutschmierer auf den gekachelten Wänden. Blutlachen auf dem Fußboden. Überall Blut, eine zähflüssige, dunkle Blutspur, die zur Badewanne führte, in der weiß und leblos der Junge lag. Dann standen wir beide merkwürdig ruhig und wie in einem frommen Zustand der Betrachtung versunken vor der Badewanne. Der Junge sah wunderschön aus, ein stilles, ewiges Bild. Das blasse Gesicht, die sanft auf einer Seite herabfallenden braunen Haare. Plötzlich waren aus dem Untergeschoss Schreie zu hören. Es war ein Streifenpolizist.

»Inspectora, kommen Sie bitte herunter, wir können diesen Mann ohne Gewalt nicht mehr festhalten.«

Ich beugte mich übers Geländer und sah Ramóns Vater darum ringen, ins Haus zu gelangen.

»Lassen Sie mich rein!«

Ich ging ein paar Stufen hinunter und rief ihm zu:

»Señor Torres, wir haben einen Jungen tot aufgefunden. Es könnte Ihr Sohn sein. Wenn Sie ihn nicht sehen wollen, ist es besser, Sie kommen nicht rauf.«

Der Mann senkte den Kopf und schwankte mit hängenden Armen, er hatte jeden kämpferischen Impetus verloren.

»Ich will ihn sehen«, stammelte er.

»Dann kommen Sie.«

Er hetzte die Stufen herauf und blieb mitten im Badezimmer stehen. Dann sank er krampfartig schluchzend in sich zusammen. Garzón und ich konnten ihn gerade noch auffangen.

»Ist das Ramón, Señor Torres?«

Er nickte wortlos. Wir halfen ihm hinaus und brachten ihn zum Auto. Die Streifenpolizisten warfen einen Blick auf das Blutbad und folgten uns ernst und beeindruckt nach unten.

Garzón rief den zuständigen Richter in Tarragona an, damit er sich um den Abtransport der Leiche kümmerte. Ich bat ihn, zusammen mit den Streifenpolizisten nachzusehen, ob es irgendwo ein aufgebrochenes Fenster gab. Sie sollten auch das Haus und den Garten absuchen. Ich kehrte ins Badezimmer zurück und blieb mit dem Toten allein. Er war extrem blass und hatte schöne, dichte Wimpern. Der Mund war etwas verkniffen. Warum hatte er sich umgebracht? Warum hatte er mich angerufen? Sich die Pulsadern aufzuschneiden war bei jungen Männern nicht sehr üblich. Mein Blick wanderte über seine Arme zu den Handgelenken. Eines davon ragte ein wenig aus dem Wasser, die Handfläche zeigte nach unten. Eigentlich dürfte es die Arbeit des Gerichtsmediziners nicht sehr beeinträchtigen, wenn ich den Körper im Wasser flüchtig berührte. Ich krempelte meinen Ärmel hoch und steckte meine Hand in das rot gefärbte Wasser. Es war eiskalt. Ich ergriff die Hand des Jungen, zog sie heraus und drehte sie um. Nichts. Ich tat dasselbe mit der anderen Hand. Auch nichts. Er hatte sich nicht die Pulsadern aufgeschnitten. Mit angehaltenem Atem und zusammengebissenen Zähnen tastete ich nach Ramóns Beinen. Die Berührung von etwas, das ich nicht sehen konnte, ließ mich zurückfahren, als hätte ich einen Schlag bekommen. Mir liefen kalte Schauer über den Rücken. Ich tastete weiter, mein Herz schlug mir bis zum Hals. Was ich fühlte, war schrecklich, so etwas wie die Arme eines Wasserpolypen, eine kleine Höhle, ein verkümmerter Gliedstumpf. Ich tastete in die andere Richtung, und unter der unförmigen Masse, die mich an Kopffüßler und Algen denken ließ, konnte ich den kleinen, behaarten Hodensack ertasten. Ja, Ramón Torres hatte sich umgebracht, indem er sich den Penis abgeschnitten hatte. Ich sprang auf und suchte nach einem Handtuch, an dem ich hektisch meine Hände abtrocknete und jede Vorsicht dabei vergaß.

Ich eilte die Treppe hinunter und stolperte auf den letzten Stufen über Garzón.

»Was ist los? Sie sind ja ganz aus der Fassung.«

»Lassen Sie mich, Subinspector, lassen Sie mich einen Augenblick allein.«

Neben einem Geranienbusch zündete ich mir eine Zigarette an und versuchte mich zu beruhigen. Eine kraftlose Sonne schien in den Garten. Ich sah zu den Autos hinüber und erkannte den in sich zuammengesunkenen Torres. Ich atmete tief durch, ging hinüber und befahl den Streifenpolizisten, mit Torres nach Barcelona zurückzukehren und ihn nach Hause zu bringen. Garzón kam zurück.

»Sind Sie wirklich in Ordnung, Petra?«

»Keine Sorge, mir geht's gut.«

»Ist da oben was passiert?«

»Sie werden schon sehen.«

So war es. Der Gerichtsmediziner in Begleitung des Richters diagnostizierte, dass Ramón Torres Santacana auf Grund einer Selbstverstümmelung im Genitalbereich verblutet war. Als man das Badewasser ablaufen ließ, fand man den säuberlich mit einem Schnitt abgetrennten Penis und das Skalpell, das er dazu benutzt hatte. Doktor Montalbán würde sich in Barcelona um die Autopsie kümmern. Die Diagnose zusammen mit der Feststellung, dass kein Fenster aufgebrochen und die Tür von innen verriegelt gewesen war, machte allen klar, dass dieser schreckliche Tod nur ein Selbstmord sein konnte.

»Traurig, sehr traurig …«, sagte Garzón auf der Rückfahrt.

»Ich kann schon nicht verstehen, wie jemand seinem Leben ein Ende machen kann, aber die Vorstellung, dass ein Mann es auf diese Weise tut, ist schlicht unfassbar.«

»Er hat sich selbst bestraft.«

»So wirkt es. Seine Schuld muss schrecklich gewesen sein.«

»Zumindest glaubte er das.«

»Bestimmt hat dieser Junge auch die anderen Penisse abgeschnitten und sie Ihnen geschickt.«

»Ja, das glaube ich auch, aber wo sind die Leichen oder wenigstens die Verstümmelten?«

»Hmm …«

»Und seinen Freund Esteban, hat er den auch kastriert? Aus welchem Grund, können Sie mir das sagen? Was für einen Grund kann es dafür geben, dass ein Junge seinen besten Freund kastriert?«

»Fragen Sie mich nicht nach Gründen, aber ich bin mir sicher, dass er ihn operiert hat. Er starb an der Operation und das löste bei Ramón einen Schock aus.«

»Ohne Gründe wissen wir fast gar nichts. Und ich habe den Eindruck, dass es etwas ist, das hätte verhindert werden können.«

»Warum?«

»Wieso haben wir einen ganzen Tag gewartet, dass dieser Junge aus Cambrils zurückkommt? Wir hätten ihn uns sofort holen sollen.«

»Machen Sie sich nicht lächerlich, Petra, wir haben den ganzen Nachmittag Estebans andere Freunde befragt. Außerdem hatten wir keinen Verdacht gegen ihn. Sie wollen doch nicht sagen, dass Sie sich schuldig fühlen?«

»Ich fühle mich unfähig, das ist nicht dasselbe. Das darf uns nicht noch mal passieren, wir müssen dranbleiben. Wenn wir in Barcelona ankommen, sehen wir nach, ob das angekündigte Päckchen schon da ist.«

»Hoffen Sie immer noch darauf?«

»Das ist das Einzige, was ich tun kann, es ist unsere einzige Spur.«

»Keine der vorigen Spuren hat uns irgendwohin geführt.«

»Wir haben sie nicht zu deuten gewusst.«

»Sie sind ein Dickschädel.«

»Hören Sie, Garzón, dieser Junge hat mir vertraut, nicht ganz, aber er hat mir vertraut. Er wurde von irgendwem bedroht, nicht den Mund aufzumachen, bis man ihn in den Selbstmord getrieben hat, und selbst dann hat er noch einen Weg gefunden, mir Spuren zuzuschanzen. Also, jeder Vertrauensbeweis verdient eine winzige Anerkennung.«

»Wie Sie wollen; trotzdem glaube ich nicht, dass das verdammte Päckchen schon da ist. Wir werden bis nach Weihnachten warten müssen.«

»Kommt überhaupt nicht in Frage!«

»Was schlagen Sie also vor?«

»Zum Hauptpostamt zu fahren. Seit dem Anruf ist wenig Zeit vergangen, es müsste noch dort sein.«

»Ich glaube, ich habe mich verhört. Wissen Sie, dass heute Heiligabend ist?«

»Ich habe es nicht vergessen.«

»Und Sie wollen, dass wir uns durch Postsäcke wühlen?«

»Ich habe nicht gesagt, dass Sie mitkommen müssen. Sie können nach Hause gehen und in aller Ruhe Weihnachtsgebäck essen.«

»Inspectora, seien Sie vernünftig, niemand arbeitet im Postamt. Außerdem, haben Sie daran gedacht, wie viele Pakete im Hauptpostamt lagern?«

»Nein, deshalb will ich selbst hin, vielleicht sind es weniger als erwartet.«

Er war verzweifelt.

»Ich weiß natürlich, Inspectora, dass es Sie stört, wenn ich Allgemeinplätze über Frauen von mir gebe, aber ich muss Ihnen ganz ehrlich sagen, dass ich in meinem ganzen Leben noch keine so eigensinnige Frau kennen gelernt habe! Wirklich nicht! Und das ist die Wahrheit.«

Ich lächelte.

»Lassen Sie das sexistische Gewäsch. Begleiten Sie mich oder nicht? Ich muss planen.«

Er sah mich an, als wäre ich verrückt geworden.

»Natürlich, natürlich begleite ich Sie! Was soll ich denn sonst machen? Zu Hause sitzen und Weihnachtsgebäck essen und zur Maultrommel Weihnachtslieder singen?«

»Klingt vielleicht nett.«

Ich hörte ihn nur noch leise nörgeln:

»Dickköpfig und unvernünftig, so sind die Frauen.«

Der Plan war ganz einfach. Er bestand darin, im Kommissariat vorbeizufahren und Coronas Bescheid zu sagen, und nebenbei konnten wir uns davon überzeugen, dass das verdammte Päckchen tatsächlich noch nicht eingetroffen war. Danach fuhren wir zu mir nach Hause, sahen im Briefkasten nach und ich zog mich in weiser Voraussicht auf eine lange, ungemütliche Nacht um. Beim Gehen trafen gerade Marqués und Palafolls ein. Ich ging zu ihnen.

»In so einer Nacht Wache schieben?«

Sie stiegen aus und nahmen Haltung vor mir an.

»Morgen ist Feiertag, Inspectora.«

»Dann will ich Ihnen eine Freude machen: Sie können wieder fahren, ich bin die ganze Nacht nicht zu Hause.«

Marqués schüttelte den Kopf.

»Das ist egal, wir müssen unseren Dienst machen.«

Ich wollte sie schon in Ruhe lassen, als ich plötzlich eine Idee hatte.

»Sie sollen mich doch beschützen, oder?«

Sie nickten etwas verständnislos.

»Und wenn ich Sie bitten würde, mir zu helfen, würden Sie das für mich tun?«

»Selbstverständlich.«

»Dann begleiten Sie mich zum Postamt, wir suchen dort ein Päckchen.«

Sie verstanden immer noch nicht, aber sie fuhren gehorsam hinterher. Als ich Garzón erklärte, dass ich Verstärkung mitbrachte, fluchte er leise. Ich unterstellte, dass sich zu den weiblichen Qualitäten dickköpfig und unvernünftig jetzt eine weitere unaussprechliche Eigenschaft gesellte.

Im Postamt war niemand mehr. Nur zwei Nachtwächter taten im Gebäude Dienst. Trotz unserer Dienstmarken ließen sie uns nicht hinein. Sie riefen ihren Chef an, der wiederum rief den Postdirektor an und bat um Instruktionen. Angesichts der ungewöhnlichen Situation musste der schließlich persönlich kommen und traf schlecht gelaunt ein. Ich erklärte es ihm, er hörte zu und gewährte uns mit der Bitte, nichts durcheinander zu bringen, in seiner Eigenschaft als leitender Beamter den Zutritt und fuhr wieder ab. Was es nicht alles gab.

Inzwischen war es zehn Uhr abends. Ich gab klare Anweisungen, was wir suchten. Dann gingen wir in den Lagerraum. In riesigen Gittercontainern türmten sich Massen von Paketen, Säcken, Schachteln, Kartons ... hätte man Herkules diese Arbeit aufgetragen, wäre er zusammengebrochen. Garzón sah mich mit vielsagendem Blick an und hoffte auf einen enttäuschten Kommentar. Ich setzte ein zuckersüßes Gesicht auf und sagte beiläufig:

»Was die Leute so alles verschicken, nicht?«

Dann verteilten wir uns und begannen mit der Suche. Ich sah, dass die beiden Nachtwächter uns anstarrten, als würden sie an Halluzinationen leiden. Ich machte einen Versuch.

»He, Sie da, haben Sie was zu tun?«

»Wir? Na ja, hier zu sein.«

»Und warum helfen Sie uns dann nicht ein bisschen? Sie tun der Polizei doch sicher gerne einen Gefallen, oder?«

»Wie Sie meinen«, sagte einer fügsam.

Plötzlich kam Palafolls in einem vertraulichen Anflug zu mir.

»Inspectora, kann ich Sie um einen Gefallen bitten?«

»Natürlich, wenn er nicht zu groß ist …«

»Hm, also, ich bin vor Ihrer Haustür mit einem Mädchen verabredet, und jetzt weiß ich nicht, wie ich ihr Bescheid sagen soll, dass ich heute nicht dort bin. So was mache ich nicht gerne.«

»Ich dachte, Sie tun vor meiner Haustür Dienst.«

»Ja, ich weiß schon, dass das nicht in Ordnung ist, aber dieses Mädchen ist immer da, wir plaudern nur ein bisschen und … heute ist Heiligabend …«

»Das Mädchen ist Julieta, nicht wahr?«

»Ja, Sie entschuldigen schon, es geht nur darum, hinzufahren und zurückzukommen. Da wir ja auch nicht auf unserem Posten sind …«

Bitte um einen Gefallen und fünf Minuten später wirst du zu einer Gegenleistung genötigt … Ich war versucht, Nein zu sagen. Meine Putzfrau; das hatte ich kommen sehen. Nun, heißt es nicht, dass die Zivilisation der Engländer so gut funktioniert, weil sie aus jeder Situation einen praktischen Nutzen ziehen? Ich nahm sie zum Vorbild.

»Schicken Sie sie nicht nach Hause; ich habe eine bessere Idee. Bringen Sie sie her, sie kann uns helfen. Ist das in Ordnung?«

»Ja, klasse. Wir sind gleich zurück.«

Er verschwand selig. Marqués sah mich dankbar an und der verblüffte Garzón schnaubte mir aus einem Winkel zu:

»Warum rufen wir nicht den Nikolaus? Noch zwei Hände mehr!«

»Kümmern Sie sich um Ihren Haufen.«

Zwei Stunden später hatten wir zu siebt etwa ein Drittel geschafft, aber ohne jeden Erfolg. Wir waren ein perfektes Team: diszipliniert, engagiert, gemischt und hartnäckig. Julieta sah gelegentlich ängstlich zu mir herüber, aber als sie begriff, dass es nicht meine Absicht war, sie anzupfeifen, entspannte sie sich und machte sich mit demselben Arbeitseifer wie in meinem Haus auf die Suche nach dem Päckchen.

Eine alte Uhr wie im Kommissariat schlug zwölfmal. Garzón explodierte:

»Inspectora, ich beklage mich ja nicht darüber, dass wir uns die Nacht um die Ohren schlagen und Staub schlucken, aber ich halte es keinen Moment länger ohne was zum Essen aus.«

Ich sah von meiner Arbeit auf. Er hatte Recht, ich riskierte eine Meuterei. Ich zog einen Schein aus meiner Jackentasche.

»Wie wär's, wenn wir ein paar Pizzen kommen lassen.«

Marqués erwiderte:

»Am Heiligabend? Unmöglich! Da hat nichts offen, Inspectora. Vielleicht suchen wir ein Hotel ...«

Plötzlich mischte sich einer der Nachtwächter ein.

»Wir haben eine Kleinigkeit dabei, wenn Sie die mit uns teilen wollen ...«

Julieta platzte heraus:

»Und ich habe Tofu-Empanadillas dabei, die ich Miguel, ich meine, Sargento Palafolls, mitgebracht habe.«

»Und wie steht's mit Getränken?«

»Schlecht«, entfuhr es Garzón.

»Ich glaube, im ersten Stock steht ein Automat. Dürfen Sie Alkohol trinken? Ich frage, weil ich ein paar Bierchen holen wollte.«

Ich fühlte mich wie die Mutter Oberin an einem Ausflugstag.

»Natürlich werden wir Alkohol trinken. Es ist schließlich Heiligabend!«

Erfreutes Gemurmel. Als er meine festliche Stimmung sah, wagte einer der Nachtwächter zu verkünden:

»Also, Inspectora, wo wir gerade davon reden ... wir haben zwei Piccolos dabei. Nicht, dass Sie denken, wir hätten die austrinken wollen. Aber wenn wir schon in so einer Nacht Dienst haben, dann dürfen wir doch wenigstens anstoßen, finde ich!«

Der Automat im ersten Stock entpuppte sich als Garten Eden. Er enthielt nicht nur Bier, sondern auch Pommes frites, geröstete Schweineschwarten, gesalzene Erdnüsse und, Wunder der Technik, Kaffee. Ich breitete mein Wolltuch auf dem Boden aus, und wir verteilten darauf unsere Köstlichkeiten so kunstvoll, dass es wie ein echtes Frühstück im Grünen aussah.

Ich würde lügen, wollte ich behaupten, dass ich mich nicht amüsiert hätte. Unser zusammengewürfeltes Grüppchen war die perfekte Antithese zum weihnachtlichen Familienessen. Niemand kannte die anderen besonders gut, sodass nicht zum zigsten Mal die selben Erinnerungen ausgetauscht wurden. Keine Köchin musste gelobt werden, und man musste niemandem vorgaukeln, glücklich zu sein.

Wir redeten, lachten und aßen sogar richtig gut. Die beiden Nachtwächter waren von ihren Frauen so gut mit Proviant eingedeckt worden, als hätten sie sich zu einer Expedition zum Mount Everest aufgemacht. Von seinem offiziellen Foto aus blickte der König auf uns herab.

Euphorisch machten wir uns nach dem Essen wieder auf die Suche und hatten eine Zeit lang das Gefühl, dass die Arbeit mit vollen Kräften voranging. Aber dieser Eindruck verflog und um drei Uhr morgens musste mehr Kaffee her. Kurz vor fünf, als ich schon fast die Hoffnung aufgegeben hatte, jauchzte Palafolls, als hätte er von der Karavelle aus Land gesehen:

»Ich hab's, ich hab's! Hier ist es, Inspectora, mit Ihrem Namen und Ihrer Anschrift und ohne Absender!«

Ich lief zu ihm und die anderen hinter mir her. Palafolls gab mir das Päckchen, ich drehte und wendete es, um ganz sicherzugehen. Ja, es sah genauso aus. Julieta frohlockte.

»Miguel ist ein Schatz«, flüsterte sie.

Ich wandte mich an alle:

»Meine Herrschaften, wir haben gefunden, was wir suchten. Ohne Ihre Hilfe hätte ich es nicht geschafft. Ich danke Ihnen allen ganz herzlich. Ach, und fröhliche Weihnachten!«

Einer der Nachtwächter fragte naiv:

»Aber wollen Sie es gar nicht aufmachen?«

Garzón erklärte es ihm.

»Das ist eine Polizeiangelegenheit und muss geheim bleiben.«

Ich sah die Enttäuschung der Männer und versuchte einzulenken.

»Weil uns die Herren einen so großen Dienst erwiesen haben, glaube ich, dass wir eine Ausnahme machen können. Aber nur, wenn Sie uns absolute Diskretion versprechen.«

Sie nickten ernst.

»Also, ich will nicht ins Detail gehen, aber dieses Päckchen enthält eine tödliche Droge. Kann sein, dass Sie dazu beigetragen haben, viele Menschenleben zu retten.«

Sie lächelten stolz und zufrieden; einem von ihnen entfuhr ein überraschtes: »Verdammt!«

Auf der Straße brüllte mir Garzón fast ins Ohr:

»Schönes Märchen, Inspectora, Sie hätten sich auch was Hübscheres ausdenken können!«

»Ich wollte sie nicht frustrieren. Es ist Weihnachten.«

Wir verabschiedeten uns von Marqués, Palafolls und Julieta und fuhren ins Kommissariat. Die Straßen waren ausgestorben.

Außer den Kollegen im Nachtdienst war niemand da. Garzón wollte das Päckchen in Anwesenheit des Richters oder des Dienst habenden Gerichtsmediziners öffnen. Standen da aber nicht klar und deutlich mein Name und meine Anschrift? Warum sollte ich meine Korrespondenz woanders öffnen?

Wir gingen in mein Büro und ich legte das Päckchen vorsichtig unters Licht. Die Sendung glich den anderen absolut, denn sie enthielt auch einen Penis. Ich war verzweifelt, ein weiteres Beweisstück ohne Erklärung. Garzón flippte aus:

»Ich hab's gewusst, Inspectora, ich hab's ja gewusst! All diese Sendungen und Fährten sind nichts weiter als ein großer Scheiß. Wenn dieser Junge Ihnen die Päckchen geschickt und Sie angerufen hat, dann war er verrückt. Jetzt ist er tot und Ende, aus, Schluss.«

»Und dieser Penis? Von wem ist der?«

»Na, von seinem Freund Esteban! Er hat ihn umgebracht! Vielleicht hat er auch die anderen Morde und Kastrationen begangen, die beiden haben das Spielchen mit der Polizei zusammen ausgeheckt. Dann ist was passiert … oder Ramón war verrückter als

Esteban ... Haben Sie schon mal daran gedacht, dass es vielleicht ein Rollenspiel war?«

»Nein, kann nicht sein, kann überhaupt nicht sein. Ich weigere mich zu glauben, dass die ganzen Fährten nichts weiter als ein Spiel sind. Ich weigere mich auch, an kastrierte Leichen zu glauben, die einfach verschwunden sind.«

»Was haben wir von diesen Fährten denn gehabt außer falschen Schritten? Katgutfäden, geheimnisvolle Sekten, Kalksteinbrüche.«

»Dann sollten wir Ihrer Meinung nach den Fall abschließen, ohne ihn zu verstehen?«

»Alles zu verstehen setzt voraus, dass es für alles eine Erklärung gibt, und weder das Leben noch die Kriminologie liefert immer eine.«

»Man kann die Logik nicht verbiegen!«

»Genau das habe ich doch gerade gesagt. Ist es denn so merkwürdig, wenn zwei Jungs aus gutem Hause sich ein makabres Rollenspiel ausdenken oder einer von ihnen so verrückt ist und keiner was merkt? Wäre es das erste Mal, dass Leichen jahrelang in einem Wald vergraben sind oder in einem Garten? Wie viele Totenscheine konnten nicht ausgestellt werden, weil die Leichen nie aufgetaucht sind? Und wie viele Tote gibt es, deren Leiche niemand haben will?«

Ich holte meine große Büroschere und ging damit zu dem leblosen Pimmel.

»Was haben Sie vor?«, fragte Garzón besorgt.

»Na, die Tüte aufschneiden. Ich will wissen, warum mich Ramón aufgefordert hat, von diesem Ding ausgehend zu ermitteln.«

»Aber Inspectora, das ist Aufgabe des Gerichtsmediziners.«

»Es wird nichts passieren. Sie haben es doch gehört, wenn er in Formol konserviert ist, verwischen die Spuren nicht, auch wenn man ihn anfasst.«

»Sind Sie jetzt verrückt geworden?«

»Es reicht, Sie haben mich schon genug genervt mit Ihrem Verhalten! Ich erinnere Sie daran, dass ich es bin, die etwas Unerlaubtes tut. Also, wenn Ihr Gewissen so streng ist, hauen Sie ab oder, besser noch, laufen Sie zu Coronas und verpfeifen mich.«

Er zog ein verärgertes Gesicht, blieb aber ungerührt stehen. Mit größter Vorsicht schnitt ich die Plastiktüte auf und schüttete das Formol in einen sauberen Aschenbecher, um es später wieder einfüllen zu können. Ich holte meine Enthaarungspinzette aus der Handtasche und legte den Penis auf ein weißes Blatt Papier. Mutig beugte ich mich über die Reliquie und bewegte sie mit Hilfe der Pinzette und einem Stempel hin und her. Ich spürte, wie der Subinspector den Atem anhielt. Wenn ich die Schnittlinie genau betrachtete, mich an die anderen Penisse und das, was Doktor Montalbán gesagt hatte, erinnerte, war es offensichtlich, dass dieser hier ebenfalls fachgerecht und gleichermaßen sorgfältig abgetrennt worden war. Ich inspizierte ihn peinlich genau und drehte ihn mehrmals um, konnte aber kein Anzeichen von einem Einschnitt an der Haut erkennen. Dann zog ich die Vorhaut zurück und etwas fiel heraus.

»Was, zum Teufel, ist denn das?«

»Unsere ersehnte Fährte«, murmelte ich.

Es war eine kleine Metallspirale. Ich zog mit der Pinzette daran. Es war etwas darin eingraviert.

»Was steht da?«

»Ich weiß es nicht, Subinspector.«

»Lassen Sie mich mal sehen. Man kann einen Scheiß lesen.«

»Das sind kyrillische Buchstaben.«

»Und was ist das für eine Sprache?«

»Es kann Russisch oder Bulgarisch sein ... was weiß denn ich. Ich habe in der Schule ein bisschen Altgriechisch gelernt, aber das hier kann ich nicht entziffern.«

»Na toll, jetzt sind wir wieder bei den Spielchen. Und was wollen Sie mit dem Ding machen?«

»Es in die Gerichtsmedizin bringen.«

»So, wie es ist?«

»Ja, es ist Feiertag und Montalbán hat sicher frei. Ich werde dem Dienst habenden Pathologen sagen, er soll den Penis in Formol legen und gut. Niemand wird danach fragen, wer ihn ausgepackt hat.«

»Ich verstehe, und das Metall?«

»Das legen wir in sein Versteck zurück, es kann ja sein, dass es die Eichel verletzt hat, und dann hätten sie uns.«

»Sie haben eine kriminelle Ader, Petra.«

»Ich tue, was ich kann. Ach, reichen Sie mir doch Kugelschreiber und Papier herüber, ich werde die Gravur abschreiben.«

»Wozu soll das gut sein ...«

»Wollen Sie mich endlich in Ruhe lassen?«

»Jetzt fehlt nur noch die Landkarte der Piraten.«

»Ach, Garzón, es besteht nicht der leiseste Zweifel daran, dass er uns etwas mitteilen möchte. Wir werden Coronas den Stand der Dinge darlegen, und er soll entscheiden, ob wir weiterermitteln oder mit dem, was wir haben, ein Puzzle legen. Sind Sie damit einverstanden?«

»Sie sind die Chefin.«

»Und Coronas ist unser beider Chef.«

Als die bekloppten Weihnachtstage vorüber waren und die Leute endlich wieder vernünftig arbeiteten, bekamen wir alle ärztlichen Ergebnisse, die uns interessierten. Zunächst erfuhren wir, dass der letzte Penis von Esteban Riqué stammte. Damit hatten wir endlich eine vollständige Leiche. Die Autopsie von Ramóns Leiche ergab, dass das langsame Verbluten nach der offensichtlich selbst zugefügten Verstümmelung die Todesursache war. Die Hypothese vom Selbstmord war somit untermauert, und diese Tatsache erschwerte meine weitere Ermittlungsstrategie. Aber warum drückte sich ein Mann, der bereit war, der Polizei zu helfen, in Hieroglyphen aus? Laut Garzón konnte es nur einen Grund geben: Wahnsinn. Ich dachte anders. Alles lag in Comisario Coronas Händen.

Coronas gab den Salomon.

»Herrschaften, ich muss sagen, ich würde es überstürzt finden, wenn wir die Ermittlungen jetzt einstellen und uns mit den Erkenntnissen über die beiden Toten und über die Kastrationen zufrieden geben. Andererseits ist es auch nicht angebracht, zwei Polizisten auf unbestimmte Zeit Fulltime damit zu beschäftigen. Ich denke, wenn wir die vorliegenden Spuren noch etwas weiter verfolgen, könnten wir vielleicht noch ein paar dunkle Punkte klären. Ist ja gut möglich, dass die beiden jungen Männer für diesen Wahnsinn verantwortlich waren. Jetzt weilen sie im Jenseits und damit wird das Ganze auch zu Ende sein. Ich meine, Sie beide ermitteln eine Zeit lang weiter, und wenn Sie nichts Neues herausfinden, bearbeiten Sie auch andere Fälle und stellen diesen hintenan. Sollten wir dann immer noch im Dunkeln tappen, bitten wir den Richter, die Akte zu schließen.«

»An welchen Zeitrahmen denken Sie?«, fragte Garzón sofort.

»Für den Anfang vielleicht an einen Monat.«

»Warum nicht zwei?«, mischte ich mich ein.

»Sagen wir, anderthalb Monate müssen genügen«, ging Coronas auf mein Feilschen ein. Garzón schnaubte, da fügte der Comisario hinzu: »Wenn Sie aber so fest davon überzeugt sind, Subinspector, dass das verschwendete Zeit ist, bringen Sie bestimmt auch nicht den nötigen Einsatz. Wenn Sie es vorziehen, entbinde ich Sie diese anderthalb Monate von dem Fall. Ein Ersatz wird sich finden lassen.«

»Nein, kommt nicht in Frage.«

»Können Sie mir erklären, warum Sie nicht von diesem Fall entbunden werden wollen?«

»Weil ich neugierig bin.«

Coronas entfuhr ein »Aha!«, und er klatschte in die Hände, dass wir hochschreckten.

»Sie sagen es, mein lieber Garzón, Neugier ist das richtige Wort.

Ich bin auch neugierig. Und wenn jemand neugierig ist, dann gibt es einen Fall. Sehen Sie? Meine Frage und Strategie waren kein Zufall, ich wollte erreichen, dass Sie das sagen.«

Ich weiß nicht, ob Salomon sich selbst auch so beweihräuchert hat. Anderthalb Monate waren nicht schlecht.

Nach Coronas Richterspruch trug ich Garzón auf, Ramóns Eltern für eine erneute Befragung kommen zu lassen. Sie sollten bestätigen, dass die Stimme auf dem Band wirklich die ihres Sohnes war. Ich machte mich an die Auflösung meiner Hieroglyphe.

Ich starrte auf die kyrillische Schrift. Eigentlich hatte der Subinspector Recht: Alles war zum Verzweifeln.

Ich fuhr in die Staatliche Fremdsprachenschule, wo ich von der Direktorin persönlich empfangen wurde. Sie war beeindruckt, dass eine Polizistin auftauchte. Ihre Faszination nahm noch zu, als ich ihr die kyrillischen Zeichen vorlegte. Sie sah sie sich aufmerksam an.

»Ich würde sagen, das ist Russisch, obwohl das nicht mein Fach ist. Ich gebe Englisch. Sie müssten mich zur slawistischen Abteilung begleiten, dort wird es Ihnen jemand übersetzen können.«

Im Stockwerk der Slawistik, das mich wie das ganze Gebäude ans Kommissariat erinnerte, stellte mich die Direktorin einer kräftigen blonden Frau mit starkem Akzent vor. Sie nahm den Zettel zur Hand und sagte:

»Ja, das ist Russisch und heißt in etwa: Blochin, rein wie die Luft.«

»Blochin? Was soll das heißen?«

»Das ist ein Name, vermute ich, das kann man nicht übersetzen.«

»Rein wie die Luft?«

»So steht es hier: Blochin, rein wie die Luft. Soll ich es Ihnen aufschreiben?«, fragte sie unfreundlich.

»Nicht nötig, das mache ich selbst.«

Als mich die Direktorin zum Ausgang begleitete, platzte sie fast vor Neugier.

»Haben Sie Ihr Problem lösen können? Ich hoffe, dass keiner unserer Schüler in Schwierigkeiten geraten ist.«

»Nein, eine reine Routineangelegenheit.«

Ich glaube, das war das Dümmste, was ich je gesagt habe. Ich fuhr nach Hause. Meine Stimmung war auf dem Nullpunkt.

Julieta hatte mir ein großes Stück Fleisch mit Gemüse zubereitet. Sie wollte sicher ihre Sünden wieder gutmachen. Plötzlich fiel mir ein, dass ich meine beiden Schutzengel gar nicht gesehen hatte. Ich sah aus dem Fenster, sie waren tatsächlich nicht da. Typisch, Coronas ordnete die Weiterführung der Ermittlungen an, aber nach Ramón Torres' Tod glaubte er, dass keine Gefahr mehr für mich bestand. Ich war erleichtert.

Ich aß in der Küche, trank einen guten Rioja und hörte Jazz. Genug der Hetzerei, sagte ich mir, und spürte zum ersten Mal seit Tagen, dass ich mich entspannte. Ich schnitt ein Stück Fleisch ab und der blutige Saft verteilte sich über den Teller. Sofort stieg in meiner Erinnerung das Bild des Selbstmörders im Badezimmer auf und besonders der Geruch. Ich schob das Steak beiseite, aß das Gemüse und setzte mich ins Wohnzimmer. Dort nahm ich mir die Unterlagen des Falles vor und begann zu rekapitulieren. Ich nahm einen Block und notierte: Ramóns und Estebans Kommilitonen befragen. Eventuell jemanden in die Fakultät einschleusen, damit er die Augen offen hielt. Die zweite Spur, das Wachskreuzchen, sagte uns überhaupt nichts. Unsere Nachforschungen bei der Kirche und den Sekten waren ins Leere gelaufen. Dann war da der Kalksteinsplitter, der auch nichts Besonderes zu bedeuten hatte und mit nichts in Verbindung zu stehen schien, außer ... Wie in der Madeleine-Episode bei Proust fiel mir etwas ein. Ich suchte in den Fotokopien, bis ich die Akte gefunden hatte: Garzóns Bericht über unseren Besuch im Kalksteinbruch, die Beschreibung des Steines, der technische Bericht des Sachverständigen und die Kundenliste, die man uns gegeben hatte. Ich fuhr mit dem Finger die Namen entlang, bis ich gefunden hatte, was ich suchte: Sergei Iwanow. Das war ein dünner Faden, aber vielleicht ... Eine Inschrift auf Russisch und ein Russe, der einen bestimmten Stein kaufte ... Außerdem lagen Cambrils und Ulldecona nicht weit auseinander. Sergei Iwanow.

Am nächsten Tag bestellte ich Garzón zu einer Arbeitssitzung. Er begann mit dem Bericht über das Treffen mit dem Ehepaar Torres. Beide glaubten, die Stimme ihres Sohnes auf dem Band wiederzuerkennen. Das war zu erwarten. Ich erläuterte dem Subinspector meine Schlussfolgerungen und Pläne, die ich nach meinen nächtlichen Meditationen geschmiedet hatte. Als er erfuhr, dass ich ihn für eine Massenbefragung der Kommilitonen vorgesehen hatte, konnte er sich ein paar Klagelaute nicht verkneifen. Auf meine Ankündigung, dass wir am Spätnachmittag noch einmal zum Kalksteinbruch rausfahren würden, folgten keine Protestgrunzer mehr, sondern direkte Auflehnung.

»Tut mir leid, Inspectora, aber heute Abend kommt nicht in Frage.«

»Und warum nicht, wenn man fragen darf?«

»Weil heute der einunddreißigste Dezember ist, verdammt, und weil ich heute Abend zu einer Silvesterfeier gehe. Wenn wir nach Ulldecona fahren, bin ich nicht rechtzeitig zurück. Außerdem glaube ich nicht, dass die heute arbeiten. Die meisten Firmen geben ab Mittag frei. Im Steinbruch wird es nicht anders sein.«

»Stimmt, entschuldigen Sie, daran hab ich gar nicht gedacht.«

»Haben Sie nichts vor an Silvester?«

»Hab ich auch völlig vergessen.«

»Und was werden Sie machen?«

»Hm ... vielleicht rufe ich ein paar Freunde an und lasse mich von ihnen zum Essen einladen, und wenn nicht .... Eigentlich ist mir das wurscht, ich esse irgendwas und dann lese ich ein bisschen.«

»Nicht gut. Begleiten Sie mich doch! Das Fest findet im Efemérides statt, Sie zahlen fünftausend Peseten und da ist alles drin: Essen, Trauben, Sekt und Musik bis zum Morgengrauen. Wenn Sie gestatten, lade ich Sie ein.«

»Hm ... so viel Trubel, und außerdem wird Pepes Frau da sein.«

»Wird sie nicht, sie moderiert bis in die frühen Morgenstunden ein Silvesterprogramm. Kommen Sie, geben Sie sich einen Ruck, Sie wirken schon wie ein Leichenbestatter!«

Ich ließ mich überreden. Ich mag es nicht, wenn andere mir Ratschläge erteilen, aber vielleicht war das subtile Bild des Bestatters ausschlaggebend. Garzón und ich legten einen triumphalen Auftritt im Efemérides hin.

Ich trug ein schlichtes graues Satinkleid, eines von denen, das unterstreicht, dass mich das Alter nicht allzu schlecht behandelt hat. Garzón sah in seinem dunklen Anzug mit schneeweißem Hemd blendend aus. Die dunkelviolette Krawatte dazu verlieh ihm etwas Festliches.

Garzón kannte viele der lärmenden Gäste, die ihm zur Begrüßung auf die Schulter klopften und »Wie schick du bist, Fermín!« riefen. Als Stammgast hatte man viele Freunde. Ich fühlte mich deplatziert, und nachdem die ersten euphorischen Momente vorüber waren, bereute ich es, mitgegangen zu sein. Also füllte ich mich mit Champagner ab. Es funktionierte. Nach einer Stunde fühlte ich mich so wohl wie ein Fisch im Wasser, ging zum Büfett und hatte mich sogar unterhalten. Ich begrüßte Pepe, der wunderbar aussah oder zumindest auf meinen beschwipsten Kopf so wirkte, und half Hamed, Gläser abzutrocknen. Als ich mich richtig gut amüsierte, hatte ich eine Erscheinung, die mich aus dem Konzept brachte. Wer war das junge Paar, das sich da am Rande des Gewühls küsste? Na klar, das waren doch Julieta und Palafolls. Was zum Teufel machten die hier? Außer zu knutschen natürlich? Als sie mich entdeckten, kamen sie zu mir und begrüßten mich herzlich. Natürlich stammte die Empfehlung für das Lokal vom Subinspector. An ihm war ein echter Public Relations-Mann verloren gegangen. Ich lachte, scherzte und plauderte mit ihnen, bis ich auf Palafolls Aufzug aufmerksam wurde. In Freizeitkleidung und unter Gleichaltrigen wirkte er ganz normal. Ich meine, niemand würde ihn für einen Polizisten halten.

Fünf vor zwölf gingen wir zu dem Tisch, auf dem die Tütchen mit den Glückstrauben lagen, mit denen nach spanischem Brauch das neue Jahr begrüßt wurde. Über die Lautsprecher erklang das Ticken der Uhr an der Madrider Puerta del Sol. Es herrschte erwartungsvolle Unruhe und mit dem ersten Glockenschlag setzte ein hektisches Traubenessen ein. Für jeden Glockenschlag eine. Beim letzten stießen alle einen Jubelschrei aus und gleich darauf folgten die Küsse und Umarmungen. »Glückliches neues Jahr!«, schrie mir Garzón ins Ohr und begrub mich wie ein Braunbär unter seiner Umarmung, wobei meine Füße die Bodenhaftung verloren. Dann küsste ich Julieta und Palafolls, die endlich mit ihrer Schmuserei aufgehört hatten, und schließlich umarmten sich alle, ohne sich gegenseitig vorgestellt worden zu sein. Mitten in diesem Trubel stand ich plötzlich vor Pepe. Er sagte: »Ich wünsch dir Glück, meine liebe Exfrau«, und küsste mich. Ich spürte die altbekannte Schwäche für seine Jugend in mir hochsteigen und legte mehr Zärtlichkeit in den Kuss, als angemessen war. Aber es war egal, es war ein neues Jahr geboren und das erlaubte offensichtlich jeden Unfug. Zum Beweis sah ich Garzón mit einer Kopfbedeckung à la Dschingis Khan eine Art Polka tanzen. Ich tanzte mit Pepe, mit Hamed, mit einem Jungen mit aufgeklebtem Schnurrbart und einer Gaucho-Marx-Nase.

Atemlos sank ich auf einen Stuhl und winkte Garzón heran.

»Wissen Sie, was ich denke, Subinspector?«

»Sagen Sie es mir, Petra mía.«

»Ich glaube, dass wir Palafolls als Studenten in die medizinische Fakultät einschleusen sollten. Er sieht aus wie all die anderen Studenten. Was meinen Sie?«

Er sah mich fast hasserfüllt an.

»Finden Sie, das ist der richtige Augenblick, um über Arbeit zu reden? Von mir aus können Sie heute Nacht dem Kaiser von China den Schwanz abschneiden, es ist mir egal.«

Nach dieser Unflätigkeit schwirrte er ab und pustete in eine Luftschlange. Plötzlich stand Pepe vor mir und forderte mich zum Tanzen auf, zu einem langsamen Stück.

»Amüsierst du dich?«, flüsterte er mir ins Ohr.

»In dem ganzen Trubel hatte ich noch keine Zeit, das herauszufinden.«

»Du hast dich nicht verändert.«

»Nicht?«

»Du bist problematisch, rechthaberisch, ironisch, rebellisch …«

»Eine Nervensäge.«

»Sagen wir unbequem.«

»Ich war nie ein flauschiges Kissen.«

»Nein, eher ein Nagelbett.«

Ich lachte auf. Er zog mich an sich. Ich spürte seinen jungen, leicht erregbaren, vertrauten und doch fast vergessenen Körper. Das Lied ging zu Ende und es fiel uns schwer, uns voneinander zu lösen.

»Soll ich dir ein Gläschen holen?«, fragte er.

Ein Gläschen? Das war seine obligatorische Frage an jedem Abend gewesen. Ein Gläschen. Der schale Geschmack unserer Ehe. Die leeren Abende, die Streitereien, die unterschiedlichen Lebensvorstellungen, das Erstickungsgefühl, die Einsamkeit.

»Ein Gläschen? Kommt nicht in Frage, ich muss gehen, ich habe gar nicht gemerkt, wie spät es ist.«

»Wie, du musst gehen?«

»Ich gehe jetzt, lieber Pepe, schöne Grüße an deine Frau.«

Er stand verdutzt da. Dann lächelte er traurig und hob theatralisch die Hand.

»Adios, Inspectora Delicado, ich hoffe, Sie finden nächstes Jahr das Glück.«

»Ich hab's bestimmt irgendwo vergessen, aber ich werd es suchen. Adios.«

Ich wühlte mich zu Garzón durch. Er war umringt von einer Gruppe junger Frauen, die sich beim Tanzen mit ihm kaputtlachten. Er hatte das Chinesenmützchen gegen einen Fez ausgetauscht und wiegte die Hüften nach einer Mazurka.

»Ich hau ab, Fermín. Ich erwarte Sie am Zweiten um Punkt acht.«

»Inspectora, habe ich Ihnen je das Lied ›Schwänze sind so eloquent wie ein Instrument‹ vorgesungen?«

Ich verließ fluchtartig das Lokal. Die eisige Nachtluft kühlte mich ab. Menschen, die sich vergnügen, sind schrecklich. Ein Gläschen? Was für ein Frust! Das Schicksal schuldete mir was, und zwar einen großen Mann, mindestens ein Meter neunzig, blaue Augen, tadelloses Benehmen, ausgeprägten Hang zur Leidenschaft ... Besser nicht darüber nachdenken, vielleicht war es noch nicht zu spät, sich einen Tee zu kochen und ein paar Zeilen zu lesen. Mäßigung war angesagt.

Für Garzón hatte ein Tag zum Ausnüchtern nicht gereicht. Als er mein Büro betrat, war er noch immer verkatert. Ich überging seinen Zustand und erläuterte ihm die neue Strategie, für die ich mich endgültig entschieden hatte.

»Wir müssen Palafolls in den Fall einweihen. Er bekommt eine Deck-Identität, wir reden mit dem Dekan der medizinischen Fakultät, er muss das Unternehmen genehmigen und bei den Professoren durchsetzen. Kümmern Sie sich darum, Fermín.«

»In Ordnung, Inspectora, wird gemacht.«

»Ich fahre zum Kalksteinbruch, um den Russen aufzuspüren.«

Er machte eine skeptische Handbewegung.

»Hm, ich weiß nicht, Sie kennen ja meinen Standpunkt. Was den Zufall anbelangt ... es gibt auch Russischen Salat und Wodka.«

»Sehr schön, Subinspector, wenn das alles ist, was Ihnen dazu einfällt, können wir uns ja an die Arbeit machen. Setzen Sie sich in Bewegung. Ich will, dass Palafolls so schnell wie möglich in einen Modellstudenten verwandelt wird.«

Er flitzte davon. Wenn es mit Argumenten nicht funktionierte, wirkte eine ordentlicher Befehl überzeugend. Ich fuhr mit Höchstgeschwindigkeit nach Ulldecona.

Der Chef des Steinbruchs erinnerte sich sofort an mich. Vorteile eines weiblichen Bullen.

Er führte mich in sein Büro, und als ich ihn nach seinem russischen Kunden fragte, kratzte er sich an der Wange.

»Ich weiß schon, von wem Sie reden. Natürlich kenne ich ihn, auch wenn ich ihn nur zweimal gesehen habe. Ich erinnere mich gut an ihn. Er hat Kalkstein für ein Haus hier in der Nähe in Auftrag gegeben. Er leitet die Bauarbeiten für einen russischen Geschäftsmann, hat er mir erzählt.«

»Was für Bauarbeiten sind denn das?«

»Darüber hat er mir nichts erzählt, aber in der Gegend wird geredet, dass die Russen an der Küste eine Menge Land gekauft haben. Sie bauen wunderbare Villen für andere Russen. Jede kostet ein paar Millionen. Außerdem bauen sie ein ganz großes Gebäude, das mit unserem Kalkstein verkleidet wird. Ich weiß nicht, was es wird, vielleicht ein Hotel.«

»Wie waren denn die Gespräche mit diesem Iwanow?«

»Es ging nur ums Geschäft, ganz normal. Preise, Menge, Lieferzeiten, Transport. Sie wissen ja, wie das läuft. Später kam er noch einmal her, um den Auftrag um ein paar Monate zu verlängern. Er spricht sehr gut Spanisch.«

»Was für ein Mann ist er?«

»Er ist merkwürdig, ich weiß nicht, wie ich das erklären soll.«

»Merkwürdig?«

»Ja, merkwürdig, schwarz gekleidet, die Haare ... Er wirkt wie Rasputin.« Er lachte etwas beschämt über seinen Einfall. »Ich meine, ich habe mal einen Film über Rasputin gesehen und er sieht genauso aus.«

»Verstehe. Sie müssen mir erklären, wie ich zu der Baustelle komme.«

»Wir rufen gleich den Fahrer, der den Transport gemacht hat. Sagen Sie, ist das ein Betrüger oder so was? Schlimm, wenn er uns die Lieferungen nicht bezahlen würde.«

»Keine Sorge. Wenn wir was in der Art herausfinden, werden Sie informiert.«

Nach den Angaben des Fahrers fand ich die Baustelle problemlos. Sie war schon von weitem erkennbar: Jede Menge Baumaschinen und Maurer bei der Arbeit. Ich ging zu einem von ihnen, nannte meinen Namen und fragte nach Sergei Iwanow. Er nickte, ging zu einem Bauwagen und kam in Begleitung von Iwanow persönlich zurück. Mich überraschte der Scharfblick des Leiters vom Steinbruch: Der Typ sah wirklich wie Rasputin aus. Zwischen vierzig und fünfzig, schütterer Bart, ziemlich lange, hinter die Ohren gekämmte Haare, schwarze Hose und Jackett, Schal. Als Iwanow vor mir stand, sah er mir direkt in die Augen. Ich erschauerte. Hinter den Augen dieses Mannes verbarg sich etwas Tiefgründiges, Dunkles, ein Raum, bevölkert mit etwas Gefährlichem, Geheimnisvollem, Verborgenem, pochend wie bloßgelegte Herzen. Er lächelte und hielt mir eine kalte, trockene Hand entgegen.

»Inspectora Delicado, womit kann ich Ihnen dienen?«

»Ich ermittle …«

»Bevor Sie anfangen, darf ich Ihnen sagen, dass ich Sie kenne.«

»Sie kennen mich?«

»Ich habe Sie vor ein paar Monaten im Fernsehen gesehen.«

»Ach, was für ein Zufall, ich bin nur einmal dort aufgetreten.«

»Ich sehe viel fern, es hilft mir, die Sprache zu lernen. Ich verbringe sehr viel Zeit in diesem bescheidenen Bauwagen. Wenn die Maurer Feierabend machen, bleibe ich hier allein.«

»Warum quartieren Sie sich nicht im Dorf ein? Es muss doch ein gutes Hotel geben.«

»In einem Hotel würde ich es nicht aushalten. Ich lese gern. Hier bin ich gut untergebracht. Darf ich Sie bitten, in meinen Wagen zu kommen und eine Tasse Tee mit mir zu trinken? Für uns Russen ist Gastfreundschaft sehr wichtig, das ist Teil unseres orientalischen Erbes.«

Ich war fasziniert, als ich die Ausstattung des Bauwagens sah. Er war holzgetäfelt, es gab einen großen Mittelraum voller Bücher, ein paar gemütliche Sessel, einen Schreibtisch und einen großen Samowar aus Keramik mit Blumenmotiven.

»Darin machen wir Tee«, sagte Sergei. »Wie gefällt es Ihnen? Ich habe auch eine winzige Küche, ein Bad und ein Schlafzimmer.«

»Ich nehme das mit dem Hotel zurück.«

»Und ganz allein bin ich hier auch nicht. Wie Sie gesehen haben, bin ich in Gesellschaft von vielen Arbeitern.«

»Und einem Nachtwächter, nehme ich an.«

»Nein, das ist nicht nötig. Ich habe keine Angst. Wir haben einen Wachhund.«

Er machte einen köstlichen Tee und wir setzten uns. Er bot mir eine Zigarette an.

»Jetzt ist es viel gemütlicher. Sagen Sie, was ermitteln Sie?«

»Einen Mord, Señor Iwanow, an dem jungen Esteban Riqué.«

»Einen Mord?«

»Mord, Totschlag. Wir wissen es noch nicht. Wollen Sie ein Foto sehen?«

»Heiliger Gott, so ein junger Mann!«

»Haben Sie ihn schon mal gesehen?«

»Nein, noch nie. Sollte ich? Ist dieser Junge hier gewesen?«

»Genau das wollte ich Sie fragen.«

»Ich habe Ihnen ja schon gesagt, dass ich ihn noch nie gesehen habe. Aber wir können die Arbeiter fragen, den Vorarbeiter.«

»Das werde ich, keine Sorge, das werde ich.«

»Sagen Sie, Inspectora, was hat Sie hierher geführt? Ist der Junge hier aus der Nähe?«

»Nein, uns haben gewisse Hinweise hierher geführt.«

»Darf ich fragen, welche?«

»Tut mir Leid, aber das kann ich Ihnen nicht sagen.«

»Wie auch immer, Sie können jedenfalls mit meiner Unterstützung rechnen.«

»Sehr schön, erzählen Sie mir etwas über diese Bauarbeiten, Señor Iwanow.«

»Selbstverständlich. Ein Konsortium von russischen Geschäftsmännern lässt hier bauen. Wenn Sie die Namen brauchen, gebe ich sie Ihnen. Ich arbeite für sie, ich bin ihr Vertrauensmann hier, weil ich Spanisch spreche. Ich betreue den Bau.«

»Sie sprechen wirklich sehr gut. Wo haben Sie Spanisch gelernt?«

»In Russland. Meine Frau war das, was Sie ein Kriegskind nennen. Sie hat ihre Sprache nicht verlernt, wir haben sie zusammen perfektioniert.«

»Das ist ja interessant. Und wo ist Ihre Frau jetzt?«

»Sie ist vor fünf Jahren gestorben. Seither bin ich Witwer.«

»Tut mir Leid. Und was wird hier gebaut?«

»Eine Luxusanlage. Jeder der Gesellschafter bekommt ein wunderbares Haus, wo er seinen Urlaub verbringen und sich nach der Pensionierung zurückziehen kann. Das Klima in Russland … Was erzähle ich Ihnen.«

»Und das große Gebäude?«

»Wie gesagt, meine Auftraggeber sind Geschäftsmänner. Sie haben an ein kleines Hotel gedacht, aber nicht zu kommerziellen Zwecken, sondern um Geschäftsfreunde unterbringen zu können. Es können auch Kongressteilnehmer sein. Russland ist ein expandierendes Land.«

»Ich weiß, ich weiß.«

Ich hätte schwören können, dass ihm meine Fragen Spaß machten. Es gefiel ihm, dass ich aufgetaucht war. Er wandte seinen bohrenden Blick nicht ein einziges Mal von mir ab und bewirkte damit, dass ich unsicher wurde und heftig reagierte.

»Wollen Sie noch etwas wissen?«, fragte er.

»Ich möchte den Maurern ein paar Fragen stellen.«

»Selbstverständlich! Ich werde Sie nicht begleiten, dann sind Sie freier. Wenn Sie fahren, komme ich raus und verabschiede mich.«

»Gibt es Russen unter den Arbeitern?«

»Nein, keinen einzigen, ich habe niemanden mitgebracht. Alle Arbeiter sind hier eingestellt worden. Sie sind doch keine Wirtschaftsinspektorin, oder?«

»Ich fürchte, nein.«

Als ich aufstand, warf ich noch rasch einen Blick auf die Bücher. Er sah mich eindringlich an.

»Intellektuelle Neugier?«

»Ich kann kein Russisch …«

»Tiefsinnige Themen, Inspectora, ich bin zwar ein unbedeutender Mann, strebe aber nach Höherem. Ich lese die großen Klassiker meines Landes: Puschkin, Tolstoi, Dostojewski! Ich lese Lyrik, Theaterstücke, philosophische und sogar theologische Werke.«

»Wahnsinn! Im Bauwagen ... Wie lange werden Sie ihn noch bewohnen?«

»In fünf oder sechs Monaten, wenn der Auftrag erledigt ist, kehre ich nach Russland zurück.«

»Ich vermute, wir sehen uns wieder.«

»Sie sind herzlich willkommen. Ich werde den Samowar immer eingeschaltet haben.«

Als ich ging, spürte ich seinen bohrenden Blick im Rücken. Ob er noch sein geheimnisvolles Lächeln auf den Lippen hatte?

Ohne große Hoffnungen machte ich meine Runde bei den Arbeitern. Keiner hatte Esteban oder einen anderen jungen Mann auf der Baustelle gesehen. Wir befanden uns in einer sehr einsamen Gegend. Wenn hier ein junger Mann aufgetaucht war, hätten sie ihn gesehen. Der Russe? Der Russe bekam auch keinen Besuch. Nichts zu machen. Ich beschloss zu fahren, ich wollte keine Zeit verlieren. Geisteswissenschaften, Dostojewski ... schön und gut, grübelte ich, und was für ein Nachteil, nicht Russisch zu können. Trotzdem hätte man blind sein müssen, um die vielen Bücher mit einem Kreuz auf dem Buchrücken zu übersehen, die Iwanow in den Regalen stehen hatte. Das Kreuz ist ein internationales Symbol.

Ich hielt unterwegs, um in einem Autobahnrestaurant etwas Schauderhaftes zu essen. Danach rief ich vom Wagen aus den Comisario an.

»Comisario Coronas, könnten Sie bitte ein paar schnelle Nachforschungen anordnen. Ich will wissen, ob ein gewisser Sergei Iwanow hier oder in Russland aktenkundig ist. Wenn ich wieder in Barcelona bin, erstatte ich Ihnen Bericht. Ich möchte auch, dass Sie bei den Kollegen in Tarragona nachfragen, ob die Siedlung El Ánade, die an der Küste gebaut wird, legal ist. Kümmern Sie sich darum?«

Das tat er. Bei Einbruch der Dunkelheit fand ich mich in seinem Arbeitszimmer ein. Er lächelte. Untrügliches Zeichen dafür, dass er Neuigkeiten für mich hatte. Tatsächlich war die russische Siedlung, die früher mal El Ánade hieß, völlig legal. Kauf der Grundstücke, Steuern, Baugenehmigung, alles in Ordnung.

»Die Besitzer, diese russischen Geschäftsleute, gehören bestimmt zur neuen Mafia, genau wie die in Alicante, Andalusien und sonst wo. Trotzdem haben wir nichts gegen sie. Es gibt keine Haftbefehle von Interpol. Ihr Geld ist blütenweiß, sie schaffen Arbeitsplätze und nichts trübt ihre Achtbarkeit. Solange sie sich nichts zu Schulden kommen lassen …«

»Und dieser Iwanow?«

»Ich habe sogar bei Interpol nachgefragt, aber da ist er nicht registriert. Ich habe versucht, mich per E-Mail mit der Moskauer Polizei in Verbindung zu setzen, aber die haben so was noch nicht. Außerdem ist es gut möglich, dass sich der Mann unter falschem Namen und mit falschem Pass hier aufhält.«

»Und wie sollen wir das rauskriegen …?«

»Gar nicht, es sei denn, Sie fliegen nach Moskau.«

»Sie würden das genehmigen?«

»Wären Sie bereit, diese Reise zu machen?«

»Gleich morgen.«

Er lachte.

»Petra Delicado, haben Sie wirklich geglaubt, ich meine das ernst?«

»Natürlich.«

»Tut mir Leid, aber das ist unmöglich.«

»Warum? Es ist nicht das erste Mal, dass Leute von uns ins Ausland fliegen.«

»Ja, aber in internationalen Angelegenheiten.«

»Das ist eine internationale Angelegenheit.«

»Das sehe ich anders. Ich meine Drogendelikte.«

»Kommen Sie, Comisario, Sie wissen, dass ich lange Zeit im Archiv gesessen habe. Wollen Sie, dass ich Ihnen Fälle heraussuche, in denen Reisen notwendig waren und die nichts mit Drogen zu tun hatten?«

»Ich bin davon überzeugt, dass Sie welche finden. Aber meistens sind Drogen der Grund.«

»Gibt es etwa ein Gesetz, das vorschreibt: Drogen ja, Mord nein?«

Ich sah Wut in seinem Gesicht aufsteigen, wie kurz vor einem Vulkanausbruch.

»Darf ich Sie daran erinnern, dass ich hier bestimme, was gemacht wird!«

Sofort änderte ich meinen Tonfall und gab ihm einen leichten Anflug von Verzweiflung.

»Ich bitte Sie um Verzeihung, Señor. Ich habe keinen Moment vergessen, wer hier das Sagen hat, es ist nur ... glauben Sie mir, wenn eine Reise nach Russland die einzige Möglichkeit ist, dann bitte ich Sie um Ihre Genehmigung. Sie wissen, dass ich von Anfang an sehr stark persönlich in diesen Fall verwickelt war, ich habe mir das nicht ausgesucht. Irgendwo gibt es womöglich mehrere Leichen, die darauf warten, entdeckt zu werden, Señor. Zwei Tote sind schon zu viel.«

Er beruhigte sich. Seine Stimme klang wieder väterlich.

»Ich weiß, Petra, und bis jetzt habe ich Ihnen nichts verwehrt, was die Ermittlungen vorantreibt. Aber was Sie jetzt verlangen, ist nicht üblich ... und sehr teuer!«

»Teuer? Es handelt sich nur um ein Flugticket und ein paar Nächte im Hotel.«

»Ein Flugticket? Glauben Sie im Ernst, ich lass Sie allein nach Russland fliegen? Kommt nicht in Frage, Garzón wird Sie begleiten.«

»Aber Comisario, ich will doch nur ein paar Nachforschungen bei der Polizei dort machen. Ich werde mich nicht in sumpfigem Gelände bewegen.«

»Haben Sie eigentlich die kleinste verdammte Vorstellung davon, wie es in Moskau zurzeit aussieht? Eine gesetzlose Stadt!

Die ziehen Ihnen die Haut ab, wenn Sie ihnen nur die Handschuhe klauen. Ich würde nicht einmal behaupten, dass Sie bei der Polizei in Sicherheit sind. Dort herrscht Korruption, die Hälfte der Mafiageschäfte wird mit Hilfe der Polizei gemacht.«

»Das wird sich auch nicht ändern, wenn Garzón mich begleitet.«

»Garzón ist ein alter Hase, der schneller rennt als Sie.«

»Ja, und ein Mann, ist es das?«

»Fangen Sie nicht schon wieder mit Ihren feministischen Geschichten an, das geht mir auf die Nerven. Außerdem, was haben Sie denn jetzt gegen Garzón, verdammt noch mal? Sie haben sich doch immer gut verstanden.«

»Ich habe gar nichts gegen ihn. Einverstanden, weil es bedeutet, dass Sie mir die Reise genehmigen, nicht wahr, Comisario?«

»Petra Delicado, wissen Sie, warum ich Ja sage?«

»Nein, Señor.«

»Die Vorstellung, Sie vierundzwanzig Stunden lang im Nacken zu haben ... Aber wenn sich nach dem ganzen Zauber herausstellt, dass Ihre Vermutungen falsch waren ... dann setze ich meinen Schwanz aufs Spiel.«

»In diesem Fall kann ich das Risiko nicht mit Ihnen teilen, aber ich würde mir aus Solidarität eine Fußzehe abhacken.«

Er lachte.

»Ist ja gut, gehen Sie und informieren Sie den Subinspector über sein Glück. Der ist bestimmt sauer. Er hat den ganzen Tag in der medizinischen Fakultät zugebracht und Palafolls Aufnahme organisiert.«

»Ich werd ihn schon finden. Ach, Comisario Coronas ... vielen Dank, ehrlich!«

Eigentlich war Comisario Coronas kein schlechter Kerl.

Ich hatte gerade einen Berg Sojasprossen zum Abendbrot gegessen, als das Telefon klingelte. Es war der Subinspector.

»Das mit Palafolls Aufnahme in der Fakultät ist geritzt.«

»Coronas hat mir gesagt, dass es aufwendig war.«

»Ich mag gar nicht darüber reden.«

»Ist auch besser so, heben Sie sich die Kraftausdrücke für das auf, was wir als Nächstes tun werden.«

»Machen Sie Witze?«

»Wir fliegen nach Moskau, Fermín.«

Verdächtige Stille. Dann:

»Na, toll; das ist die Art Reise, die ich mag: Im Januar nach Russland und im August in den Kongo! Ja nun, warum nicht?«

»Morgen im Büro erkläre ich Ihnen alles. Heute Abend sind Sie nicht in Stimmung.«

8

Ich habe Angst vorm Fliegen. Das war nicht immer so, ich habe diese lästige Phobie von meinem ersten Mann übernommen. Er war ein gelassener, förmlicher Mensch, aber wenn er in ein Flugzeug stieg, verlor er die Beherrschung und wurde hysterisch. Statt mich daran zu gewöhnen, wurde ich nach mehreren Reisen selbst unsicher. Mein Ex bekämpfte seine Flugangst mit Valium und ich mit Whisky. Und deswegen komme ich lieber mit einem leichten Kater als völlig groggy am Ziel an.

Garzón war überrascht, als er hörte, wie ich den ersten Drink bei der Stewardess bestellte. Es war kurz vor neun Uhr morgens. Er sagte aber nichts und beschränkte sich darauf, mich skeptisch von der Seite anzusehen.

»Halten Sie Kälte gut aus, Fermín?«

»Ich bin gut vorbereitet.«

»Eine Frage der Einstellung?«

»Ach was, ich habe mir vier lange Unterhosen gekauft. Ich war in Burgos bei der Armee.«

Das Essen hatte Garzón in wenigen Sekunden verschlungen. Ich rührte kaum was an, bestellte stattdessen noch einen Whisky. Bei dem leistete mir mein Kollege Gesellschaft.

»Wer holt uns ab?«, fragte er.

»Alexander Rekow, Polizeiinspektor. Er wird uns helfen und begleiten, solange wir in Moskau sind.«

»Wenn wir ein Foto von diesem Sergei hätten, wäre es einfacher.«

»Wir müssten trotzdem die Akten durchkämmen. Hoffen wir, dass der Name echt ist oder zumindest ein Spitzname, der erfasst ist.«

»Hoffen wir, dass er überhaupt erfasst ist.«

»Ich glaube, dass die russische Mafia Profis engagiert.«

»Sind Sie sicher, dass Sie ihn auf einem Foto wiedererkennen? Polizeifotos sind meistens nicht sehr gut. Außerdem sind diese Russen ziemlich verwandlungsfähig.«

»Wo haben Sie denn das her?«

»Weiß nicht, glaube ich eben.«

Beim dritten Whisky hatte ich schon das Gefühl, im Zug zu reisen. Garzón war inzwischen weniger gereizt. Weil er Hunger hatte, wir aber nichts weiter bekamen, verwickelte ich ihn zur Ablenkung in ein Gespräch.

»Als ich klein war, habe ich die Abenteuer von Michail Strogoff gelesen. Die Beschreibungen der russischen Steppe haben mich sehr beeindruckt. Ich bin ein Jahr lang mit dem Fahrrad die kastilischen Felder abgefahren und habe mir eingebildet, der Kurier des Zaren zu sein.«

»Wie hübsch!«

»Mein Vater meinte, ich würde die Tiere auf dem Hof vernachlässigen, er hat mir gewaltig den Marsch geblasen und mir das Fahrrad weggenommen. Ich bin immer über die Realität gestolpert.«

»Russland weckt bei mir auch Erinnerungen an Romane – Tolstoi, Dostojewski. Ich finde, es ist ein riesiges, geheimnisvolles, mystisches Land, an dem alle Feinde scheitern.«

Garzón war ins Schwärmen geraten. Oder in Whiskydämpfe. Plötzlich schwenkte er um.

»Werden Sie wieder was mit Pepe anfangen?«

»Nein, warum?«

»Er hat mir kürzlich erzählt, dass er den Eindruck hätte, sie beide fühlten sich wieder zueinander hingezogen.«

»Das Bedürfnis, sich angezogen zu fühlen oder anzuziehen, führt ins Innerste. Manchmal haben wir es eilig, es ans Tageslicht zu bringen, dann ist das Zurückblicken einfacher, wenn man es kann. Aber dieser Schritt zurück basiert auf Bequemlichkeit, er ist eine Selbsttäuschung, die es zu vermeiden gilt.«

»Ich mag es, wenn Sie theoretisieren. Aber ich glaube nicht, dass Sie Recht haben. Ich habe meine eigenen Vorstellungen, ich glaube, dass wir Teilchen unseres Herzens in der Vergangenheit zurücklassen und dass es wunderschön ist, sie wiederzufinden.«

Ich mochte Garzón nicht, wenn er poetisch wurde.

»Vergessen Sie die wehmütigen Erinnerungen, singen Sie mir lieber eines Ihrer Schwanzlieder.«

Er ließ sich nicht lange bitten. Erst sah er sich nach allen Seiten um, um sich zu vergewissern, dass ihn niemand hören konnte, und stimmte dann mit gesenkter Säuferstimme an:

»Mein Schwänzlein so schmächtig
regt sich verdächtig,
denn die Damen so kokett
machen es zum Bajonett.
Ich sag ihm also: Kleiner Wicht,
sei so ungeduldig nicht,
denn gleich nach der Schlacht
ist's aus mit der Pracht.«

Mir gefiel sein Gesichtsausdruck eines neunmalklugen Buben, wenn er diese harmlosen Strophen sang. Wir lachten verhalten, um nicht auf uns aufmerksam zu machen.

»Ich werd ein wenig die Augen schließen, Subinspector, wecken Sie mich, wenn wir in der Steppe ankommen.«

Im Halbschlaf hörte ich, wie er die Stewardess um ein zweites Essen bat. Er wollte weniger geschwächt als Strogoff beim Zar eintreffen.

Als wir aus dem Flugzeug stiegen, empfing uns Moskau mit eisigem Wind. Auf diese Kälte waren wir nicht vorbereitet. Ich entdeckte ein einfaches Schild, auf dem Petra Delicado stand. Ich blickte zu dem Träger hoch. Er war ein großer, breitschultriger Mann mit klaren blauen Augen und hohen Wangenknochen. Ich schätzte ihn auf Anfang vierzig und lächelte ihn an. Er lächelte auch.

»Petra Delicado?«, fragte er und entblößte ein perfektes Gebiss.

»Alexander Rekow, I presume.«

Der Klang meiner Stimme verriet mir, dass ich unvermittelt zu kokettieren begonnen hatte. Bei der Begrüßung verlor sich meine

Hand in seiner riesigen Pranke. Er war in Begleitung. Neben ihm stand ein Mann um die sechzig, klein, kompakt und starr wie ein Pfeiler. Rekow stellte ihn als seinen Assistenten Dimitri Silaiew vor. Auch er sprach kein Englisch, weswegen Silaiew und Garzón zum Schweigen verurteilt waren.

Rekow hatte eine schöne, tiefe Stimme, die nach Kosak klang. Er erklärte mir, dass sie uns ins Hotel bringen würden, wo wir ein paar Stunden ausruhen könnten. Danach wollten sie uns zur ersten Arbeitssitzung im Kommissariat abholen. Der Wind, der uns auf dem Weg zum Auto entgegenfegte, ließ mich erstarren. Er brannte, schmerzte und drang mir in die Ohren bis tief ins Gehirn. Garzón fluchte. Ich suchte Schutz zwischen meinen lächerlichen Mantelaufschlägen. Da tat Rekow etwas, das mir die Sprache verschlug. Nachdem er spöttisch aufgelacht hatte, öffnete er seinen weiten dicken Pelzmantel, umhüllte mich damit wie mit schützenden Flügeln und zog mich an sich. »Excuse me«, raunte er. Drinnen spürte ich seine Wärme, seinen muskulösen Oberkörper und den intensiven und zugleich milden Körpergeruch nach Zigaretten und Tee. Petra, dachte ich mir, Napoleon und Hitler sind geschlagen aus diesem Land abgezogen, aber du wirst Mütterchen Russland nicht verlassen, ohne diesen Typen erobert zu haben.

Das Hotel war schlicht, und als ich Garzón nach dem Kofferauspacken in der Halle traf, musste ich seine Klagen über den Mangel an Luxus über mich ergehen lassen. Mir war das egal. Mein Verstand war vom ersten Kontakt mit Rekow blockiert. Eine Stunde später stand er wieder vor mir und mein erster Eindruck wurde bestätigt. Rekow war von einer wilden, unwiderstehlichen Attraktivität. Alles an ihm nahm meine Sinne gefangen und zog mich an wie ein Magnet: seine etwas geheimnisvollen Gesichtszüge, seine breite Brust, die kräftigen Arme, seine sicheren, majestätischen Körperbewegungen. Er rauchte mit der linken Hand, und seine Augen versprühten eine heitere Ironie, in der Liebenswürdigkeit mitschwang.

Zuerst fuhren wir zu einem Laden, wo wir uns auf Kosten unserer Dienststelle Mützen und Pelzmäntel kauften. Coronas fand das sicher nicht witzig, aber er hätte an unserer Stelle dasselbe getan. Garzóns Hundegesicht sah unter der Mütze und den beiden dicken Ohrklappen zu komisch aus. Der unerschütterliche Silaiew half ihm, einen Mantel in seiner Größe auszusuchen. Mit Hilfe von Zeichensprache verstanden sie sich recht gut, obwohl ein tieferes Verständnis zwischen den beiden eher schwierig sein würde.

Danach fuhren wir zu dem Kommissariat, in dem Rekow und Silaiew arbeiteten. Es lag im Stadtzentrum, in einer öden grauen Straße, zu deren beiden Seiten sich der schmutzige Schnee türmte. Verglichen damit war unser Dezernat in Barcelona das Taj Mahal. Alte Möbel, staubige Archive, abblätternde Farbe an den Wänden ... Aber alles war sehr weiträumig, typisch für große Länder, in denen auch die Räume riesenhaft anmuten.

Wir vier setzten uns an einen Konferenztisch, der wie ein Katafalk wirkte. Zunächst erläuterten wir unseren russischen Kollegen, worum es ging. Ich zeigte ihnen die Fotos von den Autopsien und den in den Penissen gefundenen Objekten. Ich berichtete auf Englisch, Rekow übersetzte seinem Kollegen die Einzelheiten. Rekows Gesicht blieb ausdruckslos, obwohl seine gerunzelten Augenbrauen mehr und mehr nach oben wanderten, während ich sprach.

»Wir haben hier auch grauenhafte Fälle. Die westliche Presse hat ein paar davon breitgetreten, vielleicht hast du davon gehört. Serienmörder wie der Schlachter von Rostow, Bettler, die bei kannibalischen Zeremonien verstümmelt wurden, schreckliche Racheakte der Mafia wie das Amputieren von Körperteilen ... Aber was du erzählst, ist wirklich seltsam, denn wenn es zu den Penissen keine Körper gibt ...«

»Leichen gibt es bedauerlicherweise schon zwei.«

Rekows gelassene Augen wurden bei jedem Fakt, den ich hinzufügte, schmaler, bis sie sich in zwei Schlitze verwandelt hatten. Er war einfach schön. Als ich den Namen Anatoli Eswrilenko erwähnte, den Geschäftsmann, der als potentester Besitzer des Anwesens an der Küste von Tarragona auftauchte, nickte er vielsagend.

»Natürlich kenne ich den. Der ist sehr mächtig, für den arbeiten jede Menge Leute. Er hat mehrere legale Firmen. Wir haben schon mehrfach versucht, ihm etwas nachzuweisen, aber bisher ohne Erfolg.«

»Für den arbeitet Sergei Iwanow. Glaubst du, wir könnten ihn ausfindig machen?«

»Das machen wir morgen.«

»Wir haben nur eine Woche Zeit.«

»Zeit ist relativ. Willst du das deinem Assistenten Garzón übersetzen?«

»Lieber nicht, er will so schnell wie möglich zurück.«

Er lachte verhalten, wobei seine gegerbte Haut Fältchen warf.

»Und was kannst du mir zu dem letzten Hinweis sagen? Was hältst du von dieser Inschrift?«

»Wiederhol den Satz.«

»Blochin, tschisty kak wosduch.

»Blochin, rein wie die Luft.«

»Genau. Hast du eine Ahnung, wer dieser Blochin ist oder ob der in eurer Kartei steht?«

»Den suchen wir auch. Mach dir keine Sorgen, Inspectora Delicado, wir werden die ganze Woche arbeiten, als gäbe es nichts anderes auf dieser Welt.«

Ich lächelte zufrieden.

»Stimmt, wir vergessen oft, dass die Polizei ihre Fälle nicht durch plötzliche, brillante Einfälle löst, sondern durch Arbeit.«

»Willst du einen Russen, der die Sowjetunion erlebt hat, von den Vorteilen harter Arbeit überzeugen?«

»Ich wollte dich von gar nichts überzeugen, ich weiß, dass du die beherrschst.«

Wir wechselten einen tiefen Blick. Da wir unseren Kollegen schon eine ganze Weile nichts mehr übersetzt hatten, wurde Garzón ungeduldig.

»Worüber, zum Teufel, reden Sie eigentlich, Inspectora?«

»Darüber, dass Arbeit wichtig ist.«

»Ja, und …?«

Der Arme hatte Hunger. Es war schon spät und wir hatten den ganzen Tag noch nichts Vernünftiges gegessen. Zum Glück hatte Alexander daran gedacht.

»Und jetzt, wenn Sie erlauben, hat unsere Abteilung die Ehre, Sie zum Essen einzuladen. Mein Assistent Silaiew und ich werden Sie in ein Lokal führen, wo man gut essen kann.«

Silaiew nickte ruckartig, blieb aber so ernst wie immer. Ich hörte Garzón brummeln.

»Gute Idee, gehen wir was essen, denn ein Mann wie ich kann mit einem Flugzeugimbiss nicht überleben.«

Die Nachtluft schnitt uns in die Lungen. Die Straßen waren wie leer gefegt, aber die Kälte so durchdringend, dass sie Raum und Volumen zu haben schien. Die Reifen drehten durch, und nur dank Rekows Gewohnheit und Erfahrung kamen wir auf der spiegelglatten Fahrbahn vorwärts. Schließlich hielten wir vor einem riesigen Holztor. Ein Junge kam angelaufen, um den Wagen zu parken.

Beim Betreten des Lokals waren wir verblüfft. Nach der eisigen Wüste öffnete sich die Erde und nahm uns in ihrem Leib auf. Wärme, Musik, Lachen, Duft nach leckerem Essen und wohlriechendem Tabak. Ein kleine Kapelle spielte auf einer Holzbühne heitere Weisen. Junge Frauen in Zigeunerinnentracht schleppten Bierkrüge hin und her. Wir zogen unsere Mäntel aus und ich spürte Hitze in meinen Wangen aufsteigen. Rekow schrie, damit man ihn verstehen konnte.

»Es wirkt ein wenig folkloristisch, ist es aber nicht. Das Essen ist ausgezeichnet und es gibt gute Unterhaltung. Wenn du genau hinschaust, wirst du merken, dass hier keine Touristen verkehren.«

»Ich dachte, ihr Moskauer lockt Touristen an, um sie dann in die Wolga zu schubsen.«

»Was absolut richtig ist, aber wenn einer davonkommt und Geld hat, versuchen wir zu verhindern, dass er an gemütlichen Orten auftaucht und nervt.«

Als wir uns an einen Vierertisch gesetzt hatten, ließ Rekow Wodka und Bier kommen. Ich bat ihn, Essen seiner Wahl zu bestellen. Nach kurzem Warten wurden dampfende Suppenteller serviert. Die Suppe war so dickflüssig wie Lehm und darin schwammen Fleischstückchen sowie Lauch, rote Rüben und Kohl. Sie war köstlich. Nach dem ersten Löffel hob Garzón die Augen gen Himmel und stieß ein »Halleluja!« aus, was unsere Gastgeber sofort verstanden. Silaiew löffelte gleichmütig, er machte den Mund nur zum Essen auf.

»Dein Assistent ist nicht sehr gesprächig, was?«
»Hm, er ist kein Mann der Worte, aber sehr effizient. Wir arbeiten seit vielen Jahren zusammen und verstehen uns ausgezeichnet. Verstehst du dich gut mit dem Subinspector?«
»Ja, obwohl ich ihn manchmal an meine Autorität erinnern muss.«
»Ist nicht einfach für eine Frau, das Kommando zu haben.«
»Freut mich, das du das anerkennst, aber ich weiß mir schon zu helfen.«
»Schon gut. Hast du zu Hause auch das Kommando?«
»Das ist nicht nötig, ich lebe alleine. Und du?«
»Auch.«

Garzón wartete nicht mehr ungeduldig auf Übersetzungen, er war mit den scharf gewürzten Frikadellen beschäftigt, die als zweiter Gang serviert worden waren. Ich beobachtete, wie sich Silaiew eifrig Wodka nachschenkte.

Die Leute um uns herum wirkten sehr fröhlich. Ich genoss die stimmungsvolle Musik und trank wie alle anderen. Nach einer Weile war ich im Frieden mit mir selbst, enthemmt und fröhlich. Ich sah Rekow völlig ungeniert an. Mir gefielen seine wie aus Stein gemeißelten Gesichtszüge und die Spuren des Lebenskampfes auf der Stirn, der Mund mit den schmalen, bitteren Lippen und das glatte Haar.

Auch er wandte seine Augen nicht von mir ab, ohne Ausflüchte oder unnötiges Überspielen. Silaiew hatte die Flasche würdig geleert, und ich hätte schwören können, dass er auf seinem Stuhl schwankte. Garzón hatte so reichhaltig gegessen, dass er sich jetzt wie ein buddhistischer Mönch nach dem Gebet still zurücklehnen musste.

An der Restauranttür verabschiedete sich Alexanders Kollege mit zackigem Knallen seiner schweren Stiefel. Besorgt sah ich ihn schwankend durch den Schnee davonstapfen und sagte es Rekow. Der lachte.

»Dimitri? Der kann noch zwei bis drei Stunden weitersaufen. Mach dir keine Sorgen, auf dem Heimweg wird er wieder völlig nüchtern. Fahren wir, ich bring euch ins Hotel.«

Er begleitete uns in die Halle. Aber Garzón machte keine Anstalten, ins Bett gehen zu wollen, sodass ich noch zu einem Drink an der Hotelbar einlud. Wir bestellten wieder Wodka. Ich versuchte herauszufinden, ob der Subinspector betrunken war. Er wirkte recht normal. Wenn auch nicht hundertprozentig, denn plötzlich knallte er Rekow an den Kopf:

»Ihr habt die Sowjetunion abserviert, das werden euch viele nicht verzeihen.«

Der Russe reagierte nicht sonderlich betroffen, als ich ihm das übersetzte.

»Sag deinem Assistenten, dass er Recht hat. Und sag ihm, dass ich mir nicht sicher bin, ob das gut oder schlecht ist. Russland ist ein großes Land, schwierig und tragisch, und wir sind es leid, ein Symbol für die Welt zu sein. Wir wollen unsere Grandezza endlich loswerden und auf pragmatische Art unsere Probleme lösen. Wir verdienen eine historische Verschnaufpause. Los, übersetz ihm das.«

Ich tat es und beobachtete dabei Garzóns ins Nichts starrende Schweinsäuglein und das langsame Herabsinken seiner Lider. Es entstand ein langes Schweigen und schließlich erwiderte mein Kollege:

»Ja, aber ist das etwa unsere Schuld? Sag ihm, dass Spanien auch ein verdammt tragisches Land ist. Wissen Sie, was verdammt auf Englisch heißt? Also, schlecht ist nur, dass wir klein sind und die Illusion der anderen brauchen, um zu funktionieren und Gerechtigkeit einzufordern.«

»Kommt nicht in Frage, Fermín, das übersetze ich nicht, weil es schon sehr spät ist und außerdem Blödsinn. Ich glaube, wir gehen jetzt besser ins Bett.«

Er nickte gehorsam. Wir standen auf und gingen zur Rezeption: Ich hoffte, er würde um seinen Schlüssel bitten und verschwinden, aber der Scheißkerl ging nicht, sondern wartete auf mich. Mir blieb nichts anderes übrig, als mich von dem Russen zu verabschieden.

Im Fahrstuhl wechselte ich kein Wort mit dem Subinspector. Auf unserem Stock verschwand ich ohne ›Gute Nacht‹ in mein Zimmer. Ich hätte ihn umbringen können. Verdammt noch mal, warum war ich eigentlich nicht vor seiner Nase mit Rekow hochgefahren? Was war das hier, ein englisches Teekränzchen? Ich zog den Mantel aus und schleuderte ihn aufs Bett, wobei die Nachttischlampe umfiel und kaputtging. »Verdammt, was haben die Russen bloß für ein beschissenes Material!«, fluchte ich. Da klopfte es an die Tür. Ich war mit zwei Sätzen dort, weil ich dachte, es sei Garzón. Ich sollte ihm bestimmt die Bedienungsanleitung fürs Klo übersetzen. Aber nein, da stand ein ironisch lächelnder Alexander Rekow und sagte kein Wort. Er breitete die Arme in einer bittenden Geste aus. Mir wehte der wunderbare Geruch nach Tabak, Wolle und warmer Haut entgegen. Ich ließ ihn herein.

Teufel noch mal, ich hatte noch nie einen so leidenschaftlichen Geliebten gehabt. In dieser Nacht begriff ich, warum der Imperialist Napoleon und der Hurensohn Hitler es so bedauerten, Russland nicht erobert zu haben. Am Horizont verloren sich die Berge, die verschneite Tundra, die Steppen. Die riesige Weite.

Am nächsten Morgen verabschiedete ich mich von Alexander am Hoteleingang. Garzón saß schon beim Frühstück und sah uns vorbeigehen. Er lächelte gezwungen, als ich mich zu ihm setzte, und fragte sofort:

»Inspector Rekow schon so früh hier? Gibt's was Neues?«

»Nein. Er ist gerade gegangen. Er hat die Nacht mit mir verbracht.«

Hatte ich Halluzinationen oder zog Garzón wirklich ein langes Gesicht? Ich frühstückte ausgiebig und sagte kein einziges Wort mehr. Er auch nicht. Als ich sah, wie er sich noch eine Portion Hefegebäck auf den Teller häufte, machte ich Druck.

»Beeilen Sie sich, Subinspector, wir werden pünktlich erwartet.«
Er nickte verdrießlich.

Rekow und Dimitri Silaiew waren schon im Büro und tranken Tee. Rekow war absolut professionell, unverbindlich und sachlich.

»Iwanow ist nicht bei uns registriert. Wir haben alle Vorgänge herausgesucht, in die er verwickelt sein könnte. Von dem Material ist nur ein kleiner Teil im Computer. Alles andere steht in den Akten. Seid ihr bereit?«

Wir verbrachten über eine Stunde mit dem Durchsehen von Fotos auf dem Bildschirm. Dann gingen wir zu den Schnellheftern über, die Rekow und Silaiew auf dem Tisch aufgestapelt hatten. Hin und wieder schenkten wir uns Tee nach.

Am späten Vormittag kam ein Beamter und überreichte Rekow weitere Dokumente.

»Hier haben wir alles über die jüngsten Geschäfte von Anatoli Eswrilenko, alles, was wir darüber herausfinden konnten.«

Während er die Papiere durchsah, machte ich mit der schwierigeren Aufgabe weiter. Silaiew hielt mir die Fotos vor die Nase und Garzón steckte sie in die Unterlagen zurück. Wir waren ein gut eingespieltes Team.

»Eswrilenkos letzte Geschäfte wirken völlig legal. Es stimmt, er hat in verschiedenen Ländern investiert, in Spanien, Portugal und Italien. Wir haben keine erschöpfenden Informationen über seine Transaktionen, aber es scheint, dass in Spanien tatsächlich eine Luxusanlage gebaut wird. Nichts, was mit jungen Männern zu tun hat, obwohl wir uns nicht darauf verlassen können. Aber das Sexgeschäft ist keine Spezialität von Eswrilenko.«

»Was willst du damit sagen?«

»Die Mafiosi haben die Branchen aufgeteilt. Ein so genannter Drosogi scheint am meisten Erfolg in Sachen Prostitution zu haben. Eswrilenko hat's mehr mit Glücksspiel, Drogen und Vergnügungslokalen. Was nicht heißt, dass er kein Päderastennetz oder so was in der Art aufgebaut haben könnte.«

»Etwas über Iwanow?«

»Der scheint nicht zu seinem festen Stamm zu gehören. Vielleicht ist er ein Neuzugang.«

»Er schickt einen Neuzugang ins Ausland, damit der sich dort, wo er keine Kontrolle über ihn hat, um seine Angelegenheiten kümmert? Klingt nicht sehr einleuchtend.«

»Stimmt, aber aus irgendeinem Grund muss er ihm vertrauen.«

»Können wir Eswrilenko treffen?«

»Ihr werdet ihn sehen, aber das wird nicht viel nützen.«

»Vielleicht zwingt es ihn zu irgendeiner Reaktion. Ein paar Männer aus meiner Abteilung überwachen ihn.«

»Morgen fahren wir in sein Hauptquartier.«

Den ganzen Nachmittag Fotos und noch mehr Fotos. Ohne Ergebnis. Iwanows Physiognomie war so charakteristisch, dass ich ganz sicher war, ihn wiederzuerkennen, mochte er sein Aussehen noch so verändert haben. Gegen sieben hatte ich Kaninchenaugen. Wir brauchten eine Pause. Zur Erholung bot Rekow eine Stadtbesichtigung an. Abends wollten wir eines von Eswrilenkos Lokalen aufsuchen, wo sich seine Männer zu treffen pflegten. Der erste Vorschlag schloss Garzón und Silaiew aus. Die sollten allein spazieren gehen. Als ich das meinem Kollegen übersetzte, musste ich wieder seine Proteste über mich ergehen lassen.

»Aber wir können uns nicht mal verständigen!«

»Wenn Silaiew es nicht stört, reden Sie eben auch nichts.«

»Das sind ja schöne Aussichten.«

»Wir sind schließlich nicht zum Vergnügen hier«, sagte ich. Er verkniff sich eine Antwort und marschierte mit Dimitri davon, der kein einziges Mal gelächelt hatte.

»Ein hübsches Paar«, witzelte Alexander.

»Herrlich, sie eine Weile nicht zu sehen; Garzón ist unerträglich.«

»Ich glaube, er ist eifersüchtig.«

Ich warf ihm einen schiefen Blick zu. Dann verließen auch wir das düstere Kommissariat mit seinen verstaubten Akten und Fotos.

Mit Alexander Rekow über den Roten Platz zu spazieren war ein unvergessliches Erlebnis. Neben ihm fühlte ich mich wie Anna Karenina mit ihrem Graf Wronsky. Ich dachte, wie aufregend es war, einen russischen Geliebten zu haben, ein echtes Mannsbild, von dem ich nichts weiter wusste, als dass er gut aussah. Wir spazierten herum und plauderten über Russlands Geschichte.

Wir aßen in einer Kneipe zu Abend, und um Punkt zehn fuhren wir ins Rex, Eswrilenkos Vergnügungslokal, wo wir mit unseren Assistenten verabredet waren.

Es war ein riesiger plüschiger Schuppen, übertrieben luxuriös im Stil der Zwanzigerjahre ausgestattet. Um die Tanzfläche herum standen Tische mit kleinen roten Lämpchen. Nach und nach trafen die Gäste ein, darunter ein paar Touristen. Es erklang Balalaikamusik, und an der Decke drehte sich eine große Glaskugel, die in alle Richtungen Funken versprühte. Grauenhaft.

»Das ist die Höhle des Scheusals. Zuerst gibt es eine Show für Touristen und Ehepaare. Die gehen so um ein Uhr, dann beginnt eine zweite substanziellere Runde, zu der Eswrilenkos Anhänger kommen. Hier machen sie ihre Kontakte und schließen ihre Geschäfte ab.«

»Und Eswrilenko selbst?«

»Ist manchmal auch da, manchmal nicht.«

»Warum kannst du ihm mit deinem Wissen nichts anhaben?«

»In konkreten Fällen tun wir das gelegentlich. Aber es ist nicht einfach, ihn zu erwischen. Wir setzen ihn kontinuierlich unter Druck.«

»Stimmt das mit der Korruption bei der Polizei in dieser Stadt?«

»Ja, das stimmt.«

»Bist du korrupt?«

»Was meinst du?«

»Wie soll ich das wissen? Dass ich mit dir geschlafen habe, heißt nicht, dass du ein Engel bist.«

»Aber es kann bedeuten, dass du an meine Aufrichtigkeit glaubst, wenn ich dir sage, dass ich es nicht bin.«

»Dann muss ich es dir glauben.«

Seine Pupillen tanzten spöttischer denn je in seinen unruhigen Augen. Ich sah auf die Uhr, Garzón und Silaiew waren sehr spät dran.

Rekow bestellte eine Flasche Champagner. Es trafen mehr herausgeputzte Touristen ein. Plötzlich wurde die Tanzfläche beleuchtet und es trat eine wunderschöne Zigeunerin in Begleitung von drei Musikern auf.

Ich war wegen Silaiews und Garzóns Verspätung beunruhigt.

Nach der Sängerin trat ein Zauberer auf, der aus Mützen Kuscheltiere zauberte.

»Alexander, ich bin besorgt, glaubst du, ihnen ist was passiert?«

Er schüttelte energisch den Kopf.

»Wenn er mit Dimitri unterwegs ist, bestimmt nicht. Dimitri ist wie ein alter Gebirgsbär, den man schon mit zwanzig verschiedenen Fallen zu erwischen versucht hat. Er hat am ganzen Körper Narben, aber es ist jedes Mal schwerer, an ihn heranzukommen, und gefährlicher.«

Eine Stunde später, als eine Art Chor von Wolgaschiffern aus vollem Hals Lieder sang, die Tränendrüsen und Trommelfell strapazierten, sahen wir die beiden Nachzügler näher kommen. Silaiew wirkte wie immer, unerschütterlich und massiv, während Garzón beim Lächeln regelrecht die Zähne bleckte. Beide erstatteten Bericht. Als der Subinspector den Mund aufmachte, wich ich zurück.

»Fermín, Sie haben getrunken!«

»Ja, die ganze Zeit. Was wollen Sie, was soll ich denn mit diesem Langweiler von Silaiew anfangen? Er säuft wie ein Loch, der Schweinehund, und hinterher ist er wie immer. Obwohl das auch seinen Reiz hat. Wir haben uns die ganze Zeit kaputtgelacht.«

»Das sehe ich schon. Sie hätten daran denken sollen, dass Sie nicht daran gewöhnt sind, so viel zu trinken.«

»Es ist nie zu spät, sich etwas anzugewöhnen! Das mit dem Wodka ist gar nicht schlecht. Hat was Gesundes.«

Sie bestellten trotz meiner Proteste Wodka. Dann trat eine Schar schwarz gekleideter Kosaken mit einer einzigartigen Nummer auf, einem unglaublich schnellen Säbeltanz. Die Zuschauer spornten die Tänzer an und brachen anschließend in stürmischen Beifall aus. Einer der Tänzer forderte das Publikum zum Mitklatschen auf. Es funktionierte perfekt. Als sie das fünf Minuten lang wiederholt hatten, forderte der Vortänzer jemanden von den Gästen zum Mittanzen auf die Bühne. Die Leute lachten lauthals und schüttelten die Köpfe, ohne mit dem Klatschen innezuhalten. Da erklang Kalinka. Zur unserer Überraschung sprang Dimitri Silaiew plötzlich auf, schnappte sich Garzón und schleppte ihn auf die Tanzfläche. Ich verschluckte mich fast am Wodka und hustete. Die beiden Bullen imitierten die vorher beobachteten Tanzschritte so gut, als hätten sie den ganzen Abend geübt. Rekows Beschreibung seines Assistenten stimmte genau. Er wirkte wie ein Gebirgsbär, hüpfte, warf im Kosakenstil die Beine hoch, ohne das Gleichgewicht zu verlieren, kniete nieder und sprang wieder auf, als würde er keine hundert Kilo wiegen. Mehr noch überraschte mich Garzón. Er wirkte ebenfalls wie ein Bär, aber eher wie ein cantabrischer, der vom Aussterben bedroht ist. Das Mitleid erregende Schauspiel schien das Publikum keineswegs zu stören. Im Gegenteil, alle schienen sich bestens zu amüsieren. Sie feuerten an, kreischten, klatschten im Rhythmus und stießen ohrenbetäubende Pfiffe aus.

Ich sah erschrocken zu Alexander hinüber und stellte fest, dass er sich vor Lachen ausschüttete.

»Kannst du nichts tun, damit sie aufhören?«, fragte ich.

»Warum sollte ich?«

»Ich mache mir um Garzón Sorgen, ich fürchte, er bricht gleich zusammen.«

»Wirst du dafür bezahlt, sein Kindermädchen zu spielen?«

»Morgen tut es ihm Leid, sich so gehen gelassen zu haben.«

»Am Tanzen, am Vergnügen, am Betrinken gibt es nichts zu bedauern, das ist alles ein und dieselbe Art, sich den Tod vom Leib zu halten.«

Verdammter Russe, dachte ich, wie kann er es wagen ... Obwohl ... nein, er hatte ja Recht, zum Teufel mit dem Subinspector und seinem Artgenossen. Ich entspannte mich und konnte über die beiden Sohlengänger im Vollrausch sogar lachen.

Mit diesem fulminanten Auftritt endete der erste Teil der Vorstellung. Ich war erleichtert. Jetzt stand Arbeit auf dem Programm.

Die Touristen verließen scharenweise das Lokal, aber eine halbe Stunde später war es wieder gut besucht. Diesmal von einem anderen Menschenschlag. Das Licht wurde abgedimmt und statt Folklore gab es Jazz. Es mehrten sich die Typen mit Zuhältervisagen und die Ladys mit halblangem, schrill blondiertem Haar. Sie hatten einen entsetzlich schlechten Geschmack.

Alexander tippte mir auf den Arm und wies mit dem Blick auf eine Gruppe Männer, die sich gerade hinsetzten.

»Wir haben großes Glück, Eswrilenko gibt sich heute selbst die Ehre.«

Ich beobachtete sie, ohne etwas Besonderes an ihnen finden zu können. Sie hatten dieselben Zuhältervisagen wie alle anderen.

»Komm, wir plaudern ein bisschen mit ihnen. Du musst sie zumindest einmal von nahem gesehen haben. Man kann nie wissen.«

Wir gingen zu ihnen und Rekow begrüßte einen bestimmten Mann. Wir wurden gebeten, Platz zu nehmen. Mein Kollege lehnte ab. Eswrilenko war dick und entbehrte jeder persönlichen Note. Das Fett hatte seine Gesichtszüge verwischt. Während Alexander mit ihm redete, lächelte er zynisch und abschätzig. Ich konnte dem Gespräch nicht mal entfernt folgen. Ich sah, dass Hände und Hals mit dicken Goldketten mit Goldanhängern und mit protzigen Ringen geschmückt waren. Rekow sah ihn misstrauisch an, und gelegentlich warf Eswrilenko einen Blick auf mich, bei dem sich der Spott um seine Lippen verstärkte. Nach wenigen Minuten folgte ich meinem Kollegen zurück an unseren Tisch.

»Was hat er gesagt?«, fragte ich sofort.

»Was glaubst du denn? Er bestätigt, dass dieser Iwanow für ihn die Bauarbeiten in Spanien beaufsichtigt. Er sagt, das er an mehreren ausländischen Universitäten studiert hat. Ich habe ihn um ein Foto von ihm gebeten, aber er hat gesagt, dass es in seinem Büro bedauerlicherweise keines gibt. Einfach, nicht wahr? Wenn wir einen Lieferschein oder den Arbeitsvertrag von dem Kerl verlangen, werden die uns einen ausstellen.«

»Verstehe.«

»Trotzdem, wenn er Iwanow etwas befiehlt, wenn er ihn von hier aus zwingt, irgendeinen falschen Schritt zu tun, würden deine Leute das mitbekommen. Stimmt's?«

»Hoffentlich.«

»Wie auch immer, morgen machen wir mit den Fotos weiter, einverstanden?«

Große Lust hatte ich nicht.

»Was hältst du davon, wenn wir von hier abhauen?«

Wir standen auf und steuerten den Ausgang an.

Dann begann ich, meine Nummer abzuziehen, um Garzón loszuwerden. Ich bat Alexander diskret, mich diese Nacht mit zu sich nach Hause zu nehmen.

»Es ist nicht sehr komfortabel.«

»Wir wissen doch Mängel wettzumachen.«

Wir verabschiedeten uns von unseren Assistenten. Selbst betrunken war Garzón noch überrascht. Ich lächelte ihn gleichgültig an. Vielleicht ersparte ich mir mit meinem abscheulichen Verhalten, ihn in sein Zimmer schleppen und ihm die Schuhe ausziehen zu müssen.

Alexanders Wohnung war winzig und renovierungsbedürftig. War er ein Mann ohne Vergangenheit? Jedenfalls hatte sie in seiner Gegenwart keine Spuren hinterlassen. Es gab weder Fotos noch persönliche Erinnerungsstücke auf den wenigen Möbelstücken. Ein Bett, Regale voller Bücher und Papiere sowie eine kleine Küche, wo sich schmutzige Tassen stapelten, das war alles.

Da wir in dieser Nacht schon genug Alkohol getrunken hatten, stellte er den Samowar an. Wir setzten uns auf ein klappriges Sofa. Im Zimmer war es warm, er erklärte mir, dass die Heizung in Moskau noch gratis war, ein Relikt aus den Zeiten der Sowjetunion, obwohl man nicht wusste, wie lange noch.

»Ich habe ein schlechtes Gefühl, Petra. Ich glaube nicht, dass wir Iwanow in unseren Akten finden werden. Eswrilenko hat so sicher gewirkt, als er sagte, dass es sich um einen sauberen Mann handelt. Gut möglich, dass er keine Vorstrafen hat und dass er deshalb ins Ausland geschickt worden ist.«

»Dann war meine Reise umsonst.«

»Wir haben leider keine Spitzel in der Organisation. Sag mir also, wo wir anfangen sollen.«

Ich versenkte meinen Blick in die Teetasse und schüttelte mutlos den Kopf. Da schob Alexander alle Papiere vom Tisch und sagte:

»Verlier nicht den Mut, lass uns arbeiten. Es gibt etwas, was vielleicht interessant ist. Einer meiner Männer hat eine wichtige Verbindung entdeckt. Als ich die Fotos in deiner Akte sah, fiel mir wieder ein, dass vor ein paar Monaten violette Kerzen in einem von Eswrilenkos Lagern gefunden wurden. Wir haben in einem Fall von Whiskyschmuggel ermittelt. Neben den Flaschen hat ein Sack mit Kerzen gestanden und drinnen steckte ein Zettel mit den Worten ›Das Ende des Jahrtausends ist nah‹. Wir wurden neugierig, aber es ließ sich nicht feststellen, ob der Laden wirklich Eswrilenko gehört. Wir haben den Whisky sichergestellt, und das war's.«

Wir gingen alles noch einmal Punkt für Punkt durch. Rekow schrieb schnell und energisch in unleserlicher kyrillischer Schrift mit. Wir redeten, verglichen, kamen auf Beweise und Zeugenaussagen zurück. Das Resultat blieb immer dasselbe. Ein Beweisstück blieb ungeklärt: Das seltsame Kreuz aus Kerzenwachs. Es ließ sich mit nichts in Verbindung bringen.

»Und der Name Blochin«, fügte er hinzu.

»Das ist zum Verrücktwerden, der Subinspector hatte völlig Recht.«

»Also, Petra, du bist hier, weil du den Kalkstein mit der russischen Notiz in Verbindung gebracht hast. Warum das nicht weiter verknüpfen?«

»Es lässt sich nicht weiter verknüpfen, wenn es nicht das kleinste logische Verbindungsglied gibt.«

»Eine Notiz auf Russisch und ein russischer Kunde vom Kalksteinbruch ist nicht sehr schlüssig. Aber jetzt bringt dieses Wachs Eswrilenko mit deinem Fall in Verbindung. Und der Zusammenhang von Kerzen und Kreuzen führt uns zum religiösen Element. Außerdem haben wir die geheimnisvolle Notiz, die von Reinheit spricht.«

»Kannst du mir erklären, wie man einen Geschäftsmann mit Religion in Verbindung bringt?«

»Sagen wir, dass uns das im Augenblick die Formel liefert: Religion in Russland. Stimmt's?«

»Willst du andeuten, dass wir den Patriarchen der Orthodoxen Kirche aufsuchen sollten?«

»Nein, ich habe eine bessere Idee. Ich nehme dich mit zu einem heiligen Mann. Vielleicht weiß er etwas über Kreuze aus violettem Wachs, über die Reinheit und das Ende des Jahrtausends.«

»Ein heiliger Mann? Klingt nach Dostojewski.«

»Du sagst es. Wir haben hier große Heilige, die fast wie Eremiten leben. Sie waren in der sowjetischen Epoche nicht gern gesehen, das heißt aber nicht, dass sie verschwunden sind.«

»Und die Leute fragen sie um Rat?«

»Das ist schwierig. Trotzdem hat der Pope Belinski schon mehrfach mit der Polizei zusammengearbeitet. Vor zwei Jahren haben wir dank seiner Mithilfe einen Mörder überführt.«

»Wie das?«

»Wir hatten drei Verdächtige, die sich gegenseitig beschuldigten. Nach unseren Beweisen hätte es jeder der drei sein können. Na ja, wir haben Belinski gebeten, aufs Kommissariat zu kommen und sie nacheinander zu befragen. Es war nicht leicht, ihn zu überreden, aber schließlich hat er eingewilligt. Er hat sich in einen Raum gesetzt und im Beisein des Generalpräfekten einen Verdächtigen nach dem anderen kommen lassen. Bei dem ersten passierte nichts; Belinski erteilte ihm den Segen und er ging wieder. Als aber der zweite reinkam, hat Belinski sofort die Hand ausgestreckt und zu ihm gesagt: ›Mein Sohn, bereue, denn du hast die Sünde begangen, ein Menschenleben zu zerstören. Nur so kannst du Gott rein gegenübertreten.‹ Da sank der Mann auf die Knie und gestand den Mord in allen Einzelheiten.«

»Ist das dein Ernst?«

»Natürlich! Vergiss nicht, wo du bist, Petra. Die Logik hat nicht immer dieselben Quellen.«

Ich sah ihn sprachlos an und er begann zu lachen.

Ich lachte auch. Er kam zu mir, nahm mich in seine starken Arme und trug mich schnell zum Bett.

Ich weiß nicht, wann wir endlich einschliefen, aber als der Wecker klingelte, flehten alle meine Körperzellen nach Aufschub. Vergeblich, Alexander sprang sofort aus dem Bett.

»Auf uns wartet viel Arbeit«, sagte er und dem Argument hatte ich nichts entgegenzusetzen.

Auf der Straße begrüßte uns wieder die Kälte. Alexander ging den Wagen holen. Ich wartete so lange vor der Haustür und betrachtete ein nicht sonderlich anziehendes Schaufenster: Kugellager, Metallteile, deren Zweck ich nicht mal erahnen konnte. Plötzlich schreckte mich das Quietschen von Autoreifen auf. Ich drehte mich um, aber mir blieb keine Zeit. Ich sah, wie der Geländewagen auf den Randstein fuhr und direkt auf mich zuraste. Ich konnte gerade noch zurückweichen und mich an die Wand drücken, trotzdem verpasste mir der Seitenspiegel einen kräftigen Stoß in die Hüfte. Ich sank zusammen und das Gefährt verschwand lärmend hinter der nächsten Hausecke.

Mehrere Fußgänger kamen angelaufen und wollten mir aufstehen helfen. Dann hörte ich die kräftige Stimme von Alexander, der sich energisch einen Weg durch die Leute bahnte.

»Petra, bist du in Ordnung?«

»Es ist mir schon besser gegangen«, antwortete ich und spürte plötzlich den Schmerz, der meine Beine lähmte.

9

In der Notaufnahme wurde festgestellt, dass es nichts Ernsthaftes war. Keine Brüche und keine offenen Wunden, nur der Schlag auf den Hüftknochen, auf dem sich langsam ein riesiger Bluterguss abzuzeichnen begann. Am schlimmsten war Garzóns halsstarrige Behauptung, Rekow hätte etwas mit dem Mordversuch an mir zu tun. Ich wiederholte hundertmal, dass sowohl der Russe als auch ich nicht glaubten, dass es überhaupt einer gewesen war.

»Wenn die mich hätten umbringen wollen, hätten sie geschossen. Rekow sagt, das sei nur eine Warnung gewesen, damit wir nicht weiter nerven. Das macht die Mafia hierzulande so.«

»Und Sie haben ihm geglaubt.«

»Ja, ich habe ihm geglaubt.«

»Mir fehlen die Worte, Inspectora. Der Mann nimmt Sie mit zu sich nach Hause, am nächsten Tag werden Sie vor seiner Haustür von einem Auto angefahren. Aber Sie glauben alles, was Rekow sagt.«

»Ich habe vorgeschlagen, in seine Wohnung zu gehen. Die sind uns offensichtlich gefolgt und haben uns abgepasst.«

»Und wie konnten die wissen, dass Sie allein auf der Straße stehen werden? Hat er Sie nicht absichtlich allein gelassen, damit die ihre Arbeit machen können?«

»Nein. Sie hätten mich genauso in Rekows Beisein anfahren können, sie hätten uns auch am Tag zuvor verfolgen und einen geeigneten Moment abpassen können.«

»Wissen Sie was, Inspectora? Ich finde, Sie verhalten sich wie eine verblendete Frau, die ihre Augen nicht aufmachen will.«

Ich war kurz vorm Explodieren.

»Stopp, Subinspector Garzón! Niemand, absolut niemand hat Ihnen erlaubt, sich in mein Privatleben einzumischen! Ich habe mich sehr zusammengerissen und mir meine Meinung über Ihre Besäufnisse mit dem Vieh Silaiew verkniffen.«

»Verdammt noch mal, was soll ich denn machen? Sie haben doch nichts anderes gemacht, als mich systematisch abzuhängen.«

»Halten Sie den Mund!«

Diesmal war er zu weit gegangen. Eine verblendete Frau! Aus welchem Groschenroman hatte er denn diesen Ausdruck?

Rekow veranlasste die entsprechenden Nachforschungen und kam zu dem Schluss, dass der Lada, der mich angefahren hatte, zu Eswrilenkos Fuhrpark gehörte. Obwohl wir es nicht beweisen konnten. Ihn überraschten solche Abschreckungsmethoden nicht sonderlich. Mir wurde klar, dass Moskaus Ruf, eine riskante Stadt zu sein, keineswegs übertrieben war. Trotzdem reagierte Alexander besonnen und nahm die Situation gelassen hin. Er hatte Nerven wie Drahtseile und legte eine Gemütsruhe an den Tag, die das Blut gefrieren ließ. Ich hatte gesehen, wie sich seine Augen zu Schlitzen verengten und sich sein Mund zu einem erbarmungslosen Lächeln verzog. Ich hatte darauf bestanden, noch einmal Eswrilenko aufzusuchen, als er beschloss, dass wir auf den Angriff reagieren mussten.

»Aber du hast doch selbst gesagt, dass man denen unmöglich was nachweisen kann.«

»Ich weiß, trotzdem können wir das nicht so stehen lassen.«

Ich hatte keine Ahnung, was er meinte, aber für nichts auf der Welt wäre ich im Kommissariat geblieben. Und natürlich wollte auch der Subinspector nichts verpassen.

Nach einer langen holprigen Fahrt über die schlecht asphaltierten Straßen in Moskaus Randbezirken hielten wir vor einem riesigen Kasten in sowjetischem Baustil. Rekow machte uns Zeichen auszusteigen. Im Hochparterre gab es ein Lokal mit Glastür. Silaiew klopfte. Ein junger Mann mit finsterem Gesicht öffnete und wich bei unserem Anblick einen Schritt zurück. Der Raum sah nach Spielhölle aus. Pokertische, ein Billardtisch und zehn oder zwölf herumsitzende Männer. Vermutlich eine von Eswrilenkos Höhlen. Rekow fragte nach jemandem. Ein etwas älterer Mann mit Verbrechervisage stand sofort auf und kam zu uns. Ich beobachtete, wie Alexander ihm mit dem Kopf Zeichen machte, uns zu folgen. Er tat es widerspruchslos. Rekow sah den Subinspector und mich ruhig an. Ohne ein Wort zu verlieren, ging Silaiew auf den Kerl zu, schnappte ihn mit einer Hand am Kragen und schlug ihm mit der Faust brutal ins Gesicht. Der Mann versuchte sich weder zu wehren, noch wich er der Eisenfaust aus, die wieder und wieder auf ihn niedersauste. Dreimal und ein viertes Mal, immer schneller und heftiger. Aus der malträtierten Nase spritzten ein paar Blutstropfen. Ich spürte, wie sich mir der Magen umdrehte. Dann ergriff Rekow den Arm seines Assistenten und zog ihn zurück. Der hielt wie ein abgerichteter Hund sofort inne. Der Verprügelte taumelte, fiel aber nicht hin. Dann schnappte ihn sich Rekow selbst, spuckte ihm einen kurzen, trockenen Satz ins Gesicht und warf ihn gegen eine Vitrine.

Niemand war aus dem Lokal gekommen, um zu sehen, was los war. Wir gingen schweigend zum Wagen, stiegen ein und fuhren ab. Ich war beeindruckt und schockiert.

»Das war's«, sagte Alexander lakonisch. »Sie wissen, dass sie so weit gegangen sind, wie sie konnten. Wir haben dasselbe getan. Jetzt sind wir quitt. Sie haben das erwartet. Wir können solche Provokationen nicht dulden.«

»Ja, und jetzt? Jetzt werden sie sich rächen.«

»Nein, das hier ist zu Ende. Das nächste Mal wäre anders.«

»Das ist wie im Chicago der dreißiger Jahre!«, rief ich auf Spanisch.

Garzón antwortete von der Hinterbank.

»Schöner Scheiß! Haben Sie gesehen, wie dieser Mistkerl zuschlägt, Inspectora? Wie Rambo.«

Als ich mich umdrehte, sah ich, wie der Subinspector mit der rechten Faust in die linke Handfläche schlug. Er war so aufgeregt wie ein Kind nach einem Actionfilm. Silaiew entschlüpfte ein stolzes, kleines Lächeln.

»Wenn wir im Dezernat einen hätten, der so zuschlagen kann, dann wäre alles viel leichter.«

»Halten Sie den Schnabel, Fermín.«

Wir vier aßen schweigend, die Stimmung war angespannt. Ich konnte Alexanders Methoden nicht gutheißen. Sein Blick machte deutlich, dass er das wusste. Er hätte argumentieren können, dass die Mafiosi mich angegriffen hatten oder dass es angeraten war, einen zweiten Angriff radikal zu unterbinden. Trotzdem beschränkte er sich darauf, die eigentliche Philosophie der Geschichte darzulegen und sagte lediglich:

»Das Leben in Russland ist hart, und wenn das Leben irgendwo hart ist, dann ist alles hart, alles.«

Am Nachmittag berichtete Alexander, dass der »Heilige Mann« nur uns beide erwarte. Wieder musste ich mir Garzóns Vorhaltungen und Warnungen anhören.

»Keine Sorge, Subinspector, ich krieg das schon hin. Sie können die Gelegenheit nutzen und sich von Dimitri seine Schlagtechnik beibringen lassen.«

»Ach was. Er hat gesagt, er geht mit mir ins Museum ...«

»Ins Wodkamuseum?«

Er sah mich grollend an.

»Es mag Ihnen ja seltsam vorkommen, dass Dimitri und ich einen Nachmittag im Museum verbringen, aber ich finde es auch merkwürdig, dass Sie mit Rekow einen heiligen Mann besuchen gehen.«

Erneut fuhr ich an der Seite meines Geliebten durch Moskau. Ich betrachtete Rekows solides Profil, seine kräftigen Hände mit den markanten Knöcheln auf dem Lenkrad. Garzón hatte Recht: Dieser Mann konnte alles Mögliche sein, ein Schurke, ein Zyniker, ein Kompendium aller Laster. Aber er war mein Geliebter und er war schön und ich würde ihn nie wiedersehen.

Die Landschaft um mich herum brachte mich auf andere Gedanken. Wir hatten schon vor einiger Zeit die Stadt hinter uns gelassen und fuhren durch immer einsamere Gegenden. Es begann zu schneien. Rekow schaltete fluchend den Scheibenwischer ein. Nach einer Dreiviertelstunde fragte ich:

»Wo wohnt denn der heilige Mann?«

»Wir sind gleich da«, lautete die knappe Antwort.

Nach verfallenen Wohnblöcken kamen kleine Häuschen, die in dem strahlenden Weiß so schwarz wie Grotten wirkten. Wir hielten vor einem, das mit seinen geschlossen Fensterläden unbewohnt wirkte. Eine alte Mütterchen öffnete und ließ uns wortlos eintreten. Wir standen in einem kleinen Wohnzimmer, voll gestopft mit Bücherregalen. Der Pope Belinski saß an einem Tischchen. Sein Gesicht war etwas eingefallen, er hatte einen Bart und seine Augen waren gelb wie die einer Katze. Ich fand ihn nicht sonderlich beeindruckend und spürte nichts von Heiligkeit. Rekow verhielt sich jedoch respektvoll, kniete fast devot nieder und küsste ihm die Hand. Ich lächelte ihn an und wusste nicht, wie ich mich verhalten sollte. Er forderte uns auf, Platz zu nehmen, und gleich darauf erschien die Frau mit dampfendem Tee.

Sie plauderten. Übersetzung gab es nicht. Der Alte musterte mich mit durchdringendem Blick. Ich fühlte mich unwohl. Plötzlich drehte sich Alexander um und bat mich um den Zettel mit dem verschlüsselten Satz. Ich wühlte in meiner Tasche, zog ihn hastig heraus und gab ihn ihm. Der Pope faltete ihn langsam auseinander und las schweigend. Nach einer unendlich langen Minute sagte er: »Blochin«, und verstummte wieder.

Er schloss die Augen und verharrte so eine ganze Zeit lang. Rekow legte den Finger an die Lippen und bat mich zu schweigen. Schließlich öffnete der Alte die Augen und sagte todernst ein einziges Wort, das sogar ich verstand:

»Skopis«, und gleich darauf noch einmal: »Skopis.«

Alexander machte keine Anstalten, Fragen zu stellen. Ich war im Begriff, diesen Heiligen zu rütteln und zu schütteln, aber da stand er auf und ging hinkend zu einem Bücherregal, bückte sich, zog ein Buch heraus und kam zu uns zurück. Während er die richtige Seite suchte, begann er meinem Kollegen etwas zu erklären. Rekow übersetzte kein Wort.

»Was hat er dir erzählt?«

»Wir reden im Auto.«

Der heilige Mann sah jetzt mich an. Er sagte etwas, das sich auf mich bezog. Rekow übersetzte:

»Belinski sagt, dass er Eis in deinem Herzen sieht, viel Angst vor dem Unbekannten. Er gibt dir einen Rat: Entspann dich, lass deinen Geist ein bisschen umherschweifen, du musst nicht alles unter Kontrolle haben.«

Zum Teufel mit dem Popen! Niemand hatte ihn um eine psychoanalytische Diagnose gebeten. Dennoch lächelte ich und sagte:

»Danke, ich werde es versuchen.«

Alexander übersetzte den nächsten Satz.

»Er fragt, ob du seinen Segen willst.«

Ich wollte ihn schon zum Teufel jagen, aber dann dachte ich mir, dass so ein Segen nicht schaden konnte. So neigte ich vor dem heiligen Mann das Haupt und ließ den Segen über mich ergehen. Ich hörte ihn ein kurzes Gebet murmeln, das er für Rekow wiederholte.

Als wir das Haus verließen, war es dunkel. Alexander hatte das Buch unterm Arm. Das dichte Schneetreiben machte das Fahren schwierig.

»Willst du mir nicht erzählen, was er gesagt hat? Was bedeutet dieses Buch?«

Er schien wie aus Trance zu erwachen.

»Entschuldige. Ich bin ein bisschen aufgewühlt. Das passiert mir immer, wenn ich Belinski besuche. Ich finde, dass er eine außergewöhnliche Kraft ausstrahlt. Danach fühle ich mich verändert, ein bisschen schläfrig. Der Pope hat gesagt, dass Blochin der Name eines Priesters ist, der einem besonderen Glauben anhing. Er hat von den Skopis gesprochen.«

»Und ...?«

»Er hat uns gebeten, sehr vorsichtig zu sein, denn wir würden finsteres Terrain betreten. Er hat versprochen, zu Gott zu beten und ihn um Schutz für uns zu bitten.«

»Und was noch?«

»Mehr weiß ich nicht. Er hat mir das Buch mitgegeben, in Kapitel zehn finden wir die Information, die wir brauchen.«

»Ah, gib her, ich lese vor.«

»Auf Russisch?«

»Verdammt, stimmt ja. Halt mal kurz.«

»Bist du verrückt? Ich kann bei dem Schneetreiben nicht anhalten.«

»Und ich kann nicht länger warten.«

»Ich dachte, dass der Besuch bei Belinski dich ein wenig ruhiger macht.«

»Alexander, bitte, das ist sehr wichtig für mich! Ich bin seit Monaten an diesem Fall.«

»Ich habe eine Idee. Ganz in der Nähe gibt es ein kleines Landhotel. Wir übernachten dort. Es ist sowieso nicht gut, bei dem Wetter zu fahren.«

Wir hielten vor einem kleinen Hotel, das eher wie ein altes Gasthaus wirkte. Sie gaben uns ein Zimmer im ersten Stock. Ein großes Bett mit Federbetten dominierte den Raum. Der Holzfußboden knarrte. Ich sah nervös zu, wie Alexander den Mantel auszog, sich eine Zigarette anzündete und endlich das Buch aufschlug.

»Übersetz gleich«, bat ich ihn.

Er sah mich geduldig an. Als er laut zu lesen begann und zögernd die richtigen Worte auf Englisch suchte, saugte ich alles wie ein Schwamm auf.

»Die Skopis. Es handelt sich um eine Sekte, 1772 von Akoulina Iwanovna, einer der letzten Mystikerinnen des achtzehnten Jahrhunderts, gegründet. Sie behauptete, die Mutter Gottes zu sein. Diese Bewegung glaubt daran, dass Adam und Eva ohne Geschlecht erschaffen wurden, weswegen sie absolut rein waren. Die Männer kastrierten sich, um Fortpflanzung zu verhindern. Blochin, der geistige Sohn der Iwanovna und der ›Christus‹ dieser Gemeinschaft, kastrierte sich eigenhändig. Er wurde nach Sibirien deportiert und kehrte später nach Russland zurück, wo er unter dem Namen Kondrati Seliwanow die Leitung der Sekte übernahm und sich als Zar Peter III. ausgab, der wie durch ein Wunder den Schergen von Katharina der Großen entkommen sei. Er starb 1832. Die Skopis glauben, dass er auferstehen und auf die Erde zurückkehren wird, um gegen den Antichrist zu kämpfen und das neue Jahrtausend zu begründen. 1874 gab es eine große Polizeiaktion gegen die Sekte. Damals zeigte sich, dass in Russland mehr als fünftausend Skopis existierten, siebenhundertsechzig hatten sich freiwillig verstümmelt. Es gibt Gründe zu der Annahme, dass die Sekte in Russland und anderen Balkanstaaten noch immer aktiv ist.«

Ich ließ mich aufs Bett fallen.

»Das ist es, das ist es. Da haben wir's«, flüsterte ich ekstatisch. »Der Junge hat uns alle Beweise geliefert. Es ist alles da. Er zeigt uns den medizinischen Hintergrund mit dem Faden. Er deutet mit dem Wachskreuzchen auf die Sekte hin. Der Kalksteinsplitter verweist auf den Ort, an dem sich Iwanow aufhält. Die Sekte selbst mit dem Leitsatz! Mein Gott, wie konnten wir nur so blind sein! Es war alles in diesen abgeschnittenen Penissen!«

»Und ihre Besitzer? Und der tote Junge? Und der Selbstmörder, der dich informiert hat und mit seinem Gewissen und der Geheimhaltungspflicht rang? Hat er sich wirklich umgebracht?«

»Ich weiß nicht, ich weiß es nicht, ich weiß es einfach noch nicht!«

Alexander nahm meine Hände.

»Petra, bitte, beruhige dich.«

»Und jetzt, was machen wir jetzt? Sag mir, was sollen wir tun?«

»Wir haben eine Sektenabteilung. Morgen gehen wir zu denen und arbeiten den ganzen Tag mit ihnen. Irgendwas über die Skopis wird schon auftauchen. Der Pope Belinski hat mir gesagt, dass sie wieder aktiv sein dürften.«

»Und wenn es nichts Schriftliches gibt? Morgen ist unser letzter Tag in Moskau.«

Er antwortete nicht und zog mich an seine Brust.

»Im Augenblick können wir gar nichts tun. Schau hinaus, es ist kein einziges Licht zu sehen. Es fällt dichter Schnee, wir sind völlig abgeschnitten. Denk einfach einen Moment lang, dass die Welt stehen geblieben ist, dass nichts geschehen wird, solange wir hier sind. Ich werde Silaiew anrufen und ihm sagen, dass wir erst morgen zurückkommen. Dann wird sich alles beruhigen, wir auch.«

Das machte er. Als er auflegte, sagte ich:

»Subinspector Garzón wird sich Sorgen machen.«

»Ich glaube, dem geht es ausgezeichnet. Silaiew und er lassen sich gerade in einem Bordell verwöhnen. Machst du dir über sonst noch was Sorgen?«

Rekow war vielschichtig und sonderbar. Grausam, mystisch, gelassen, liebevoll, zynisch, leidenschaftlich und exaltiert. Widersprüchlich. Außerdem hatte er Sinn für Humor.

Ich hatte geglaubt, dass ich nicht abschalten könnte, aber ich irrte mich. Während Alexander und ich uns gegenseitig auszogen, vergaß ich nach und nach alles, was mir vorher den Atem geraubt hatte. Am Ende gab es nur noch den alles ausfüllenden Körper dieses Mannes, seine Wärme, sein Geruch.

Am nächsten Morgen machte Garzón ein langes Gesicht. Zum Teil war es der Kater, zum Teil sein aufgestauter Ärger. Er gestand mir, sich große Sorgen gemacht zu haben. Ich hörte ihm mit Engelsgeduld zu, aber als er anfing, mir die Risiken aufzuzählen, die ich seiner Meinung nach eingegangen war, konnte ich mich nicht mehr beherrschen und ging in die Luft.

»Ich hoffe, dass Ihnen so viel Sorge nicht den Abend im Hurenhaus versaut hat.«

Er war aus dem Konzept.

»Ach das!«

Ich ließ ihn nicht ausreden.

»Ich finde, wir konzentrieren uns lieber auf die Arbeit. Vielleicht interessiert Sie ja, dass wir einen Teil des Falles gelöst haben.«

Ich erzählte ihm die ganze Geschichte. Er traute seinen Ohren kaum, musste aber zugeben, dass wir auf dem richtigen Weg waren. Erst recht, als wir mit Rekow und Silaiew in ein anderes Dezernat umzogen. Die Truppe, die sich unter anderem mit Sekten beschäftigte, war tatsächlich über die Skopis auf dem Laufenden. Sie erzählten, dass die Vereinigung zu Zeiten Gorbatschows mit außerordentlicher Energie wiederbelebt worden war und weiter existiert. Die letzte Aktion gegen sie hatte vor einem Jahr stattgefunden. Es hatte ein paar Festnahmen gegeben, aber mangels Beweisen konnte niemand angeklagt werden. Aber es hatte sich herausgestellt, dass die meisten der jungen Männer kastriert waren. Die polizeilichen Ermittlungen waren wegen des absoluten Schweigegelübdes der Sekte sehr schwierig gewesen.

»Sie legen ein geheimes Schweigegelübde ab, das ist ihre Grundlage. Es geht so weit, dass sie sich ›Geheimbund‹ nennen. Meine Kollegen sind davon überzeugt, dass sie weiter aktiv sind, obwohl sie mit ihrer Aktion vermutlich die Strukturen zerschlagen haben.«

»Was ist ihr Ziel?«

»Wer weiß das schon! Die Eroberung der Welt? Wenn sie erst einmal auf unternehmerischer Ebene ins soziale Netz eingedrungen sind, haben sie viele Möglichkeiten: Erpressung, betrügerische Geschäfte …. Geld spielt auch eine Rolle.«

Alles passte. Ramón Torres hatte große Angst gehabt, das Gelübde zu brechen. Er hatte mich im Fernsehen gesehen und eine Lösung gesucht, um sein Gewissen in beide Richtungen zu erleichtern. Er konnte die Wahrheit nicht enthüllen, aber er konnte die nötigen Fährten legen, damit ich sie ans Licht brachte. Armer Junge, er hatte sich von meinen beruflichen Fähigkeiten zu viel versprochen, das hatte ihn das Leben gekostet! Vielleicht war es noch nicht zu spät, um weiteres Unheil zu verhindern. Wahrscheinlich steckten noch andere junge Männer bis zur Nasenspitze in dieser Scheiße.

»Sie werden euch Unterlagen über Verdächtige heraussuchen, Petra. Ich glaube, das ist die letzte Chance, Iwanow zu finden. Wir werden Tee bestellen und uns an die Arbeit machen. Leider haben meine Kollegen keine Fotos von denen, die vor dem Auffliegen der Sekte fliehen konnten.«

Die Kollegen vom Sektendezernat türmten Aktenordner auf den Tisch. Ich zündete mir eine Zigarette an und schenkte mir eine Tasse Tee ein und dachte, weitermachen ist immer die beste Lösung. Und die einzige.

Und so war es. Zwei Stunden später machte ich noch eine der Akten auf und da war es: Das Foto von Iwanow. Ich sagte laut:

»Das ist er.«

Rekow und zwei Polizisten beugten sich über den Tisch und sahen sich das Foto und die Berichte an. Sie redeten miteinander. Silaiew und Garzón schauten erwartungsvoll. Endlich übersetzte Alexander.

»Es handelt sich um Yuri Schumiatski. Er hatte mit der Sekte zu tun, ist aber entwischt. Keine Vorstrafen. Wir konnten keine Angehörigen ausfindig machen. Sein Aufenthaltsort ist unbekannt.«

»Glaubst du, dass er für die Mafia arbeitet?«

Er besprach sich neuerlich mit seinen Kollegen. Dann sagte er:

»Wir glauben, dass er mit Eswrilenko Kontakt aufgenommen und ihn gebeten hat, ihn außer Landes zu schaffen. Kann ein gegenseitiges Übereinkommen sein. Eswrilenko braucht jemand, der sich um seine Bauarbeiten in Spanien kümmert und keine Fragen stellt. Schumiatski braucht einen Pass, eine unauffällige Ausreise und einen Ort im Ausland.«

»Dann ist er unser Mann.«

»Das ist er.«

Wir mussten unser Vorgehen schriftlich festhalten und ich musste für das Moskauer Kriminalarchiv eine Erklärung unterschreiben.

Später sagte ich zu Rekow:

»Ich muss sofort nach Spanien telefonieren, damit der Typ festgenommen wird, aber …«

»Aber was?«

»Wenn ich das tue, verlangt mein Chef, dass wir noch heute Abend zurückfliegen. Ich kenne ihn gut. Aber ein Abend ist ein Abend, findest du nicht auch, Alexander? Ein Abend und die dazugehörige Nacht. Ich glaube, ich schick ihm ein Fax.«

»Gute Idee. Du kannst noch nicht abreisen, ich habe ein Geschenk für dich.«

»Was für ein Geschenk?«

»Du wirst schon sehen.«

Ich schickte das verdammte Fax vom Kommissariat aus. Coronas bekam sicher einen Wutanfall, wenn er keine Erklärungen erhielt. Ich mochte ihn aber nicht anlügen und noch weniger an sein Verständnis appellieren. Als ich mich davon überzeugt hatte, dass meine Nachricht angekommen war, stahlen Alexander und ich uns davon. Das Flugzeug ging um neun Uhr am nächsten Morgen. Uns beiden blieb wenig Zeit.

Alexander und ich schlenderten über den Roten Platz. Wir redeten, lachten und küssten uns. Lächerlich und kindisch. Aber so war das eben.

Ab fünf Uhr schaute er ständig auf die Uhr und kurz vor sechs ergriff er mich am Arm und machte sich zielstrebig auf den Weg.

»Jetzt ist der Augenblick für das Geschenk gekommen«, sagte er geheimnisvoll.

Wir gingen auf das Leninmausoleum zu. Ich wurde neugierig. Als wir ankamen, verließen gerade die letzten Touristengrüppchen das Gebäude. Wir blieben stehen und sahen zu, wie die Omnibusse wegfuhren. Schließlich ging Rekow zum Eingang des Mausoleums. Ich folgte ihm. Als er kurz mit den Wächtern redete, die ihn zu kennen schienen, blieb ich etwas zurück. Dann nickte er mir zu.

Wir schlüpften rasch durch die Tür. Ich hörte, wie sich hinter uns die Eisentore schlossen.

»Ich muss dir bestimmt nicht erklären, dass das strengstens verboten ist.«

Mein Herz schlug schneller.

»Und du hast eine Sondererlaubnis?«

Seine Augen blitzten im Halbdunkel der Marmorflure spöttisch auf.

»Das ist einer der wenigen Vorteile als Polizist. Du hast doch sicher schon von Korruption gehört.«

»Das muss dich was gekostet haben.«
»Wenn ich erwischt werde, wird es noch teurer.«
Es war sehr kalt. Vielleicht waren es aber auch nur die nackten Marmorwände, die mich frieren ließen.
»Wir sind da«, sagte Alexander leise.
Ein spärlich beleuchteter Gang mündete ohne Übergang nach einer Biegung direkt in die Grabstätte.
Lenin ruhte unter einem kubischen Glasgewölbe. Er war schwarz gekleidet und bis zur Hüfte mit einem schwarzen Seidentuch bedeckt. Er hatte keine Beine.
Ich sah ihn hypnotisiert an. Er lächelte, aber es war nur der einbalsamierte Körper eines Mannes, der vor langer Zeit gestorben war. Dennoch wirkte seine Anwesenheit unter den Lebenden fantastisch.
Alexander küsste mich und streifte mir zärtlich den Mantel ab. Dann wollte er mir die Bluse aufknöpfen. Plötzlich begriff ich, dass er hier mit mir vögeln wollte. Ich stieß ihn heftig zurück.
»Was zum Teufel tust du denn?«
»Hast du keine Lust?«
»Hier nicht.«
»Und das Risiko, das Abenteuer, das Außergewöhnliche?«
»Das ist lächerlich!«
»Willst du lieber gehen?«
Ich zögerte und kämpfte innerlich mit mir. Das Außergewöhnliche. Das Unvergessliche. Die Leidenschaft. Alexander hatte mich wieder mit seinem warmen Körper umfangen. Ich ließ mich tragen, vergaß den Ort, die Umstände. Wir vögelten halb angezogen miteinander, hastig und irgendwie verzweifelt. Danach überfiel mich Panik. Ich löste mich von Rekow. Ich konnte den einbalsamierten Körper nicht mehr ansehen.
Draußen atmete ich gierig die eisige Luft ein. Wir gingen schweigend nebeneinander her. Plötzlich sagte Alexander:
»Eine Frau sollte wissen, wer ihr Gegner ist. Sie sollte das Risiko einschätzen können.«

»War es wirklich so wichtig für dich, in Lenins Grab zu vögeln?«

»Nicht im Speziellen, aber wolltest du nicht etwas Aufregendes erleben?«

»Ich finde das absurd und kindisch. Ich gehe lieber ins Hotel zurück. Wir sehen uns heute Abend beim Essen.«

Ich war empört und wütend, ohne genau zu wissen, warum.

Vom Hotel aus rief ich Comisario Coronas an. Als er meine Stimme erkannte, wurde er fuchsteufelswild.

»Petra? Petra Delicado? Lassen Sie mich nachdenken … Ach ja, ich glaube, wir hatten hier mal eine Inspectora mit diesem Namen! Verdammt noch mal, Petra, können Sie mir sagen, warum Sie eine Woche lang nicht angerufen haben?«

»Comisario, ich habe nicht … Eigentlich waren wir die ganze Zeit am Arsch. Bis wir diesen Typen gefunden haben. Es war nicht einfach.«

»So am Arsch, dass Sie nicht mal auf meine Anrufe reagieren konnten?«

»Ihre Anrufe? Wann haben Sie denn angerufen?«

»Mehrmals, und ich weiß sicher, dass die Anrufe an Inspektor Rekow weitergeleitet worden sind. Können Sie mir also sagen …?«

»Keine Sorge, es gibt für alles eine Erklärung. Ich will nicht alles am Telefon erzählen, aber ich kann Ihnen immerhin sagen, dass wir es mit einer Sekte zu tun haben. Haben Sie Iwanow festnehmen lassen?«

Verdächtiges Schweigen, dann hörte ich ihn seufzen.

»Er ist uns entwischt.«

»Was?«

»Er ist abgehauen, ja, verdammte Scheiße! Ich bin umgeben von Versagern. Die bewachen ihn, seit Sie abgereist sind, alles schön und gut, ich ordne an, ihn festzunehmen, und er entwischt ihnen direkt vor der Nase. Zum Verzweifeln! Obwohl er ein Fluchtkünstler sein muss, denn als sie den Bauwagen gestürmt haben, lag eine brennende Zigarette im Aschenbecher. Außerdem war es dunkel. Jetzt wird er mit Haftbefehl gesucht.«

»Haben Sie was von Palafolls gehört?
»Er hat seine Rolle als Spitzel ein bisschen zu ernst genommen und sich eine Woche lang nicht gemeldet. Vorhin hat er endlich angerufen. Er geht heute Abend zu einer Studentenfete und morgen kommt er dann zu mir. Ist möglich, dass er schon was rausgefunden hat. Er kommt gleich morgen früh. Wann kommen Sie an?«
»Der Flug geht um neun.«
»Ich will Sie sofort sprechen, nichts mit Koffer auspacken und Zähne putzen, verstanden?«
»Ja, Señor.«
Ich rief Alexander an. Der versetzte seine Abteilung in Alarmbereitschaft, falls Iwanow in Moskau auftauchen sollte. Mehr konnten wir im Augenblick nicht tun. Coronas hatte Grund genug, verärgert zu sein. Ich auch. Iwanow entwischen zu lassen! Und Coronas' Anrufe? Warum hatte Alexander sie nicht ausgerichtet? Das war vielleicht eine Desorganisation. Und dann noch vor der heiligen Mumie von Wladimir Iljitsch Uljanow vögeln!

Beim letzten Abendessen fehlte nur Jesus Christus. Rekow, Silaiew und Garzón zusammen wirkten mit ihrem pausenlosen Gelächter und ihren fortwährenden Freundschaftsbezeugungen wie alle Jünger zusammen. Ich war Judas. Ich fragte Alexander nach Coronas' Anrufen. Völlig ungeniert gab er zu:
»Ich habe befürchtet, dass er dich sofort zurückpfeift. Außerdem habe ich ihn gefragt, ob es etwas Wichtiges gibt, und er hat Nein gesagt.«
»Das ist alles schrecklich, ehrlich, ich hab den Eindruck, dass wir an einer Art kollektivem Wahnsinn leiden.«
Er lachte herzlich. Dann kam das Essen, und meine Anspannung ließ langsam nach. Nur Iwanows Flucht ging mir nicht aus dem Kopf. Silaiew und Garzón waren jetzt unzertrennlich wie Romulus und Remus, die die Zitzen der Wölfin gegen eine große nahrhafte Flasche Wodka eingetauscht haben. Ich fürchtete, dass

der Subinspector nach der Reise eine Entziehungskur machen musste.

Nach dem Essen machten sich die beiden auf zum letzten Zug durch die Gemeinde, während mich Alexander zum Hotel begleitete.

Wir liebten uns mit letzter gegenseitiger Neugier. Er hatte viel mehr über mich herausgefunden als ich über ihn. Ich freute mich, ihn kennen gelernt zu haben. Er wirkte wie eine Schutzimpfung gegen meine Versuchung, mich wieder mit Pepe einzulassen.

Wir hatten ausgemacht, dass es keinen Abschied geben sollte. Er würde im Morgengrauen aufstehen und einfach gehen. Ich würde im Bett bleiben und, wenn ich wach war, mir nichts anmerken lassen. Adios Alexander Rekow. Aber es fiel mir schwer, mich anmutig schlafend zu stellen, als ich ihn im Morgengrauen aufstehen hörte.

Garzón war auf dem Rückflug ausgesprochen euphorisch.

»Ich verstehe gar nicht, was Sie so glücklich stimmt.«

»Die Heimkehr, meine liebe Inspectora. Ich vermisse langsam Linsen und Chorizos.«

»Mit Wodka?«

»Mein Gott! Darf man erfahren, warum Sie so bissig sind?«

»Was glauben Sie denn? Wir haben einen halb gelösten Fall und dann haut der Hauptverdächtige ab. Das ist gar nicht witzig!«

»Vertrauen Sie unseren Jungs. Mit dem Haftbefehl kriegen sie ihn schon. Der Kerl kann das Land nicht verlassen. Sie werden ihn bestimmt schnappen.«

Wenn Garzón mit den Jungs anfing, kriegte ich die Krise.

»Genosse Dimitri hat gesagt, wenn man eine gute Ermittlungsstrategie hat, werden die Zwischenfälle nebensächlich«, fügte er hinzu.

»Was?«

»Was überrascht Sie so daran?«

»Dass sich Silaiew über so was Komplexes auslassen kann.«

»Wir haben uns gut unterhalten.«

»In welcher Sprache?«
»Das gemeine Volk versteht sich immer.«
»Verarschen Sie mich nicht!«
»Ich meine es ernst.«
»Dann bewirkt der Wodka wohl Wunder.«
»Das auch.«

Ich schaltete ab. Wenn diese Unterhaltung so weiterging, bekam ich einen Nervenzusammenbruch. Garzón handelte mit der Stewardess eine doppelte Portion dieses schrecklichen Flugzeugessens aus.

Wir kamen pünktlich an. Als wir endlich unsere Koffer hatten, sah ich Comisario Coronas in Begleitung zweier Streifenpolizisten.

»Ist das Coronas?«, fragte der Subinspector ungläubig.

»Ich glaube, wir kriegen Ärger«, antwortete ich.

Aber darum ging es nicht. Coronas kam wie der Blitz auf uns zugeschossen und rief ohne Gruß:

»Palafolls ist entführt worden.«

»Was?«

»Entführt, ermordet ... Wir wissen es nicht. Er ist verschwunden. Er ist gestern Abend nicht nach Hause gekommen und weder in der Universität noch im Kommissariat gesehen worden. Einfach verschwunden.«

Was für ein Empfang.

10

Uns blieb keine Zeit, die Koffer abzustellen und zu duschen. Wir fuhren direkt ins Kommissariat und setzten uns in Coronas' Büro zur Krisensitzung zusammen.

»Es sieht schlecht aus, Petra. Erzählen Sie mir, was Sie rausgefunden haben.«

Ich berichtete. Die Sektengeschichte überschritt sein Vorstellungsvermögen. Skopis, rituelle Kastrationen, die russische Mafia als Fluchthilfe ... das war zu viel. Belinski gab ich lieber mal als Bibliothekar und Sektenexperte aus. Wenn ich ihm das mit dem »heiligen Mann« erklärt hätte, hätte er mir ein Monatsgehalt gestrichen.

Bevor er mich nach den unbeantworteten Anrufen fragen konnte, ging ich zum Angriff über.

»Und wie konnte Ihnen Iwanow entwischen?«

»Die Männer verstehen es auch nicht. Der Schweinehund ist ihnen um Sekunden zuvorgekommen. Er muss was gehört haben oder jemand hat ihn im letzten Moment gewarnt. Sie haben sich bei Nacht und Nebel an seinen Bauwagen rangeschlichen und sind eingedrungen, aber er war weg. Der CD-Player lief noch und im Aschenbecher lag die brennende Zigarette.«

»Ist er mit seinem Wagen abgehauen?«

»Nein, zu Fuß. Wir haben noch in der Nacht die ganze Umgebung abgesucht und am Morgen noch einmal. Wir haben bei allen Autovermietungen in den umliegenden Dörfern nachgefragt. Nichts. Wir haben uns bei allen Fahrkartenschaltern, die frühmorgens öffnen, erkundigt. Niemand hat ihn gesehen. Er hat sich in Luft aufgelöst.«

»Na toll!«, kommentierte Garzón.

Ich fühlte mich für Palafolls Verschwinden verantwortlich. Mein Schutzengel war in die Fangarme der Hydra geraten, obwohl er gar nichts damit zu tun hatte. Was für eine idiotische Idee von mir, ihn in die Fakultät einzuschleusen. Rein professionell ein

Volltreffer, aber menschlich ... Wenn Palafolls wirklich entführt worden war, dann hatte er etwas herausgefunden. Ich mochte gar nicht daran denken, dass er vielleicht schon tot war. Ich fragte Coronas:

»Wissen Sie, ob Palafolls Notizen gemacht hat?«
»Wenn er welche gemacht hat, dann sind sie nicht hier.«
»Dann hat er einen Fehler gemacht.«
»Können wir daraus schließen, dass er was herausgefunden hat?«
»Davon bin ich überzeugt. Haben Sie seinen Kollegen Marqués angerufen? Vielleicht hat er dem was erzählt.«
»Nein, der wusste auch nichts, sie haben sich nicht mal gesehen. Offensichtlich hat Palafolls seinen Auftrag sehr ernst genommen und wollte nichts riskieren.«
»Und bei ihm zu Hause? Haben Sie bei ihm zu Hause nachgefragt?«
»Dazu hatten wir noch keine Zeit. Ich habe lediglich seine Familie benachrichtigt. Um alles Weitere kümmern Sie sich.«

Coronas schob mir die heiße Kartoffel zu. Mit ein wenig Glück gelang mir dasselbe mit Garzón. Der Subinspector war einmalig im Kontakt mit Angehörigen von Polizisten, die vom Unglück heimgesucht wurden. Er tröstete, er machte Hoffnungen ... Während er den guten Samariter spielte, konnte ich mich mit den Gegebenheiten vertraut machen und weiter ermitteln.

Vermutlich wussten Palafolls Eltern nicht, dass das Verschwinden ihres Sohnes mit einem Auftrag von mir zu tun hatte. Sonst hätten sie mich nicht so herzlich und gastfreundlich empfangen. Sie drückten mir bewegt die Hand und boten mir Kaffee an. Während Garzón ihnen Mut machte, bat ich um Erlaubnis, mir Palafolls Zimmer ansehen zu dürfen.

Javier Palafolls war immer noch ein Kind, wie ich auf den ersten Blick sah. Er hatte die Wände mit Postern von muskulösen Karatekämpfern und FBI-Plakaten voll gehängt. Das Zimmer vermittelte eine etwas naive Berufsvorstellung des Kollegen. Ich suchte fieberhaft in seinen Kommoden- und Schrankschubladen, in Büchern,

Zeitschriften und Schallplatten. Ich hob sogar die Matratze an. Aber ich fand nichts, keinen Namen, keine Adresse. Wenn Palafolls etwas entdeckt hatte, warum zum Teufel hatte er es dann für sich behalten? Hatte er vorgehabt, sich alle Verdienstmedaillen selbst anzustecken, oder glaubte er, ein Superagent zu sein? Ich durchsuchte sämtliche Taschen seiner Kleidungsstücke. Schließlich rief ich seine Mutter und fragte sie, was ihr Sohn in den letzten Tagen getragen hätte. Sie sah verblüfft auf das Durcheinander, das ich angerichtet hatte, und zeigte auf zwei Segeltuchhosen.

»Ich glaube, die hatte er an. Die Hemden habe ich schon gewaschen.«

»War etwas in den Hemdentaschen?«

Sie dachte kurz nach.

»Ja, ein Zettel.«

»Haben Sie den aufgehoben?«

»Ja. Mein Sohn bittet mich immer darum, nichts in die Waschmaschine zu stecken, bevor er die Taschen geleert hat. Aber ich leere sie lieber selbst und hebe ihm die Sachen auf. Er hat die schlechte Angewohnheit, Papiere und Geld drinzulassen.«

»Señora, geben Sie mir bitte sofort diesen Zettel.«

Ich hielt den Atem an, bis sie endlich mit dem sorgfältig zusammengefalteten Zettel zurückkam. Ich riss ihn ihr fast aus der Hand. Zwei Telefonnummern. Ich zeigte sie der Frau und fragte, ob sie ihr bekannt vorkamen, aber sie verneinte. Ich unterbrach Garzóns Unterhaltung mit dem Vater und fragte den. Auch nichts. Dann lief ich ohne Abschied hinaus. Der Subinspector holte mich auf der Treppe ein.

»Hätten Sie nicht einen Moment warten können? Sie haben einen katastrophalen Eindruck bei den Eltern hinterlassen.«

»Ist mir wurscht! Im Augenblick interessiert mich nur, diesen verfluchten Fall zu lösen. Alles andere ist zweitrangig.«

»Fahren Sie sofort ins Kommissariat und lassen Sie diese beiden Telefonnummern überprüfen«, trug ich Garzón auf. »Ich fahre nach Hause, ich muss ein paar Stunden schlafen, sonst falle ich um. Dann löse ich Sie ab und Sie ruhen sich aus. Sonst stehen wir diese Nacht nicht durch.«

Vor meiner Haustür erwartete mich eine unangenehme Überraschung: Julieta saß auf dem Bürgersteig. Sie hatte ich völlig vergessen. In ihrem schlampigen Hippie-Outfit wirkte sie wie eine Bettlerin aus einem Roman von Dickens. Sie sah mich wie ein geprügelter Hund an.

»Warum bist du nicht reingegangen?«, fragte ich sie.

»Wissen Sie was über Miguel?«, fragte sie.

»Lass uns reingehen. Wir können einen Kaffee trinken.«

»Ich will nicht reingehen. Ich will nur wissen, ob Sie eine Ahnung haben, wo Miguel ist.«

Julieta kam direkt zur Sache und dafür war ich genau in der richtigen Stimmung.

»Wir haben gerade erst mit den Ermittlungen angefangen.«

»Haben Sie irgendeinen Hinweis, dem Sie nachgehen können?«

»Ja, ein paar Telefonnummern. Falls du nicht mehr weißt.«

»Nein.«

»Warte, ich zeige sie dir, vielleicht kennst du sie.«

Ich zeigte ihr die beiden Telefonnummern, die ihr Freund notiert hatte. Sie las sie aufmerksam, schüttelte dann aber den Kopf.

»Bist du sicher?«

»Ja.«

»Und er hat nicht erwähnt, ob er jemand in der Uni kennen gelernt hat …«

»Er hat mir nie von seiner Arbeit erzählt.«

»Willst du wirklich keinen Kaffee?«

»Ich will nur, dass Sie ihn finden.«

»Ich weiß, ich weiß.«

»Ich gehe jetzt. Im Augenblick komme ich nicht putzen. Rufen Sie mich an, wenn Sie was erfahren.«

»Keine Sorge, ich werde dich anrufen«, antwortete ich traurig.

Sie ging mit ausdruckslosem Gesicht. Ihr indischer Blumenrock flatterte hinter ihr her, als würde er gleich davonfliegen.

Ich mochte es nicht, wenn mich die Leute insgeheim für ihren Schmerz verantwortlich machten. Aber ich wollte nicht mehr denken, ich musste schlafen. Ich war besessen davon zu schlafen.

So widerstandsfähig Garzón sein mochte, selbst für ihn war es zu viel. Er hing wie ein Häufchen Elend über dem Schreibtisch, übermüdet und tief erschöpft.

»Was Neues?«, fragte ich.

»Die beiden Nummern gehören zwei Familien aus der Stadt, den Atienza Pérez' und den García Bofarulls. Beide haben Söhne, die im vierten Semester Medizin studieren.«

»Gute Arbeit!«

»Adrián Atienza Pérez war zu Hause, als ich anrief. Ich lasse ihn herbringen. Daniel García Bofarull war beim Tennisspielen. Ich habe einen Wagen zu seinem Elternhaus geschickt. Sobald Daniel auftaucht, bringen sie ihn her. Ich war zu müde, um selbst hinzufahren.«

»Sie haben genug getan, Fermín, fahren Sie nach Hause.«

»Wie viel Zeit geben Sie mir?«

»Reichen Ihnen ein paar Stunden?«

»Ja, das ist mehr als genug.«

Er ging ohne Gruß. Das musste ich ihm lassen: Er hatte ein ausgezeichnetes Durchhaltevermögen. In seinem Alter war er noch fähig, Alkoholexzessen und langen Nächten zu trotzen. Er würde alt sterben. Mich würde er bestimmt überleben.

Nach kaum fünf Minuten kam Coronas und bat mich um Iwanows Foto, das ich aus Moskau mitgebracht hatte. Ich holte es aus dem Dossier und gab es ihm.

»Gott, der sieht aus wie ein Bauer aus dem Stummfilm, Doktor Caligari oder so.«

»Er sieht genau so aus.«

»Dann wird man sich auf der Straße nach ihm umdrehen.«

»Das hoffen wir doch, oder? Was haben Sie vor?«

»Es an alle Medien schicken. Ich werde denen auch ein Foto von Miguel Palafolls geben.«

»Verdammt, das gibt eine Lawine von Anrufen! Wer soll die entgegennehmen?«

Er zuckte die Achseln und schob mit dem Foto ab.

Mein erster Eindruck von Adrián Atienzas war, dass er erschrocken wirkte. Sonst war er ein ganz normaler junger Mann. Groß, schwarze Haare, legere Kleidung. Ich kam direkt zur Sache, und anfangs behauptete er, Palafolls nicht zu kennen. Ich ging auf sein Spiel ein und beschrieb ihm den jungen Polizisten. Er reagierte nicht. Ich erzählte ihm, dass Palafolls ein in die Fakultät eingeschleuster Polizist war. Ich beobachtete seine Reaktion und schloss daraus, dass er das schon gewusst hatte. Ich war mir sicher, obwohl ich gerne Garzón dabeigehabt hätte. Das war's. Die Information, dass Palafolls seine Nummer notiert hatte, schenkte ich mir und sagte ihm, dass er gehen konnte, aber erreichbar bleiben musste, falls wir ihn noch mal brauchten. Ich glaubte zu sehen, wie er beim Gehen erleichtert aufatmete.

Adrián hatte gelogen. Und es war offensichtlich, dass es sich bei ihm nicht um den Chef oder den Kopf irgendeiner Organisation handelte. Er war ein ausgesprochen ungeschickter Feigling. Er hätte einfach zugeben können, Palafolls zu kennen: Ja, sie hatten nach den Seminaren ab und zu einen Kaffee zusammen getrunken oder so. Ganz einfach, und möglicherweise hätten wir ihn nicht weiter belästigt. Aber das war ihm nicht eingefallen. Er war ein Feigling, dessen Telefonnummer aus irgendeinem Grund in der Hemdentasche des verschwundenen Polizisten gesteckt hatte.

Ich ordnete an, ihn vierundzwanzig Stunden lang überwachen zu lassen. Vielleicht war er nur ein weiteres Opfer, ein kastrierter Junge mehr, der nichts über Miguel Palafolls Verbleib wusste.

»Wie sollen wir das bloß rausfinden, Subinspector?«

Garzón, der mit verschlafenem Gesicht in meinem Büro auftauchte, sah mich verständnislos an.

»Was rausfinden?«

»Ich habe mit mir selbst geredet. Haben Sie sich ein bisschen erholt?«

Er überging mein Interesse an seinem Befinden.
»Was rausfinden?«
»Ob Adrián Atienza kastriert ist.«
»Hört sich an, als ob es nicht so gut mit ihm gelaufen ist.«
»Er behauptet, Palafolls nicht zu kennen Ich lasse ihn überwachen.«
»Weiß er nicht, dass unser Mann seine Telefonnummer hatte?«
»Nein. Ich hatte plötzlich das Gefühl, dass er ein armes Schwein ist und nichts weiß, einfach nur ein Sektenmitglied, kastriert und zu Tode verängstigt.«
»Möglich.«
»Glauben Sie, dass ein Richter …?«
»Kein Richter wird Ihnen die Erlaubnis geben, dem Jungen die Hosen auszuziehen.«
»Ich meinte ein ärztliches Gutachten.«
»Wenn Sie es mit Gewalt versuchen, werden die Anwälte seiner Eltern Sie schlachten.«
»Könnten wir nicht eine hübsche Polizistin schicken oder ein paar Vermummte aufs Klo der Fakultät …?«
»Unfug, aber wir müssen sein sexuelles Umfeld erforschen.«
»Dafür haben wir keine Zeit, Fermín. Wir wissen nicht, wo Palafolls steckt, und mit jeder Stunde ist die Chance, ihn lebend zu finden, geringer.«
»Ich weiß«, sagte der Subinspector mit düsterer Stimme. »Coronas hat eine öffentliche Suchaktion über die Medien eingeleitet«, fügte er hinzu.
»Was nichts als Schwierigkeiten bringt.«
»Aber es gibt nicht viel andere Möglichkeiten.«
»Stimmt, es ist fast neun. Fragen Sie bei den Kollegen nach, die Sie zu den García Bofarulls geschickt haben. Vielleicht ist der Junge inzwischen zu Hause.«
Als ich wieder allein war, fielen mir die Augen zu. Ich wollte mir einen Kaffee holen, aber da kam Garzón schon zurück. Daniel García Bofarull war nach dem Tennis nicht nach Hause gekom-

men. Seine Eltern hatten im Club angerufen, aber nur erfahren, dass ihr Sohn schon vor einer Weile gegangen war. Sie machten sich Sorgen und wollten wissen, was die Polizei von ihm wollte.
»Sie kommen mit der Streife ins Kommissariat«, schloss er.
»Dann ziehen Sie den Mantel an. Wir gehen.«
»Aber Inspectora, ich habe Ihnen doch gerade gesagt, dass sie gleich da sind.«
»Keine Sorge, der Comisario wird sie schon empfangen.«
»Da wird er sich aber freuen.«
»Das gehört zu seinen Aufgaben.«
Wir fuhren im Eiltempo zum Tennisclub. Die Frau an der Rezeption zeigte sich auskunftswillig.
»Ich habe es seinem Vater schon am Telefon gesagt. Als er anrief, war der Junge schon gute zwei Stunden weg.«
»Haben Sie was Besonderes, etwas Merkwürdiges bemerkt?«
»Merkwürdiges …? Nein, er ist zehn Minuten, bevor er ging, hier angerufen worden. Wir nehmen normalerweise keine Anrufe für Mitglieder an, um sie nicht beim Spielen zu stören. Aber es hieß, es sei sehr wichtig, und außerdem spielte Daniel in dem Moment nicht, sondern stemmte Gewichte. Also habe ich dem Aufseher gesagt, er solle ihn holen.«
»Und dann?«
»Nicht Besonderes. Der Junge kam schwitzend an, ging in die Kabine, hat nur kurz gesprochen und ist dann zu den Umkleidekabinen gegangen. Fünf Minuten später war er angezogen und ist gegangen.«
»Haben Sie was von dem Gespräch mitgekriegt?«
»Nein.«
»Sah er irgendwie besorgt aus?«
»Ich weiß nicht. Obwohl, um ehrlich zu sein, als er an mir vorbeikam, fiel mir auf, das er nicht geduscht hatte. Das wunderte mich.«
»Kannten Sie die Stimme des Mannes, der angerufen hat?«
»Nein, es war keine Männerstimme, es war eine Frau.«

Ich sah das Mädchen an. Im Verlauf unseres Gesprächs war sie zunehmend unruhig geworden. Schließlich konnte sie nicht mehr an sich halten und fragte:

»Ist was passiert?«

»Wir wissen es noch nicht. Rufen Sie uns unter der Nummer hier an, wenn jemand nach ihm fragt. Hat Daniel in den Umkleideräumen einen Spind?«

»Ja.«

Sie begleitete uns. Aber der Spind enthielt nichts Besonderes. Kölnisch Wasser, Shampoo und ein paar Strümpfe.

Im Kommissariat stellten wir fest, dass das Glück nicht auf unserer Seite war. Daniels Eltern waren noch immer da. Coronas' Blick war zu entnehmen, dass er schon das meiste abgekriegt hatte. Eltern einer gewissen Gesellschaftsschicht pflegen den Schutz ihrer Sprösslinge zu übertreiben und sparen auch nicht mit Selbstbezichtigungen. Die hier waren keine Ausnahme. Die Mutter beteuerte:

»Inspectora, wir haben dem Comisario schon gesagt, dass unser Sohn ein ganz normaler Junge ist. Wir haben ein gutes Verhältnis zu ihm, wir kümmern uns um ihn, er hat uns nie Kummer bereitet. Was das Studium anbelangt …«

Ich unterbrach sie barsch.

»Señora, wenn Sie das alles schon Comisario Coronas gesagt haben, müssen Sie es nicht wiederholen. Beantworten Sie mir nur eine Frage: Hat Ihr Sohn eine feste Freundin?«

»Nein.«

»Freundschaften mit Mädchen?«

»Wissen Sie, ich habe vorsichtshalber nie nachgefragt …«

»Dann müssen wir das tun, denn Ihr Sohn wurde von einer Frau im Tennisclub angerufen, bevor er dort wegging.«

»Ich kümmere mich darum«, sagte Coronas, der einen dicken Hals hatte.

»Jetzt bringen wir Sie nach Hause, Sie müssen uns das Zimmer Ihres Sohnes zeigen«, fuhr ich fort. »Wir müssen es durchsuchen.

Vielleicht finden wir einen Anhaltspunkt, wo wir ihn finden können.«

Während wir dem Audi der García Bofarulls hinterherfuhren, fragte Garzón:

»Glauben Sie, dass Daniel tot ist?«

»Keine Ahnung. Nichts ist normal. Ich glaube, solange wir Iwanow nicht haben, ist alles möglich.«

»Der Comisario hat Marqués damit betraut, die Anrufe der Leute, die Iwanow auf dem Foto erkannt haben, entgegenzunehmen und zu filtern. Ich hoffe, das wird ihn ablenken. Der arme Junge ist wie gelähmt, seit sein Kollege verschwunden ist. Sie sind immer zusammen Streife gefahren!«

»Ja, sich jahrelang gemeinsam zu langweilen verbindet. Wie in der Ehe.«

Er sah mich tadelnd an, erwiderte aber nichts.

In Daniels Zimmer fanden wir nichts, was uns weiterhalf. Der einzige ungewöhnliche Gegenstand im Zimmer eines jungen Mannes war eine Bibel in der Nachttischschublade. Ich blätterte sie durch und fand ein paar unterstrichene Absätze.

»Ist Ihr Sohn gläubig?«, fragte ich die García Bofarulls.

Sie waren überrascht. Elterliche Versicherungen, ihre Sprösslinge so gut wie die eigene Westentasche zu kennen, pflegen sich bei der ersten konkreten Frage in Nichts aufzulösen.

»Also, das weiß ich nicht, unsere Familie ist katholisch ...«, sagte der Vater ausweichend.

»Haben Sie diese Bibel schon mal gesehen?«

Señora García Bofarull antwortete:

»Ich schnüffle nicht in den Sachen meiner Kinder herum. Ich weiß, dass es Mütter gibt, die so was machen, aber ich finde das nicht gut.«

Sie hatten das heilige Buch noch nie gesehen und hatten auch nicht die geringste Ahnung, ob sich ihr Sohn für Religion interessierte. Die Entdeckung hatte sie verunsichert, und sie verhielten sich, als hätten wir einen Stapel Pornohefte gefunden. Ich nahm die Bibel als Beweisstück mit und ging mit einem knappen Gruß.

Die Atmosphäre im Kommissariat war gespannt wie ein Drahtseil. Coronas erwartete uns schon.

»Nichts Neues«, kam Garzón seiner Frage zuvor.

»Wir hatten auch kein Glück. Meine Leute fragen in allen Kliniken nach, kämmen die Gegend um den Tennisclub herum durch ... Ich habe in allen Kommissariaten der Stadt Alarm geschlagen.«

»Wie kommt Marqués mit den Anrufen weiter?«

»Er sitzt in Zimmer dreiundzwanzig. Das Telefon klingelt ununterbrochen.«

Marqués überließ einem Kollegen die Stellung und kam mit einem Notizblock zu uns.

»Viel heiße Luft, Inspectora. Ein Mann hat angerufen und Palafolls in der Schlange vor dem Comedia-Kino gesehen. Wir haben einen Streifenwagen hingeschickt, sie haben gewartet, bis alle Besucher rauskamen, aber von Palafolls keine Spur. Der Kassierer schwört, dass während der Vorstellung niemand gegangen ist.«

»Das Übliche.«

»Es gibt Schlimmeres; ein Mädchen sagte, dass Miguel so aussieht wie der Sänger einer Popgruppe, und eine Señora hat behauptet, dass ihr Palafolls im letzten Jahr die Supermarkteinkäufe ins Haus gebracht hat, und so weiter.«

»Ach ja.«

»Bei Iwanow ist die Ausbeute größer. Sein Aussehen regt die Phantasie der Leute an. Er ist ein verkleideter Familienangehöriger, er arbeitet in einer Tischlerei in Clot. Er wird überall gesehen: Im Flugzeug nach Madrid, beim Spazierengehen auf den Ramblas, bei Kaffee und Churros in einer Cafetería ...«

Ein Streifenpolizist kam herein und fragte nach mir.

»Inspectora, da ist ein Anruf für Sie aus Moskau. Wir haben ihn auf Ihren Apparat gestellt.«

Ich lief in mein Büro und erkannte an dem etwas sperrigen Englisch sofort Alexander Rekow.

»Petra, wie geht's dir, läuft alles gut?«

»Nicht besonders, und wie geht's dir?«

»Wir haben Eswrilenko und seine Leute beschattet, so wie wir es versprochen haben. Endlich hatte Silaiew eine interessante Sache. Einer von Eswrilenkos Männern war in einem Reisebüro in der Stadt und hat zwei Flugtickets nach Barcelona reserviert. Als wir am Flughafen gewartet haben, wer denn wohl fliegt, ist keiner seiner Leute aufgetaucht. Die zwei Plätze im Flugzeug sind frei geblieben.«

»Und …?«

»Scheint so, dass denen jemand aus dem Reisebüro geflüstert hat, dass wir ihnen auf den Fersen sind. Oder es war ein Täuschungsmanöver. Es ist allerdings gut möglich, dass jemand nach Barcelona geflogen ist oder fliegen wird, aber ich kann dir nicht sagen, wer oder wann.«

»Und was kann ich tun?«

»Die Augen offen halten.«

»Was glaubst du, was die hier wollen? Iwanow retten?«

»Keine Ahnung, Petra, keine Ahnung.«

»Wir überwachen alle Flüge nach Moskau.«

»Sie können das Land sonst wie verlassen, im Auto, im Zug, und in Amsterdam oder Paris ein Flugzeug nehmen.«

Als der berufliche Teil des Gesprächs beendet war, schwiegen wir einen Augenblick. Ich wollte etwas sagen, wusste aber nicht, was. Schließlich redete er.

»Wirst du noch mal nach Moskau kommen?«

»Ich fürchte, nein.«

»In Moskau gibt es noch viele Sehenswürdigkeiten.«

»Grabmale?«

»Viele Grabmale!«

»Es ist gut, die Toten zu ehren.«

»Es ist das Größte.«

»In Spanien gibt es auch interessante Gräber.«

»Das von Franco?«

»Ja, das ist in einer Kirche. Das Sahnehäubchen.«

Neuerliches Schweigen, das wieder Rekow brach.

»Petra Delicado, ich muss auflegen. Richte deinem Kollegen Garzón Grüße von mir und von Silaiew aus. Sag ihm, dass Moskau ohne ihn nicht mehr dasselbe ist. Adios, meine liebe Inspectora Delicado.«

»Adios, Genosse Rekow.«

Ich legte grinsend auf. Tja, so war das Leben.

Ich nahm die Bibel, Bleistift und Papier zur Hand und begann, die Passagen zu studieren, die Daniel García Bofarull unterstrichen hatte.

Über drei Stunden lang war ich in diese mythologische, grausame Welt vertieft. Die Texte hatten etwas Faszinierendes. Sie waren magisch, verwirrend und gleichzeitig äußerst erhellend. Die Bibel war ein gefährliches Buch. Die einzige neutrale Form, sich ihr zu nähern, war, sie als ein Stück Literatur anzusehen.

»Die Engel tragen dich auf ihren Flügeln, damit dein Fuß nicht die Steine berühre«, las ich. Daniel ging es aber nicht um Literatur. Beim Durchsehen seiner Markierungen stellte ich fest, dass alle Fragmente etwas gemein hatten: Anspielungen auf die Reinheit.

Salomo 22, Vers 11: »Wer ein reines Herz und eine liebliche Rede hat, dessen Freund ist der König.«

Salomo 20, Vers 9: »Wer kann sagen: Ich habe mein Herz geläutert und bin rein von meiner Sünde?«

Salomo 21, Vers 8: »Wer mit Schuld beladen ist, geht krumme Wege; wer aber rein ist, dessen Tun ist gerade.«

Matthäus 5, Vers 8: »Selig sind, die reinen Herzens sind; denn sie werden Gott schauen.«

Hiob 11, Vers 4: »Du sprichst: Meine Rede ist rein, und lauter bin ich vor deinen Augen.«

Salomo 20, Vers 11: »Schon einen Knaben erkennt man an seinem Tun, ob er lauter und redlich werden will.«

Kein Zweifel, Daniel García Bofarull gehörte zu den Skopis. Man konnte sogar die Behauptung wagen, dass auch Adrián Atienza Pérez ein Skopi war.

Ich ging in die improvisierte Telefonzentrale zu Marqués und Garzón. Der Subinspector hatte dunkle Ringe unter den Augen wie ein Waschbär und der junge Polizist wirkte reif für die Pensionierung.

»Meine Herren, lassen Sie uns ein wenig schlafen. Ich lasse Sie ablösen, Marqués.«

»Ich kann noch ein bisschen weitermachen.«

»Sie fahren auf der Stelle nach Hause.«

Sie gehorchten mir brav. Ich ging auch. Acht Stunden Schlaf halfen mir vielleicht, mein klares Denkvermögen wiederzufinden, das ich zwischen donnernden Göttern, sprechenden Dornbüschen, Hiobs Söhnen und dem guten Esau verloren hatte.

Aber es sollte nicht sein. Um sechs Uhr morgens wurde ich angerufen. Ein Maurer aus Badalona hatte auf einem Bauplatz die Leiche eines jungen Mannes gefunden. Alles schien darauf hinzuweisen, dass es sich um Daniel García Bofarull handelte.

Eine heilige Wut stieg in mir hoch. Beim Duschen malträtierte ich Schwamm und Seife.

Garzón und Coronas erwarteten mich im gerichtsmedizinischen Institut. Der Comisario hatte sich persönlich eingefunden, um Doktor Montalbán um absolute Priorität für die Autopsie des neuen Opfers zu bitten. Vorher hatte er die noch strengere Überwachung von Adrián angeordnet.

Daniels Eltern waren auf dem Weg, um die Leiche ihres Sohnes zu identifizieren. Ich sagte Coronas, dass ich mich vor diesem Treffen drücken wollte. Er fand das nicht witzig.

»Das ist doch nicht zu fassen, alle Welt glaubt, dass sich für knifflige, menschliche Aufgaben eine Polizistin am besten eignet! Sie sind eine Niete.«

»Sie haben auch geglaubt, dass eine Polizistin ideal für einen Fernsehauftritt ist, Sie sehen ja, was dabei herauskommt.«

Bevor es zu der tragischen Identifizierung kam, verzog ich mich lieber, um mit dem Subinspector einen Kaffee zu trinken. Er wusste schon mehr als ich.

»Wie ist er gestorben?«, fragte ich.

»Ihm ist die Kehle durchgeschnitten worden. Er ist verblutet. Der Gerichtsmediziner sagte beim Abtransport, dass er seit zirka drei Uhr morgens tot ist. Es gibt keine sichtbaren Spuren von Verteidigungsversuchen.«

Ich drückte müde die Zigarette aus und ließ die Arme hängen.

»Verlieren Sie nicht den Mut, Petra.«

»Wer sagt uns denn, dass der nächste Tote nicht Palafolls ist? Diese Typen schrecken vor nichts zurück.«

Montalbáns erste und einzige Neuigkeit nach der Autopsie von Daniel García Bofarull lautete, dass er kastriert war. Die Wunde war gut vernarbt, die Operation lag also schon Monate zurück. Die Methode kannten wir schon. Die Todesursache war eindeutig: sauberes Durchtrennen der Halsschlagader. Das Fehlen von Kratzern oder Prellungen ließ darauf schließen, dass er sich nicht gewehrt hatte. Montalbán wies darauf hin, dass der Mörder den Körper beim Stürzen aufgefangen und ihn vorsichtig auf den Boden gelegt haben muss, denn es gab keine Prellspuren. Das ließ vermuten, dass Opfer und Mörder sich gekannt hatten.

»Natürlich kannten sie sich, Doktor!« Ich wandte mich an Garzón. »Hätte diese geheimnisvolle Frau nicht im Tennisclub angerufen, wäre der Name des Schuldigen klar: Sergei Iwanow.«

»Glauben Sie, Iwanow wusste, dass wir Daniels und Adriáns Telefonnummern haben?«

»Davon bin ich überzeugt. Es blieb ihm keine Zeit mehr, auch den Zweiten umzubringen, aber Daniel hat das Krafttraining das Leben gekostet. Wir hätten ihn an der Tür vom Tennisclub abpassen müssen.«

»Aber woher weiß Iwanow, was wir gefunden haben oder nicht?« Ich schüttelte zerstreut den Kopf.

»Ich weiß nicht. Vielleicht hat er es aus Palafolls herausgepresst.«

»Palafolls ist seit vorgestern in seiner Gewalt. Glauben Sie, der hätte so lange gewartet?«

Doktor Montalbán lauschte unserem Gespräch ernst und schweigsam. Seine Stimme klang fremd, als er sich einmischte.

»Mein Bericht ist vollständig, wenn ich die DNS-Ergebnisse von Daniel García bekomme und mit einem der archivierten Penisse verglichen habe.«

Die Auflösung dieses anatomischen Rätsels war zwar interessant, aber ohne Bedeutung. Im Augenblick blieb uns keine andere Wahl, als Adrián Atienza unter Druck zu setzen. Nach Vorsprache beim Richter erhielten wir einen vorläufigen Haftbefehl. Wir konnten ihm Zurückhaltung von Beweisen und Verschleppung der Ermittlungen vorwerfen. Nichts, was uns erlaubte, ihn länger als ein paar Tage festzuhalten. Und wir mussten damit rechnen, dass die Eltern sofort einen Anwalt einschalteten.

Das Ehepaar Atienza Pérez war entsetzt. Wir wollten herausfinden, ob Adrián auch kastriert war. Um diesen Begriff zu vermeiden, eröffnete ich dem erschütterten Ehepaar, dass ihr Sohn möglicherweise Opfer einer schrecklichen Verstümmelung geworden sei. Aber mit oder ohne Euphemismen, sie hatten nicht die geringste Absicht, uns die Arbeit zu erleichtern, und schalteten sofort ihren Anwalt ein, der von einer DNS-Analyse nichts hören wollte.

Die Befragung der Eltern erbrachte auch nichts.

»Fanden Sie Ihren Sohn auffallend nervös?«

»Nein, nicht besonders.«

»Hat ihn in den letzten vierundzwanzig Stunden jemand angerufen?«

»Ich nehme an.«

»Eine Frau? Jemand mit ausländischem Akzent?«

»Kann ich nicht sagen.«

»Wir hätten ihr Telefon anzapfen sollen«, knurrte Garzón hinterher.

»Wir hatten keine legale Grundlage.«

»Glauben Sie, Iwanow hat ihn angerufen, um ihm zu drohen?«
»Ist möglich, obwohl Daniels Tod schon genug Drohung ist.«
»Glauben Sie, dass er noch in Barcelona ist?«
»Ganz bestimmt.«
»Das ist das Teuflischste, was mir je untergekommen ist!«
»Teuflisch ist das richtige Wort.«
»Wie ist es nur möglich, dass sich diese Jungs so weit beeinflussen lassen, dass sie …«

Garzón war erschüttert. Trotz der Erfahrungen seiner Dienstjahre überschritt dieser Fall seinen Horizont bei weitem. Sein ganzes Polizistenleben über hatte er sich mit Grausamkeit, Rache, Ehrgeiz auseinander setzen müssen, aber der freiwillige Verkauf der eigenen Seele war etwas Neues für ihn.

»Fermín?«
»Was?«
»Waren wir nicht übereingekommen, dass Palafolls lebt?«
»Ja.«
»Dann verlieren Sie nicht den Mut.«
»Ja, ja, schon gut.«
»Außerdem werden Sie den für den nächsten Schritt brauchen.«
»Und der ist?«
»Wir werden Adrián in Anwesenheit seines Anwalts ausquetschen. Denken Sie sich Mittel und Wege aus, nutzen Sie Ihr schauspielerisches Talent. Jedes Wort, das wir ihm entlocken, kann für uns ein Triumph sein. Denken Sie einfach daran, dass Sie vom Teufel höchstselbst bedroht werden.«

Er seufzte.

Adrián Atienza stritt alles ab. Er log wild entschlossen und zäh, überzeugt und gläubig. Er leugnete, zu einer Sekte zu gehören, Opfer einer rituellen Kastration geworden und an der Kastration Dritter beteiligt gewesen zu sein. Er leugnete zu wissen, wer Iwanow war, er leugnete, Palafolls zu kennen. Er konnte nicht leugnen, Kommilitone von Daniel gewesen zu sein. Aber sonst wusste er nichts. Garzón war verzweifelt, ich hatte so was erwartet. Ich versuchte es ein letztes Mal.

»Ist es dir völlig egal, dass deine Freunde tot sind, Adrián, dass sie leiden mussten? Ist es dir wirklich gleichgültig, dass ein Polizist sterben muss? Er ist jung, etwa so alt wie du. Er hat auch Eltern und eine Freundin, ist dir das egal?«

Da brach der Junge in Tränen aus. Ich sah einen Hoffnungsschimmer aufscheinen, aber schon mischte sich der Anwalt ein. Adrián fing sich augenblicklich wieder und erklärte fest:

»Ich habe nichts zu sagen.«

Als wir den Raum verließen, spuckte der Subinspector Gift und Galle.

»Wenn dieser verfluchte Anwalt zumindest ...«

»Der Junge hätte mit oder ohne Anwalt geschwiegen.«

»Wegen des Schweigegelübdes? Iwanow hat auch nicht besonders auf Daniels Schweigen vertraut.«

»Vielleicht war er der Schwächere oder er wusste zu viel, oder Iwanow hätte sich beide vorgenommen, wenn er gekonnt hätte.«

»Wie lange können wir ihn noch festhalten?«

Ich zuckte die Achseln. »Lassen Sie uns hören, was bei den Anrufen von Marqués herausgekommen ist.«

Ein paar Stunden später ließ uns Doktor Montalbán seinen schriftlichen Bericht zukommen: die DNS von Daniel García Bofarull stimmte mit der von einem der nicht identifizierten Penisse überein. Tote Materie fügte sich zu toter Materie.

11

Als ich die Haustür aufschloss, war das Schuldgefühl da: Ich hatte sie vergessen. Ich hatte sie nicht, wie versprochen, angerufen und sie über den Fortgang der Ermittlungen informiert. Blass, ernst, wächsern und entsetzt, als hätte sie einen Poltergeist gesehen, stand sie vor mir.

»Hallo, Julieta, wie geht's dir?«

Ich bat sie herein, führte sie in die Küche und machte Kaffee. Dann versuchte ich es mit sinnlosen Beschwichtigungen. Alles laufe gut, sehr gut. Wir würden Palafolls bald finden, log ich. Bevor ich mit meinem dämlichen Gelaber fortfahren konnte, sagte Julieta:

»Ein Mann hat mich zu Hause angerufen.«

»Was sagst du da?«

»Er hat gesagt, er hätte Palafolls und ...«

Sie brach ab.

»Erzähl alles von vorne, Julieta, und ganz langsam, mit allen Einzelheiten bitte.«

»Gestern hat ein Mann angerufen und meine Mitbewohnerin nach mir gefragt.«

»Hatte er einen ausländischen Akzent?«

»Ja.«

»Er sagte, wenn ich Miguel wiedersehen will, müsse er mit Ihnen reden.«

»Hat er gesagt, was er will?«

»Nur reden. Wenn Sie Ihren Kollegen sagen, dass Sie mit ihm verabredet sind, wird Miguel sterben.«

»Wo will er mich treffen?«

»Weiß ich nicht. Er wird mich wieder anrufen und es mir sagen. Er hat auch gesagt, Sie sollen nicht versuchen, den Anruf zurückzuverfolgen, das würde nichts bringen.«

»Was hat er noch gesagt?«

»Nichts.«

»Also gut, Julieta, jetzt musst du nach Hause gehen und warten. Wenn sich der Mann wieder bei dir meldet, rufst du mich sofort auf dem Handy an.«

»Werden Sie es jemand sagen?«

»Nein.«

»Sicher?«

»Ich gebe dir mein Wort. Du weißt, dass ich Miguels Leben nicht aufs Spiel setzen würde.«

Ich schenkte mir einen Whisky ein. Na klar, da hätte ich selbst drauf kommen können, wenn jemand wegen Palafolls Forderungen oder Bedingungen stellt, dann über Julieta. Vielleicht hatte Palafolls sie selbst als Vermittlerin genannt. Sollte ich im Kommissariat Alarm schlagen? Wenn der Russe nur mit mir reden wollte, wäre es besser, niemanden mit hineinzuziehen. Und Garzón? Sollte ich es Garzón sagen? Garzón könnte mir helfen, er könnte mich zumindest in die Nähe des verabredeten Orts begleiten. Aber würde er den Mund halten? Würde er ruhig abwarten, während ich mich mit Iwanow traf? Nein, er würde die Operation bestimmt gefährden. Ich verwarf die Idee, ihn einzuweihen.

Den ganzen Tag über verhielt ich mich wie ein Roboter, war abwesend und klebte am Handy.

Um acht gingen wir ins Efemérides essen. Pepe wollte wissen, warum ich seinem Lokal in der letzten Zeit plötzlich wieder ferngeblieben war. Ich lächelte ihn an und knallte ihm unvermittelt an den Kopf:

»Pepe, glaubst du, es ist gut, Altes wieder aufzuwärmen?«

Er merkte, dass sich etwas verändert hatte. Er seufzte resigniert.

»Was willst du damit sagen?«

»Ich will deine Meinung wissen über diesen subtilen Zufluchtsort, der sich Vergangenheit nennt.«

Er machte ein verärgertes Gesicht.

»Ich habe diese philosophischen Gespräche schon in unserer Ehe nicht gemocht und das hat sich nicht geändert.«

Ich lachte auf.

»Aber mach dir keine Sorgen«, sagte er und fügte etwas lauter hinzu: »Bestell, was du möchtest, geht aufs Haus.«

Auf dem Weg zu Garzón, der am Tresen mit Hamed plauderte, klingelte plötzlich das Handy. Ich blieb stehen.

»Señora Delicado?«

Nur Julieta nannte mich so.

»Julieta?«

»Der Kontakt ist hergestellt. Ich soll Sie begleiten.«

»Aber ... das ist unmöglich, ich ...«

»Es muss genau so laufen. Ich erwarte Sie in einer Stunde vor Ihrer Haustür«, sagte sie trocken und legte auf.

Garzón hatte mich beobachtet und fragte natürlich:

»Was Neues, Inspectora?«

»Nein, nichts, eine Freundin, mit der ich mich verabredet habe. Sie ist überraschend aus Madrid gekommen. Tut mir Leid, wir sehen uns morgen.«

Ich hatte den Eindruck, dass er mir nicht glaubte, aber er verabschiedete sich wortlos und ich ging.

Zum Glück hatte ich Iwanows Intelligenz nie unterschätzt. Julietas Begleitung machte es mir fast unmöglich, ihn reinzulegen. Selbst wenn ich einen Hinterhalt geplant hätte, würde die Anwesenheit des Mädchen die Gefahr eines Schusswechsels mindern. Ich weiß nicht, was sie dachte, aber ihr Aussehen erschreckte mich. Sie war angespannt und blass wie ein Gespenst.

»Wenn Sie so weit sind, fahren wir«, sagte sie.

Iwanow führte uns zur Schlachtbank und wir konnten nichts anderes tun als gehorchen. Er hatte uns in der Hand. Julieta war in ihrem eigenen Wagen gekommen, einem altersschwachen Ibiza. Sie fuhr, als würde sie den Weg kennen. Ich unterstellte, dass sie ihn vorher schon mal abgefahren war, um sich später nicht zu verirren. Zu meiner Überraschung blieben wir in meinem Viertel. Sie bog in die Calle Badajoz ein, wo um diese Zeit die großen Tore der Transportunternehmen schon geschlossen waren. Weit und breit keine Menschenseele. Am Ende der Straße war eine Baustelle. Darauf fuhren wir zu und das Mädchen parkte den Wagen an der Straßenecke.

»Der Mann hat gesagt, ich soll hier im Wagen auf Sie warten, und Sie sollen in die Baustelle reingehen.« Sie zeigte mit den Augen auf eine morsche, halb offen stehende Metalltür. Mich wunderte, dass sie mich nicht begleitete. Ich war davon überzeugt, dass Iwanow sie als menschliches Schutzschild gedacht hatte.

Ich betrat die Baustelle und konnte kaum meine Füße sehen. Beim dritten Schritt stolperte ich über etwas Hartes, ein Stück Bauschutt oder Ziegel.

»Ist da jemand?«, rief ich in die Dunkelheit. Das spärliche Licht, das von der Straße hereindrang, war verschwunden. Ich bewegte mich in völliger Dunkelheit. Ich tastete in meiner Tasche nach der Pistole, das kalte Metall hatte etwas Beruhigendes. Ich durfte nicht panisch werden, ich musste klar denken. Was würde Iwanow mein Tod nützen? Ein Bulle ist immer austauschbar. Ich rief wieder:

»Hallo, hört mich jemand?«

Plötzlich stand er hinter mir. Ich spürte seinen Atem in meinem Nacken. Ich drehte mich abrupt um und erkannte Iwanows grüne Katzenaugen, die in der Dunkelheit funkelten.

»Wie geht's Ihnen, Petra?«, begrüßte er mich mit einnehmender, wohlklingender Stimme.

»Ich kann Sie kaum erkennen, hier können wir nicht reden.«

»Meine liebe Inspectora, Sie haben nichts zu fordern. Sie befinden sich wirklich nicht in der Situation, etwas zu fordern.«

Meine Augen gewöhnten sich langsam an die Dunkelheit und die verschwommenen Züge des Russen bekamen allmählich Kontur.

»Ich habe Sie kommen lassen, weil ich eine Vereinbarung mit Ihnen treffen möchte.«

»Haben Sie den Polizisten Palafolls in Ihrer Gewalt?«

Er nickte langsam.

»Ja, so ist es, ich habe den jungen Polizisten, und niemand außer mir weiß, wo er ist.«

»Wie kann ich wissen, dass er lebt?«

»In diesem Umschlag ist ein Polaroid, in dem Ihr Freund die heutige Zeitung in der Hand hat. Schauen Sie es sich an, wenn Sie wieder draußen sind.«

»Und was …?«

Er unterbrach mich und kam mir so nah, dass sich unsere Gesichter fast berührten.

»Still, liebe Freundin; hören Sie auf zu fragen, bitte. Es ist ein Risiko, mich hier mit Ihnen zu treffen. Ich werde reden und Sie hören einfach zu.«

Seine Stimme war gewinnend, melodisch, kraftvoll wie ein pochendes Herz. Seine Augen waren unverwandt auf meine geheftet. Die Wimpern, die das seltsame Leuchten seiner Pupillen dämpften, senkten und hoben sich langsam.

»Ich werde Ihren Kollegen freilassen, wenn Sie mir helfen, das Land zu verlassen. Ich will zwei Flugtickets nach Santo Domingo. Morgen früh um elf geht ein Flugzeug. Ich werde Palafolls mitbringen und Sie Polizisten in Uniform. Vor dem Einchecken geben Sie mir die beiden Tickets, ich lasse Palafolls laufen. Wenn Sie Unsinn machen, stirbt er, ich bin bewaffnet.«

»Und auf welchen Namen soll das zweite Ticket ausgestellt werden?«

»Auf den Namen meiner Frau Natascha Iwanowna. Und vergessen Sie nicht, die Polizei soll gut sichtbar sein.«

»Vor wem haben Sie Angst, Iwanow?«

»Ach, Petra, die Angst … die Angst kommt und geht, sie quält und lähmt uns … Angst, mit der wir geboren werden, die uns von unserer Befreiung abhält! Ich aber lehre die Menschen, dass es nichts zu fürchten gibt. Wir müssen uns nur von der Sünde fernhalten, dann werden wir nie wieder Angst haben.«

Er flüsterte betörend, legte mir seine eiskalten Finger an die Schläfen und massierte sie sanft. Ich fühlte mich benommen. Meine Arme und Beine wurden schwer, ich konnte mich nicht rühren.

»Das Leben ist nichts weiter als eine Verkettung von Ängsten«, fuhr er fort. »Erworben, geerbt ... aber der Mensch ist ein kräftiges, mutiges Wesen, meine liebe Petra, und seine Reinheit wird ihn allmächtig machen.«

Ich schüttelte den Kopf und versuchte, wieder zu mir zu kommen, aber sein Einfluss war zu mächtig. Seine Stimme wirkte einlullend wie ein Wiegenlied, sie setzte meinen Willen außer Kraft.

»Tun Sie alles, was ich Ihnen sage, Petra, und es wird gut ausgehen. Wenn erst einmal der Same der Reinheit gelegt ist, verschwinde ich und er wird aufgehen. Sie werden mich nie wiedersehen. Ich werde meine Mission an einen anderen Ort tragen, weit weg von hier ...«

Die süße Leier wurde immer leiser. Dann hörte ich nichts mehr. Mein Verstand kämpfte sich einen Weg aus dieser Hypnose heraus. Ich setzte mich auf den Boden, bildete mit den Händen einen Trichter und atmete mein eigenes Monoxyd ein. Ganz langsam kam ich wieder zu mir und spürte kribbelnd das Blut durch die Adern pulsieren. Dann stand ich auf und ging zum Ausgang. Ich gelangte zur Straßenecke. Von Julieta und ihrem Auto keine Spur. Ich ging durch die breiten, leeren Straßen, bis ich auf die Calle Pedro IV kam. Ich hielt ein Taxi an und stieg ein.

Auf dem Heimweg dachte ich angestrengt nach: Hypnose, Autosuggestion, satanischer Einfluss? Jede dieser Möglichkeiten war meinem Verstand zuwider. Jetzt musste ich Entscheidungen treffen. Erstens: Jemand auf die Baustelle schicken und sie absuchen lassen. Zweitens: Herausfinden, wo Julieta war. Es konnte ja sein, dass er sie auch als Geisel genommen hatte. Ich hatte Kopfschmerzen. All das war merkwürdig, sehr merkwürdig. Als ich zu Hause ankam, rief ich bei Julieta an. Ihre Mitbewohnerin sagte mir, sie hätte sich gerade hingelegt.

»Geht's ihr gut?«, fragte ich.

»Na klar, soll ich sie rufen?«

»Nein, nicht nötig. Ich rufe morgen noch mal an.«

Am nächsten Morgen ging Coronas in die Luft, als er von meinem Treffen mit Iwanow erfuhr. Garzón war natürlich auf seiner Seite. Ich hörte geduldig zu. Als die »Ausführungen zu meinem Besten« beendet waren, sagte ich, dass ich ein paar Anrufe zu tätigen hätte, und verließ den Raum. Das Polaroid von Palafolls ließ ich auf Coronas' Schreibtisch liegen. Dann rief ich wieder bei Julieta an. Niemand nahm ab.

Ich schlenderte in Garzóns Büro. Seltsam, dass sich das Mädchen nicht für das Ergebnis meines Treffens mit Iwanow interessierte. Vielleicht war sie verwirrt. Oder vielleicht saß sie neben Iwanow und hatte die Pistole an der Schläfe. Obwohl das nicht sehr logisch war. Andererseits ... ich hatte einen Aussetzer. Unzusammenhängende Erinnerungsfetzen tummelten sich in meinem Gedächtnis. Ich blieb stehen und starrte wie schwachsinnig auf den Boden. Dann ging ich zu Marqués.

»Nichts Neues, Inspectora. Es wurde ...«

»Danach wollte ich nicht fragen, Marqués. Hören Sie zu, und denken Sie gut nach, bevor Sie antworten. Haben Sie Julieta darüber informiert, dass Palafolls verschwunden ist?«

Er schüttelte den Kopf:

»Nein, ich habe sie nicht angerufen.«

»Wer dann?«

»Keine Ahnung, Inspectora.«

Ich lief aus dem Raum und Marqués hinter mir her. Wir trafen Garzón und Coronas im Gang. Auch sie hatten Julieta nicht über die Entführung ihres Freundes informiert. Niemand hatte sie informiert. Warum? Weil einfach niemand daran gedacht hatte. Und trotzdem hatte Julieta traurig vor meiner Tür gestanden. Eine übersinnliche Eingebung? Ich ordnete an, sie sofort herzuschaffen. Dann wollte Coronas mich sprechen. Er war sauer.

»Ihre Methoden werden immer zweifelhafter, Petra, das lasse ich nicht zu.«

»Ich bin persönlich in diesen Fall verwickelt, Comisario.«

»Das ist egal. Sie sind auch nur ein kleines Rädchen im großen Polizeigetriebe. Genau wie ich.«

»Ich weiß, Señor.«

»Sie wissen es, kümmern sich aber nicht darum. Sie treffen sich mit dem Hauptverdächtigen, schließen einen Pakt mit ihm ...«

»Ich habe überhaupt nichts abgeschlossen. Palafolls' Leben steht auf dem Spiel.«

»Ist doch völlig klar, dass der Kerl seine Kumpels aus Moskau fürchtet.«

»Er ist ein intelligenter Mann. Nach seinem Plan geben wir ihm Schutz. Er übergibt uns Palafolls, aber er hat Julieta als Geisel. Für sie ist das zweite Ticket, das er verlangt hat. Er wird sie mitnehmen.«

»Gewaltsam?«

»Wir wissen nicht, seit wann er sie zwingt, für ihn zu arbeiten.«

»Er weiß ganz genau, dass die Mafia hinter ihm her ist. Das sind keine Leute, die verzeihen.«

»Sind die beiden Männer von Eswrilenko aufgetaucht?«

»Nein, wenn sie hier sind, halten sie sich gut versteckt.«

»Mit anderen Worten, Comisario, am Ende müssen wir dem Mann, den wir suchen, auch noch helfen.«

»Wenn es keinen anderen Weg zur Befreiung von Palafolls gibt ...«

»Gibt es ein Auslieferungsabkommen mit der Dominikanischen Republik? Vielleicht könnten wir den Piloten informieren ...«

Er lächelte.

»Sie haben's auf diesen Russen abgesehen, nicht wahr, Petra?«

»Ich würde gerne verhindern, dass er seine Reinigungsmission fortsetzen kann. Er wird sich wieder irgendeine Verbrecherorganisation suchen, die ihn schützt und versteckt, und dann widmet er sich in Ruhe seiner missionarischen Aufgabe.«

»Ich weiß, dass die ganze Geschichte auf Sie draufgekracht ist, und Sie sind gut damit fertig geworden. Mehr noch, sehr gut. Aber wir dürfen es jetzt nicht vermasseln.«

»Nein, Señor«, sagte ich und schluckte bitter.

Julieta war natürlich unauffindbar. Ihre Mitbewohnerin hatte gelogen. Julieta hatte sie im Falle eines Anrufs von mir darum gebeten. Es hatte sich alles direkt vor meiner Nase abgespielt und ich hatte nicht den geringsten Verdacht gehegt.

Eine Stunde später lagen die Tickets auf Coronas' Schreibtisch. Er ordnete ein auffälliges Schutzgeleit an, genau wie es Iwanow verlangt hatte. Meine Frustration war grenzenlos. Ich hatte das Ganze nie als Schachspiel aufgefasst, aber ich hatte das Gefühl, dass Iwanow uns mit einem meisterhaften Zug geschlagen hatte. Coronas wollte absolut sichergehen, dass niemand mehr sterben musste. Es gab keinen internationalen Haftbefehl und kein Auslieferungsabkommen mit der Dominikanischen Republik. Mir war nicht klar, was er mit dem Mädchen vorhatte. Würde er sie zurückkehren lassen? Zu allem Überfluss kam Coronas in mein Büro, um noch mal Punkt für Punkt alles durchzugehen. Er traute mir nicht mehr.

»Ich will, dass niemand auch nur dem kleinsten Risiko ausgesetzt wird, verstanden? Weder Palafolls noch wir noch die Fluggäste.«

»Wollen wir keinen letzten Verhandlungsversuch machen, damit er Julieta hier lässt?«

»Die Antwort lautet kategorisch Nein. Gut möglich, dass er sie freiwillig laufen lässt, wenn er sieht, dass seine Kumpels von der Mafia nicht auftauchen. Das Mädchen ist ein Risikofaktor für ihn. Er wird sie bei der Ankunft in Santo Domingo laufen lassen. Wir haben uns schon mit dem Botschafter in Verbindung gesetzt.«

»Und wenn er sie umbringt?«

»Wird er nicht. Er kann es sich nicht erlauben, gleich bei seiner Ankunft in einem anderen Land Aufsehen zu erregen.«

»Aber ...«

Er flippte aus.

»Es reicht, Petra, es reicht! Sie haben meine Anweisungen gehört, und ich will, dass sie befolgt werden. Hier haben alle zu gehorchen.«

In dem Moment platzte ein Streifenpolizist herein.

»Comisario ...«

Coronas wurde noch cholerischer.

»Und was wollen Sie, verdammt noch mal? Hat man Ihnen nicht beigebracht, dass man anklopft, bevor man einen Raum betritt?«

»Geben Sie mir Ihre Erlaubnis, Comisario?«

»Meine Erlaubnis? Meine Erlaubnis wofür?«

Der Polizist stotterte eingeschüchtert:

»Der Russe ist gefunden worden, Señor.«

Unser beider Gesichtsausdruck änderte sich abrupt. Mein Herzschlag beschleunigte sich.

»Wo? Wo ist er?«, schrie ich fast.

Da war der Polizist noch verwirrter und sagte mit dünnem Stimmchen:

»Er ist tot, Inspectora.«

Coronas schlug heftig auf den Tisch und jaulte auf:

»Verdammte Scheiße!«

Wenn Iwanow tot war, wurde die Chance, Palafolls zu finden, immer geringer. Und Iwanow war tot, das konnte selbst ich sehen. Er war in einem Müllcontainer in El Born gefunden worden. Der Müllmann hatte bemerkt, dass aus dem Container etwas herausragte. Es war ein Fuß, Iwanows rechter Fuß. Beide Füße waren über den Rücken an den Hals gefesselt. Jemand hatte ihn mit dem ganzen Körper an einem Seil aufgehängt, sodass er sich selbst stranguliert hatte. Seine Augen waren offen und leer. Keine Kraft, keine dämonische Macht, nur der gläserne Blick des Todes.

»Mafiamethoden. Der Typ hatte guten Grund, Eswrilenkos Männer zu fürchten. Jetzt haben sie ihn erwischt. Was uns nicht gelungen ist«, schnaubte Coronas. »Ich glaube, wir müssen den Russen, die in unserem Land operieren, mehr Aufmerksamkeit schenken. Was jetzt, Petra?«

»Julieta finden. Ich werde mit Ihrer Mitbewohnerin reden, vielleicht ...«

»Da soll Garzón hinfahren. Ich habe eine gründliche Razzia in El Born angeordnet und möchte, dass Sie mich begleiten. Vielleicht finden wir Palafolls in der direkten Umgebung. Jedes Lagerhaus und jede leer stehende Wohnung muss durchsucht werden. Ich habe auch angeordnet, Iwanows Leiche zu Doktor Montalbán zu bringen. Der ist ja der Spezialist in diesem Fall.«

Fast ohne Hoffnung, Palafolls zu finden, beteiligte ich mich an der Suchaktion. Dass Iwanows Leiche hier gefunden worden war, bedeutete nicht, dass Palafolls Versteck auch in der Nähe sein musste. Sonst hätten wir wahrscheinlich neben Iwanows Leiche die unseres Kollegen gefunden. Ich schickte Rekow ein Fax, um ihn über die Arbeit von Eswrilenkos Männern zu informieren. Vielleicht konnte er ihnen was nachweisen, wenn sie wieder in Moskau eintrafen. Wir würden sie nie kriegen. Vermutlich waren sie schon auf dem Weg zum Flughafen und stiegen unbehelligt ins nächste Flugzeug nach Russland. Gute Arbeit! Ich hätte sie gerne auf unserer Seite gehabt.

Kaum eine Stunde später rief mich Garzón an.

»Inspectora?«

»Haben Sie Julietas Mitbewohnerin angetroffen?«

»Julieta ist gerade heimgekommen.«

»Was sagen Sie, was?«

»Wir fahren ins Kommissariat.«

»Bin gleich da.«

Ich traf eine entspannte, fast heitere Julieta an. Ihre Heiterkeit hatte etwas unangenehm Selbstgefälliges und passte nicht zur Situation. Sie begrüßte mich, als würden wir uns zum Tee treffen.

»Señora Delicado, wie geht's Ihnen?«

»Gut, Julieta, und dir? Wie geht's dir?«

»Mir geht's gut.«

»Dann erzähl mal.«

»Es gibt nichts zu erzählen.«

»Es gibt nichts zu erzählen? Du weißt, dass der Mann, dass Iwanow, tot ist, nicht wahr?«

»Ja, ich weiß. Jetzt kann er ausruhen. So wie wir alle am Ende ausruhen.«

Auf ihrem Gesicht stand ein dümmliches Lächeln.

»Wird Miguel auch ausruhen?«

»Ja, er wird auch ausruhen«, antwortete sie.

Garzón wurde unruhig. Ich redete ganz sanft mit ihr.

»Julieta, du bist auch eine Skopi, nicht wahr?«

Ihr Ausdruck veränderte sich nicht.

»Ja.«

Dem Subinspector fiel die Zigarette aus der Hand.

»Iwanow hat vor langer Zeit Kontakt zu dir aufgenommen, nicht wahr?«

»Ja.«

»Und du bist zu seiner Religion übergetreten.«

»Ja.«

»Auf Anweisung dieses Mannes hast du dir später vorgenommen, Miguel Palafolls in dich verliebt zu machen, und das ist dir gelungen.«

»Ja.«

»Und du hast den Russen über alles informiert, was du gehört hast.«

»Ja.«

»Und jetzt?«

»Jetzt werde ich nicht nach Santo Domingo fliegen, um das Wort der Reinheit dort zu verbreiten.«

»Nein, das wirst du nicht. Es ist vorbei.«

»Aber ich werde hier bleiben und den Glauben vermitteln.«

Ich schluckte und riskierte es.

»Ja, auch hier kannst du Glauben vermitteln. Aber sag mir, Julieta, weißt du, wo Palafolls ist?«

Sie sah mich lächelnd an, sagte aber kein Wort. Garzón klammerte sich mit beiden Händen an die Tischkante. Ich fuhr sanft fort.

»Wie du schon gesagt hast, Iwanow ist tot. Alles war ein Traum.

Jetzt musst du aufwachen. Du willst doch nicht, dass Miguel stirbt, oder?«

»Niemand stirbt, wenn er rein ist.«

»Sag uns, wo er ist, Julieta, bitte.«

Ihr Lächeln fror ein.

»Ich sage nichts mehr. Niemals, niemals.«

»Aber Julieta ...«

»Ich sage nichts mehr.«

Garzón brüllte los:

»Jetzt reicht's mit den Dummheiten! Reinheit, alles Scheiße! Du wirst im Gefängnis verfaulen, hörst du? Verfaulen! Sag uns, wo er ist.«

Das Mädchen sah ihn mit demselben Lächeln an. Garzón war verzweifelt.

»Rede, rede endlich!«

Sie antwortete nicht. Ich packte den Subinspector am Arm und schob ihn hinaus.

»Ich fürchte, das ist sinnlos, Subinspector, sie wird uns nichts sagen.«

»Ich werd's ihr schon zeigen, ich bring sie um!«

»Beruhigen Sie sich endlich? Mit Gewalt kommen wir nicht weiter.«

»Und was sollen wir machen? Nichts, damit das arme Mädchen nicht traumatisiert wird? Darauf warten, dass Palafolls in irgendeinem Winkel dieser verdammten Stadt stirbt?«

»Wenn Sie schreien, kann ich nicht denken! Hören Sie? Ich kann nicht denken!«

Er erstarrte. Ich fuhr mit gesenkter Stimme fort:

»Wir dürfen uns von diesem Wahnsinn nicht anstecken lassen, Fermín, jetzt erst recht nicht. Beruhigen Sie sich.«

Er seufzte tief auf.

»Entschuldigen Sie, ist doch wahr.«

Mein Handy klingelte. Ich antwortete, nickte, legte auf.

»Das war Doktor Montalbán. Er hat das Autopsieergebnis von

Iwanow. Wir reden mit ihm. Aber vorher lassen Sie Padre Villalba holen. Ein Experte soll hier die Befragungen machen. Er soll auf uns warten. Wir sind in ungefähr einer Stunde zurück.«

Verlegen der Atemwege durch ein Seil. So einfach lautete Doktor Montalbáns Bericht. Er schob die dicke Brille auf die Nasenspitze und fuhr fort:

»Er ist ungefähr um drei Uhr nachts gestorben. Ein festes Heftpflaster auf dem Mund hat verhindert, dass er um Hilfe schreit. Das hat man ihm dann wieder abgerissen. Sehr professionelle Arbeit.«

»Hat er sich gewehrt?«

»Nicht sehr, außer an Händen und Füßen und am Hals gibt es kaum Hautschürfungen. Er muss gewusst haben, dass es keine Fluchtmöglichkeit gab. Das muss ein grausamer Tod gewesen sein. Ich habe gehört, dass die italienische Mafia diese Methode anwendet, aber ich habe so was noch nie gesehen.«

»Ist er kastriert?«

»Nein.«

»Verdammtes Schwein!«, entfuhr es Garzón.

»Wer einen Glauben predigt, erfüllt nicht immer selbst dessen Vorgaben«, kommentierte Montalbán.

»Wenn man erst einmal wahnsinnig ist, ist alles möglich!«

Garzón sah mich anklagend an.

»Kann sein, dass er verrückt war«, sagte er. »Aber die Folter der Kastration hat er sich für andere aufgehoben.«

Montalbán mischte sich wieder ein.

»Mein Freund, wer kann schon wissen, was diesen Mann getrieben hat? Wahnsinn, Angst vor dem Teufel, Kindheitstrauma, wirtschaftliche Gründe? Propheten sind immer ein Rätsel.«

»Dann scheiß ich auf sie!«

»Können wir die Leiche sehen?«, fragte ich, um einen Religionskrieg zu vermeiden.

Montalbán führte uns zu der Bahre, auf der der schreckliche Iwanow fertig zum Abtransport in den Kühlschrank lag. Der schreckliche Iwanow! Sein Gesicht wies die für einen Erstickungstod typische violette Färbung auf und die Augen wirkten unter den geschlossenen Lidern angeschwollen.

Garzón betrachtete ihn neugierig.

»Wie hässlich der Mistkerl war!«

»Hässlich und schädlich«, ergänzte der Pathologe.

Ich ging näher und betrachtete das schwarzblaue Gesicht, die verklebten schulterlangen Haarsträhnen. Er hatte wirklich nichts Besonderes an sich. Was hatte ihm im Leben diese paralysierende Ausstrahlung verliehen? Die Macht seines Verstandes? Oder vielleicht hatte seine Kraft nur in Form von Autosuggestion in der Psyche der anderen existiert?

»Kann ich?«, fragte ich Montalbán. Er nickte. Ich zog das Leintuch herunter. Der schlafende Prophet war nur ein Mann.

»Ist sein Geschlecht normal?«, fragte ich den Doktor.

»Ja, es ist normal.«

Wir drei starrten einen Augenblick auf den Penis, der auf einem Nest aus Schamhaar lag.

»Suchen Sie psychosomatische Erklärungen für sein Verhalten, Petra?«

»Sie wissen doch, Doktor, Hitler fehlte ein Hoden ... viele Vergewaltiger haben einen kleinen Pimmel ... vielleicht ...«

»Wenn jeder Typ mit kleinem Schwanz auf die Idee kommt, eine Sekte zu gründen, dann Gute Nacht!«, rief der Subinspector.

Montalbán lachte.

»Wenn Sie fertig sind, lassen Sie uns rausgehen. Hier darf man nicht rauchen und meinen Körper verlangt nach seiner Dosis Nikotin.«

Die grellen Neonlichter im Flur blendeten uns.

»Haben Sie irgendeinen Hinweis vom Labor über die Kleider des Toten?«

»Nein, das dauert ja, wir haben noch nichts.«

Montalbán zündete sich seine Pfeife an und zog daran, als würde sein Leben davon abhängen. Dann sagte er:

»Jetzt haben Sie Ihren Täter. Am Ende ist er nicht ungestraft davongekommen.«

»In gewisser Weise schon. Die Strafe ist falsch.«

Er sah mich forschend an.

»Werden Sie jetzt auch mystisch, Inspectora?«

»Das war ich schon immer. Aber ich hatte nie Jünger!«

»Das glaube ich nicht. Ich wette, die Bewunderer folgen Ihnen in Scharen auf der Straße.«

Garzón schlief auf dem Rückweg ins Kommissariat ein. Ich ließ ihn in Ruhe. Plötzlich fuhr er hoch.

»Bin ich eingenickt?«, fragte er wie ertappt.

»Kaum eine Minute.«

»Ich will nicht einschlafen!«

»Warum?«

»Weil ich das Gefühl habe, wenn ich einschlafe …«

»Dann stirbt Palafolls, ist es das?«

»Ja. Was für ein Blödsinn.«

»Ja, was für ein Blödsinn«, sagte ich leise.

12

Im Flur des ersten Stockwerks trafen wir Coronas. Er wirkte wie Napoleon nach der Schlacht bei Waterloo. Garzón beging den Fehler zu fragen:

»Haben Sie in El Born was gefunden?«

Coronas sah ihn säuerlich an.

»Nein, sieht es etwa so aus? Und Sie?«

»Julieta ist eine Skopi. Sie ist von Iwanow auf Palafolls und seine Ermittlungen angesetzt worden. Sie wollte mit dem Russen nach Santo Domingo abhauen. Mit seinem Tod war alles zu Ende und sie ist nach Hause gegangen.«

»Dann hat sie also geredet?«

»Das Wichtigste nicht. Sie will nicht sagen, wo Palafolls ist.«

Der müde Coronas fuhr sich mit den Händen übers Gesicht. Dann sah er mich mit irrem Blick an.

»Bringen Sie sie um, machen Sie ihr die Hölle heiß, drohen Sie ihr mit dem Schlimmsten!«

»Das bringt nichts. Wenn sie glaubt, dass es ihre heilige Pflicht ist zu schweigen, wird sie weiter schweigen.«

»Auch nach dem Tod ihres Gurus?«

»Dann erst recht. Jetzt fühlt sie sich verpflichtet, seine Arbeit fortzusetzen.«

»Aber uns rennt die Zeit davon, Inspectora, und Palafolls sitzt irgendwo in einem Versteck, allein, gefesselt, ohne was zu essen …«

»Wir haben Padre Villalba rufen lassen, er ist Sektenexperte. Er wird Julieta und Adrián Atienza befragen.«

»Hoffentlich ist es noch nicht zu spät.«

Garzón mischte sich ein.

»Nein, Señor, das ist es nicht.«

Coronas brüllte:

»Und woher, zum Teufel, wollen Sie das wissen? Wie können Sie so verdammt sicher sein, dass er noch nicht tot ist, dass er nicht von Anfang an tot war?«

»Weil ich es weiß, Señor. Ich bin davon überzeugt, dass er noch lebt.«

Das löste Coronas Zorn in Nichts auf.

»Gott möge Sie erhören, Garzón, hoffentlich behalten Sie Recht.«

Trotz aller Dramatik fand ich beim Anblick von Padre Villalba erneut, dass er der ideale Mann für mich gewesen wäre. Schon der Anblick seiner grauen Jacke hatte etwas Beruhigendes. Ich brauchte keinen Rückfall in die Arme meines jungen Exmannes und keine ungestüme Affäre mit einem gut aussehenden Slawen. Nein, die beste Wahl wäre Padre Villalba. Natürlich würden sich die Sonntagnachmittage etwas langweilig gestalten, und es würde mir auch keinen großen Spaß machen, Betschwestern und Pfaffen zu bewirten, aber ich würde gar nicht so viel davon mitbekommen, weil ich viel zu sehr mit Teekochen beschäftigt wäre. Dann verscheuchte ich diese Wunschvorstellung. Villalba war nicht sehr optimistisch.

»Ich glaube nicht, dass ich Ihnen eine große Hilfe bin, Inspectora. Die beiden jungen Leute sind im Augenblick unter starkem psychischem Druck.«

»Was wollen Sie damit sagen?«

»Sie glauben, dass sie an etwas Grandiosem teilhaben. Der Hauch des Martyriums nährt ihre Hoffnungen auf Erhöhung. So als sähen sie sich bestärkt in der Mission, die ihnen aufgetragen wurde.«

»Haben die ersten Christen auch so was gefühlt?«, fragte Garzón.

»Mit feinen Unterschieden ... ja.«

»Welchen Unterschieden?«

»Dass sie echte gläubige Märtyrer waren.«

Das führte auf Glatteis.

»Fermín, finden Sie nicht auch, dass der Padre jetzt versuchen sollte, die beiden zum Reden zu bringen?«

Er nickte, aber ich merkte, dass er gerne weiterprovoziert hätte. Wie alle Atheisten war er von theologischen Themen fasziniert.

Wir führten Padre Villalba zu Adrián ins Verhörzimmer, blieben draußen und beobachteten sie durch das Spiegelfenster.

Der Pfarrer war geschickt. Er hatte die wesentlichen Grundlagen für so eine Vernehmung: Geduld, Gelassenheit und undurchdringliches Gesicht. Es fehlte ihm nur ein genialer Einfall. Zudem erschien es ihm unwichtig, auf seine Monologe Antwort zu erhalten, schließlich war er daran gewöhnt, mit Gott zu reden.

Er versuchte es auf jede erdenkliche Art und Weise, sowohl mit Adrián als auch mit Julieta, die danach dran war. Er sprach von Spiritualität, von Liebe, von Barmherzigkeit, von Freiheit. Er ging zu eher theoretischen Argumenten über und wurde fast zum Ketzer am eigenen Glauben, als er sich dem Pantheismus näherte.

Aber beide bleiben unempfänglich für jegliche Überredungskunst. Julieta sah ihn die ganze Zeit über nur schweigend an. Nur Adrián hatte, den Tränen nahe, gestammelt:

»Hören Sie auf, Padre. Verstehen Sie doch, ich kann nicht reden, ich kann nicht. Ich will, dass Sie das verstehen. Ich sage Ihnen nur eines, und Sie müssen mir glauben, es ist die Wahrheit: Ich weiß nicht, wo Miguel Palafolls ist. Ich weiß es nicht.«

Am Ende der Sitzung verließ der Pfarrer den Raum und breitete hilflos die Arme aus.

»Tut mir Leid, mehr kann ich nicht tun!«

»Glauben Sie, dass der Junge die Wahrheit sagt?«

»Wer weiß das schon? Verwirrte Geister, programmiert und einem immensen Stress ausgesetzt. So als hätte ihnen jemand eine andere Persönlichkeit eingepflanzt. Vielleicht schafft es ein Psychiater, sie umzuprogrammieren.«

»Glauben Sie, der könnte sie in einer Sitzung umprogrammieren?«, fragte Garzón.

Padre Villalba lächelte traurig.

»Ich fürchte, nein. Das sind Prozesse, die Jahre dauern können.«

»Dafür haben wir keine Zeit, Padre. Wir sind völlig verzweifelt und hoffen schon auf ein Wunder.«

»Wollen Sie von mir hören, dass wir nicht an Wunder glauben sollten?«

»Ich wollte nur ...«, stotterte der Subinspector.

Padre Villalba lächelte.

»Für uns ist es leicht, Subinspector. Wir stehen im Licht, wir leben damit. Aber diese jungen Leute halten sich im Augenblick woanders auf, sie sind Boten der Finsternis.«

Eine wunderbare Definition. Boten der Finsternis. Blutige Botschaften aus der Dunkelheit.

Wir verabschiedeten den Pfarrer an der Tür. Er wirkte mutlos, als er mir die Hand reichte, und lächelte müde.

»Ich hoffe, Sie haben nicht allzu große Hoffnungen in mich gesetzt, Inspectora.«

Ich lächelte ebenfalls. Als er gegangen war, knurrte Garzón:

»In einen Pfarrer Hoffnungen setzen! Das zeigt, dass wir mit unserem Latein am Ende sind.«

»Wir können es noch mit einem Psychiater versuchen. Oder mit unserem Hauspsychologen Sanjuán.«

Sanjuán hörte uns an. Er arbeitete normalerweise nicht mit Tatverdächtigen. Außerdem war er kein Experte im Umprogrammieren. Aber er wollte sein Möglichstes versuchen, um die Schwachpunkte der beiden stummen Dickschädel zu finden.

Garzón begleitete ihn. Ich ging in mein Büro und ließ mich auf den Stuhl fallen. Sofort hatte mich der Schlaf überwältigt. Als Garzón mich weckte, schoss mir durch den Kopf, dass mein Mund offen gestanden hatte, mein Haar zerzaust war und die Schuhe auf dem Boden lagen. Ich richtete mich verlegen auf und versuchte mit plumpen Handgriffen, das Unübersehbare zu verbergen. Aber der Subinspector sah noch schlimmer aus als ich. Er ließ sich auf einen Stuhl plumpsen und fuhr sich über sein müdes Gesicht.

»Sie reden nicht, Petra, sie tun es nicht. Sie haben ein Gelübde abgelegt und werden nicht reden. In ihrem Gehirn hat irgendwas

Wurzeln geschlagen. Warum hat Ramón Torres diesen ganzen Tanz veranstaltet und Ihnen die Penisse zugeschickt? Wenn einer geredet hätte, dann er.«

»Sie kapitulieren also auch vor Sanjuán nicht.«

»Er tut, was er kann, aber er stößt auf Granit. Mich wundert das nicht. Wir versuchen es mit allen Mitteln: einem Pfarrer, einem Psychologen. Sie sind programmiert, sie leben jenseits jeder Realität ... Wir haben uns blenden lassen, wir haben auch jeden Realitätsbezug verloren.«

Ich unterbrach sein Gejammer.

»Dann müssen wir wieder in die Realität zurückkommen, Garzón! Vielleicht haben Sie ja eine Idee, wie wir das anstellen können, statt herumzulamentieren.«

»Ein paar Backpfeifen wären Realität. Eine Schocktherapie, nennen die Psychiater das nicht so?«

Diese Worte ließen mich aufhorchen. Ich hatte eine Eingebung, einen Geistesblitz. Ich sprang mit einem Satz auf.

»Subinspector, gehen Sie ins Verhörzimmer und sagen Sie Sanjuán, er soll die beiden herbringen. Lassen Sie ein paar Polizisten in einem Streifenwagen vorfahren.«

»Wo bringen wir sie hin?«

»Sagen Sie einfach, Sie wissen es nicht. Dann brauchen Sie nicht zu lügen.«

Ich achtete nicht auf seine Reaktion. In manchen Situationen ist Zartgefühl Luxus.

Ich hatte richtig vermutet. Weil Doktor Montalbán den Fall von Anfang an verfolgt hatte, fühlte er sich darin verwickelt und war zur Kooperation bereit. Trotzdem musste ich noch über eine halbe Stunde mit Engelszungen reden, um ihn zu überzeugen.

Garzón erwartete mich schon mit den Polizisten und den beiden jungen Leuten im Auto.

»Wo fahren wir hin?«

»In die Gerichtsmedizin.«

»Lassen die uns rein?«

»Wir haben eine Verabredung mit Doktor Montalbán.«

Er schwieg und kaute auf seinen Schnurrbartenden herum. Dann platzte er heraus:

»Ich weiß sehr wohl, dass Sie meine Vorgesetzte sind und mich über Ihre Entscheidungen nicht informieren müssen, Petra, aber ich glaube, dass ...«

»Setzen Sie mich nicht unter Druck, Fermín! Es geht nicht darum, dass ich Ihnen nicht erzählen will, was ich vorhabe, ich weiß einfach noch nicht genau, was ich tun werde. Ich versuche zu denken.«

»Ist ja gut, ist ja gut, entschuldigen Sie.«

Das gerichtsmedizinische Institut wirkte bei Nacht gespenstisch. Doktor Montalbán erwartete uns in seinem weißen Kittel an der Rezeption. Polizisten und Verdächtige mussten auf dem Flur warten. Garzón und ich gingen mit dem Pathologen in sein Arbeitszimmer. Der fragte:

»Sind Sie noch immer entschlossen?«

»Ja.«

»Das kann uns beiden den Kopf kosten.«

»Haben Sie sich's anders überlegt?«

»Nein.«

»Dann gehen wir.«

In Begleitung des ungläubig dreinschauenden Garzón gingen wir mit den beiden jungen Leuten den Flur entlang zum Kühlhaus. Die Polizisten mussten draußen bleiben.

Drinnen war es entsetzlich kalt. Montalbán ging zu einem der Kühlfächer und zog es auf. Die Leiche lag in einem Plastiksack mit Reißverschluss. Der Pathologe schob eine Bahre heran und stellte sie daneben. Er sah mich an, ich nickte.

»Fassen Sie mal mit an, Subinspector«, befahl ich dem erwartungsvoll dreinschauenden Garzón.

Die beiden hievten die Leiche auf die Bahre. Ich beobachtete aus den Augenwinkeln die beiden jungen Leute und sah, dass

Adrián langsam zu begreifen begann. Julieta blieb ernst. Montalbán schob die Bahre unter eine grelle Chirurgenlampe. Er schaltete sie ein und öffnete den Reißverschluss. Darunter kam Iwanows Leiche zum Vorschein. Sie war sehr weiß, nur das Gesicht war noch immer dunkelviolett. Wir schwiegen. Adrián begann zu weinen und wandte den Blick ab.

»Oh nein«, sagte ich. »Wir haben euch hergebracht, damit ihr hinschaut, und ihr werdet hinschauen!« Ich schubste beide in den Lichtkegel. »Macht eure verdammten Augen auf! Wollt ihr eurem heiligen Mann nicht nachträglich die Ehre erweisen? Da habt ihr ihn!«

Adrián schluchzte und Julieta schwitzte trotz der Kälte.

»Der Reine, der Prophet, das erhabene Wesen, das euch vor dem Bösen bewahren wollte! Seht ihr es? Seht ihr den Fleck an seinem Bauch? Wisst ihr, was er bedeutet? Ganz einfach: Er verfault. Er ist tot, seine Mafiakumpels haben ihn sich vorgenommen, nicht der Teufel oder die Gesellschaft. Er ist kein Märtyrer, versteht ihr?«

Der Junge platzte heraus.

»Das ist schrecklich! Ich will hier raus!«

»Du gehst nirgendwo hin, wir bleiben hier und schauen uns den toten Mann an, bis ihn die Würmer fressen! Sagt mir, wo Palafolls ist!«

»Ich werde Ihnen alles sagen, was ich weiß. Ramón Torres war zuständig für die Kastrationen. Iwanow hat es ihm befohlen, weil er so gut mit dem Skalpell umgehen konnte. Aber Esteban Riqué hat auf die Narkose allergisch reagiert und ist auf dem Operationstisch gestorben. Das hat Ramón nicht überwunden, deshalb hat er sich umgebracht.«

»Das wissen wir schon alles. Jetzt wollen wir wissen, wo Palafolls ist.«

»Ich weiß es nicht, ich schwöre, dass ich es nicht weiß.«

Er wurde von Angst und Entsetzen geschüttelt. Julietas Mund war vom festen Zusammenbeißen der Zähne ganz entstellt. Montalbán ging ans andere Ende des Raumes und drehte uns den Rücken zu. Ich packte Adrián am Arm und zwang ihn, näher ranzugehen. Ich hielt ihn fest und schrie ihn an:

»Schau hin, schau ihn dir genau an! Dein Gott ist nicht kastriert. Seltsam, nicht wahr? Er hat einen Haufen Jungs auf den Operationstisch geschickt, damit sie rein bleiben, aber er ... er brauchte seinen Schwanz, um mit Julieta zu vögeln. Ziemlich ungerecht, so die Absichten des Herrn zu predigen, nicht wahr? Du bist wahrscheinlich auch Opfer dieser Ungerechtigkeit, stimmt's, Adrián?«

Garzón lockerte den Krawattenknoten. Der heulende Adrián sah zu Boden. Ich brüllte:

»Sieh mich an, wenn ich mit dir rede! Wo ist Palafolls? Habt ihr vor diesem Armleuchter noch Angst? Habt ihr Angst, sag, ist es das?« Ich ging wütend zu einem Tischchen und schnappte mir ein Skalpell. Dann ging ich zu Iwanows Leiche zurück und brüllte weiter: »Wollt ihr sehen, wie euer Prophet endet, wollt ihr es sehen? Ein bisschen Gerechtigkeit kann nicht schaden!«

Ich schnappte den kalten Penis des Toten und trennte ihn mit einem Schnitt ab. Dann warf ich ihn den beiden vor die Füße. Es herrschte Grabesstille. Julieta stieß einen erschütternden Schrei aus und schlug die Hände vors Gesicht. Adrián verlor die Kontrolle, sank starr vor Entsetzen vor ihr auf die Knie und kreischte sie wie ein Wahnsinniger an:

»Sag es ihnen, sag es ihnen, Julieta, mein Gott, sag es ihnen! Du weißt doch, wo er ist. Mach endlich ein Ende.«

Das Mädchen bückte sich und legte ihm schützend den Arm um die Schultern. Dann hob sie den Kopf, sah mich an und sagte endlich, in einem Ton ohne jede Leidenschaft oder Trauer:

»Er ist in Gracia, in einem alten Lagerhaus. Das ist alles, was ich weiß. Ich schwöre es, das ist alles.«

»Ganz sicher?«

»Ja«, antwortete sie leise.

Garzón und ich wechselten einen vielsagenden Blick. Dann sagte ich:

»Bringen Sie sie zurück, Subinspector. Sie wissen ja, was zu tun ist, sofort alle zur Verfügung stehenden Streifenwagen losschicken. Durchsuchungen ohne richterlichen Beschluss und den ganzen Mist. Bericht an Coronas, aber nur das Nötigste.«

Garzón verschwand wortlos mit den beiden erschöpften Verdächtigen. Ich ging zu Montalbán.

»Mir wäre es lieber gewesen, wenn Sie das nicht hätten miterleben müssen, Doktor.«

»Angenehm war es nicht, das gebe ich zu. Aber Autopsien sind auch kein Zuckerschlecken.«

»Zumindest wissen wir jetzt, wo wir suchen müssen.«

»Viel Glück, Inspectora, das wünsche ich Ihnen von Herzen. Und wenn ich mal Hilfe brauche, denke ich an Sie. Sie haben ein gutes Händchen fürs Sezieren.«

Wir lächelten uns an. Ich verließ den traurigen Raum, den der arme Doktor jetzt wieder aufräumen musste. Zum ersten Mal seit langer Zeit spürte ich mich wieder. Ich ging auf die Toilette, machte mein Gesicht nass und wusch mir ordentlich die Hände. Dann setzte ich mich erfrischt und klar ins Auto.

Die Suche war nicht einfach. In Gracia gab es jede Menge leer stehender Lagerhallen und verfallener Häuser, die einmal als Lager gedient hatten. Alle waren verschlossen. In einigen Fällen ließen sich die Besitzer ausfindig machen, in anderen nicht. Die notwendigen Informationen erhielten wir vom Bezirksamt an der Plaza Rius y Taulet, das beinahe auf dem aktuellen Stand über Anmietungen von Gewerberäumen und Bevölkerungszahlen in Gracia war.

Wenn wir nicht ins Innere der Lagerhäuser kommen konnten, durchsuchten die Männer gründlich die Umgebung, um zu sehen, ob irgendwo etwas aufgebrochen oder beschädigt worden war. Gelegentlich mussten sie von benachbarten Grundstücken aus in kleine Vorgärten eindringen, was die Anwohner auf den Plan rief. Alles erfolglos. Wir bekamen eine Liste mit neu angemieteten Gewerberäumen. Keiner der Mieter war Iwanow.

Am Mittag überfiel mich große Mutlosigkeit. Ich sank auf der Plaza auf eine Bank und hatte das Gefühl, sofort einzuschlafen. Garzón kam augenblicklich angelaufen.

»Inspectora, warum gehen Sie sich nicht ausruhen?«

»Nein, mit geht's gut.«

»Ihnen geht's gut? Aber Sie sehen aus wie eine Landstreicherin!«

»Umso besser. Ich sehe gern aus wie eine Landstreicherin.«

Er zwang mich aufzustehen.

»Wenn Sie schon nicht heimfahren wollen, dann trinken Sie wenigstens noch einen Kaffee. Sie können hier nicht in der Kälte sitzen bleiben.«

»Ich will wie eine Landstreicherin aussehen«, wiederholte ich.

Die kraftlose Wintersonne blendete mich. Garzón schob mich vorwärts. Wir gingen in eine Kneipe. Ich hörte, wie er bestellte:

»Bier und zwei Tortillas aus je drei Eiern!«

»Ich habe keinen Appetit.«

»Petra, Sie werden einmal in Ihrem verdammten Leben das tun, was ich sage.«

»Sie regeln alles mit Essen.«

»Eine Kastrationsexpertin wie Sie muss gelegentlich zu Kräften kommen.«

»Wie schaffen Sie es bloß, Ihren Humor nicht zu verlieren?«

Ich sah ihn an. Er lächelte. Mit dem Schnurrbart und den großen Beschützerhänden wirkte er wie ein Vater. Ich lachte unvermittelt auf.

»Und was ist jetzt wieder los?«

»Ich bin erschöpft«, gestand ich.

»Essen Sie das, dann bringe ich Sie nach Hause. Sie können sich kaum noch auf den Beinen halten. Wenn wir etwas finden, rufe ich Sie an, versprochen.«

Ich ergab mich und lehnte mich an ihn. Dann aß ich die Tortilla und ließ mich nach Hause fahren. Aber auf dem Weg klingelte das Telefon. Es war Rodríguez, der Mann vom Labor.

»Petra, entschuldigen Sie die Störung, ich habe meinen Bericht schon als Eilsache an Doktor Montalbán geschickt. Ich rufe Sie direkt an, weil der Doktor in einer Autopsie war und … na ja … ich nicht weiß, aber vielleicht gibt es etwas, das Sie so schnell wie möglich wissen müssen.«

Meine Müdigkeit war weg.

»Reden Sie schon.«

»Es handelt sich um die Substanzen, die wir in der Haut an den Händen und unter den Nägeln des Russen gefunden haben. Das meiste ist normal, Staub, Nikotin, tote Hautpartikel. Aber es gibt auch eine große Menge an Gerbsäure.«

»Gerbsäure?«

»Ja, wissen Sie, was das ist?«

»Ja, ja, Entschuldigung. Tausend Dank, Rodríguez, ich ruf Sie später wieder an.«

Ich ließ Garzón nicht zu Wort kommen.

»Fahren Sie sofort zur Plaza de Rius y Taulet zurück.«

Ich war überrascht, dass er keine Erklärung verlangte. Er fuhr schweigend und schnell. Erst beim Aussteigen sah er mich eindringlich an und sagte:

»Haben wir ihn, Petra?«

»Ich glaube, ja.«

Wir schossen wie der Blitz an einem sprachlosen Polizisten der Guardia Urbana vorbei, stürzten in das Bezirksamt und betraten den Raum, wo unsere Männer Hand in Hand mit den Beamten arbeiteten.

»Ich will, dass sich alle, absolut alle, auf die Suche danach machen, wo es in Gracia eine Ledergerberei gibt oder gegeben hat,« sagte ich ohne jeden Gruß.

Einer der städtischen Angestellten winkte mich an seinen Tisch.

»Inspectora, ich erinnere mich daran, dass es vor Jahren eine gab. Sie musste geschlossen werden, weil die Nachbarn sich über den ätzenden Geruch beschwerten.«

»Erinnern Sie sich an die Straße?«

Er dachte angestrengt nach, alle starrten ihn an.

»Also …. ich weiß nicht, vielleicht, wenn ich die Anzeigen durchsehe …«

Er tippte hektisch auf seinem Computer herum. Im Raum herrschte Stille. Zwanzig Minuten später stieß er einen erleichterten Schnaufer aus und rief:

»Ich wusste es! Das ist sie. Eine Ledergerberei. Der Richter ordnete neunundachtzig ihre Schließung an. Seither steht sie leer.«

»Sagen Sie mir die Straße!« Ich schrie fast.

»Calle de la Perla 16.«

Ich sah Garzón an.

»Trommeln Sie alle Einheiten zusammen«, sagte ich. »Sie sollen in die Calle de la Perla 16 kommen. Und einen Krankenwagen, Fermín, vergessen Sie den Krankenwagen nicht!«

Unser Wettlauf mit der Zeit endete in der Calle de la Perla 16 vor einem großen, verstaubten Holztor. Ein paar Einheiten trafen gleichzeitig mit uns ein. Wir ordneten Absperrungen an.

»Brechen wir es auf?«, fragten die Polizisten, als sie das massive Schloss sahen.

»Das ist ein altes Schloss, versuchen Sie es erst mit dem Dietrich.«

Nach ein paar geschickten Handgriffen unseres Kollegen schnappte das Schloss auf. Ich trat zuerst ein, gefolgt vom Subinspector und den anderen. Geblendet vom Tageslicht, konnten wir in der kalten, staubigen Luft zunächst nichts erkennen. Obwohl viel Zeit vergangen war, schwebte der ätzende Geruch von gegerbtem Leder noch immer im Raum. Ich rief zögerlich:

»Miguel Palafolls, bist du hier?«

Einer der Streifenpolizisten ging weiter nach hinten und öffnete eine Dachluke, durch die ein wenig Sonnenlicht hereindrang. Hinter mir hörte ich Garzón flüstern:

»Inspectora, sehen Sie dort …«

In einem Winkel lag ein unförmiges Bündel aus Lumpen oder alten Mänteln und darunter konnte ich vage Palafolls offene, hoffnungsvolle Augen erkennen.

Ich war die Erste, die bei ihm war, aber ich konnte ihn nicht anfassen. Ich hatte Angst, dass sich unter dem schmutzigen Kleiderhaufen ein verstümmelter, zerstückelter Mann mit bloßliegendem Fleisch verbarg. Irgendetwas Ungeheuerliches. Der Subinspector ergriff die Initiative, kniete nieder und zog die stinkenden Decken beiseite. Palafolls war nackt und an Händen und Füßen gefesselt. Er hatte einen Knebel im Mund. Garzón nahm ihn ihm sofort heraus und fragte ihn dann: »Bist du in Ordnung, hat er dir was getan?«

Der fast bewusstlose junge Polizist schüttelte langsam den Kopf. Dann zerrte Garzón ungeduldig an den Decken, bis Palafolls ganz zu sehen war. Ich brauchte einen Moment, bis ich begriff, dass er sich nur vergewissern wollte, ob sein Körper auch intakt war. Er stieß einen erleichterten Seufzer aus. Dann konzentrierte ich mich endlich auf den Zustand des Jungen. Er war blass, dünn, hatte tiefe Furchen im Gesicht und Augenringe wie ewige Schatten. Er schien dem Tod nahe. Garzón war dabei, ihm geschickt und vorsichtig die Fesseln abzunehmen. Als die festen Plastikschnüre gelöst waren, wurden tiefe Einschnitte sichtbar. Palafolls Hand- und Fußgelenke waren voller Geschwulsten, blauer Flecken und getrocknetem Blut. Die Gliedmaßen waren hart und steif. Ich kniete mich neben dem jungen Kollegen nieder, legte ihm die Hand auf die Stirn und sagte:

»Keine Angst, Miguel, wir sind da, die Gefahr ist vorüber. Iwanow ist tot.«

Er schloss die Augen, sprechen konnte er nicht. Dann schrie der Subinspector mit einer seltsamen Mischung aus Wut und Schmerz in der Stimme:

»Kommt dieser verdammte Krankenwagen heute noch? Und Sie?«, fuhr er die Männer an. »Darf man erfahren, warum zum Teufel Sie noch hier herumstehen? Suchen Sie jeden Zentimeter dieser Höhle ab.«

Bis der Krankenwagen drei Minuten später eintraf, betrachtete ich Palafolls. Er war eingeschlafen. Er wirkte erwachsener.

Von der Parallelstraße aus gab es über einen Hinterhof Zugang. Iwanow hatte nur ein Fenster einschlagen und die Geisel knebeln müssen, damit die Nachbarn nichts mitkriegten. Wir gingen davon aus, dass er Palafolls nur wenig zu essen gegeben hatte. In einer Ecke fanden wir ein paar Brotreste und Tee.

Wir versiegelten die Gerberei und ließen zwei Polizisten zur Überwachung zurück. An der frischen Luft atmeten wir tief durch.

»Gehen Sie sich jetzt ausruhen, Inspectora?«

»Nein«, sagte ich. »Ich werde mich betrinken.«

»Zu Hause?«

»In einer Kneipe.«

»Dann gehe ich mit.«

»Ich sage Ihnen aber gleich, dass ich keine Lust zum Reden habe.«

»Ich auch nicht.«

Wir gingen in die nächste Kneipe und setzten uns an den Tresen. Ohne eine einziges Wort zu wechseln, tranken wir drei Whisky hintereinander. Nach dem dritten versprach ich Garzón:

»Ich werde nie wieder im Fernsehen auftreten.«

»Gut«, erwiderte er.

»Und vor meiner Haustür werden auch keine Streifenwagen mehr postiert.«

»Gut«, wiederholte er.

»Und wissen Sie, was ich ganz besonders nicht mehr will, nie wieder in meinem Leben?«

»Was?«

»Polizistin sein.«

»Inspectora, meinen Sie, Sie haben genug getrunken?«

»Ja.«

»Dann gehen wir.«

Coronas war zufrieden: Palafolls war gerettet und die Presse hatte die ganze Zeit nichts spitzgekriegt. Gegen Iwanows Mörder konnten wir nichts unternehmen. Wir konnten lediglich Eswrilenkos neuen Mann auf der Baustelle an der Küste im Auge behalten.

Obwohl wir annahmen, dass er sich diesmal einen suchte, der weniger Probleme machte.

Das Einzige, was dem Comisario Kopfschmerzen bereitete, war die Frage, wem die von Montalbán nicht identifizierten Penisse gehörten. Wir hatten auch nicht herausfinden können, wie viele von Iwanows Anhängern kastriert worden waren.

»Wenn die keine Anzeige erstatten, kann man nichts machen«, sagte der für den Fall zuständige Richter.

»Das ist doch schlimm, oder?«, beklagte sich Coronas. »Diese jungen Burschen, ihr Leben lang ihrer Männlichkeit beraubt.«

»Und mit programmiertem Gehirn, nicht zu vergessen!«, fügte ich boshaft hinzu.

»Wenn die Jungs von der Sekte auftauchen, könnte man diesbezüglich vielleicht noch was machen«, sagte Garzón.

»Das liegt außerhalb unseres Zuständigkeitsbereichs«, kommentierte der Comisario. »Aber wenn Sie auf schwierige Missionen stehen, habe ich was für Sie.«

Ich warf Garzón einen Blick zu, der versprach, ihn umzubringen, wenn ich Zeit dazu hatte.

»Ich will, dass einer von Ihnen mit Palafolls spricht.«

»Wir waren gestern bei ihm im Krankenhaus.«

»Ich habe gesagt, mit ihm spricht.«

»Ist was passiert, Comisario?«

»Er fragt ständig nach Julieta ... Und ich habe ehrlich gesagt nicht den Mut gehabt, es ihm zu sagen. Ich habe ihm nur gesagt, dass es ihr gut geht, dass sie ein bisschen mit den Nerven runter ist und ihn bestimmt in ein paar Tagen besuchen kommt. Er begreift natürlich nicht, warum sie noch nicht im Krankenhaus war.«

»Zu Recht«, flüsterte der Subinspector und sah mich irgendwie vorwurfsvoll an.

So war das also. Jetzt schwebte das Bild der untreuen Frau im Raum.

»Ich hätte so was nie gemacht«, sagte ich. »Obwohl ich eine Frau bin.«

Coronas wandte sich an Garzón und rief aus:

»Habe ich etwas über Frauen gesagt, Subinspector? Haben Sie vielleicht etwas gehört?«

Garzón stieg sofort ein.

»Und ich, Comisario, habe ich etwa was gesagt?«

Ich verschwand mit einer eindeutigen Abschiedsgeste.

Ich weigerte mich, Palafolls über Julieta aufzuklären. Weil ich einfach nicht wusste, wie ich es ihm hätte erklären sollen. Später erfuhr ich, dass ihm am Ende sein Kollege Marqués die schlechte Nachricht überbracht hatte. Das fand ich gar nicht schlecht. Freundschaft war schon immer ein guter Ersatz für die Liebe.

Als sich die Aufregung etwas gelegt hatte, ging ich mit Garzón ins La Jarra de Oro, um nach der Arbeit ein paar Bierchen zu trinken.

»Mich stört am meisten, dass das Mädchen jetzt im Knast sitzt und ich keine Haushaltshilfe mehr habe.«

»Sind Sie prosaisch.«

»Meine Güte! Haben Sie heute Ihren kritischen Tag?«

»Nicht mehr als sonst.«

Ich starrte auf das kleine eisgekühlte Glas, das der Kellner gerade hingestellt hatte …

»Was haben Sie denn da bestellt?«

»Wodka!«, antwortete er zufrieden und kippte sich das Getränk hinter die Binde.

»Ich glaub es nicht!«

»Sie werden auch nicht glauben, dass mich heute morgen Silaiew angerufen hat.«

»Sie?«

»Na klar, wir sind doch Freunde!«

»Und Sie haben sich verständigen können?«

»Selbstverständlich! Wir haben ein Weilchen gelacht. Zuerst ich, dann er. Dann haben wir ein bisschen Kalinka gesungen.«

»Eine leidenschaftliche Unterhaltung. Hat er Ihnen gesagt, ob Eswrilenkos Männer wieder in Moskau sind?«

»Ach nein, wegen solcher Feinheiten müssen Sie schon Rekow anrufen!«, antwortete er und lächelte anzüglich.

»Das ist ein verzwickter Fall gewesen, nicht wahr, Inspectora?«, sagte er beim zweiten Wodka.

»Ich bezweifle stark, dass wir noch einmal mit so was zu tun haben werden. Für mich war es ein Alptraum.«

«Denken Sie nicht mehr daran, sonst werden Sie noch deprimiert. Wollen Sie, dass ich Ihnen ein Liedchen über Schwänze singe? Vielleicht hebt das Ihre Stimmung?«

»Nein danke, Fermín! Ich habe genug Gelegenheit gehabt, Ihre unerschöpflichen, einschlägigen Fähigkeiten zu genießen.«

»Nur ein Verslein. Kennen Sie das: Eine Dame auf dem Hügel fragt sich glühend …«

Ich unterbrach ihn lachend.

»Seien Sie bitte still! Haben Sie noch nie versucht, wenigstens einmal in Ihrem Leben formell zu sein?«

»Dazu hatte ich noch keine Gelegenheit«, sagte er forsch und bestellte einen dritten Wodka.

Epilog

Der »Tag danach« ist immer langweilig. Die Vorschriften verlangen das Abfassen des Berichts, in dem das Geschehen detailliert erläutert werden muss. Im Fall der abgeschnittenen Penisse war diese Aufgabe unerquicklich und schwierig. Ich wusste wirklich nicht, wie ich ihm eine vernünftige Form geben oder wie ich die außergewöhnlichen Geschehnisse im Polizeijargon abfassen sollte.

Garzóns Arbeit beschränkte sich auf das Zusammentragen der dazugehörigen Fakten. Die Unterlagen der Gerichtsmedizin, der Spurensicherung und sonstigen Akten, die Abschriften von Bändern, alles häufte er mir auf den Tisch. Als er wieder etwas hereinbrachte, fauchte ich ihn an:

»Schleppen Sie mir nicht noch mehr Papier an, Fermín. Von jetzt an lassen Sie alle Zettel, die Ihnen in die Hände fallen, verschwinden. Dann werde ich vielleicht eines Tages fertig.«

Er lachte ironisch auf, ich schrieb meinen Bericht weiter.

»Nachdem Esteban Riqué infolge einer allergischen Reaktion auf die Narkose bei der Kastration (pathologischer Befund 125) verstorben war, beging Ramón Torres Suizid. Zu diesem Zweck fuhr er in das Landhaus seiner Familie in Cambrils (Tarragona), wo er sich nach derselben Methode, Entmännlichung und darauffolgendes Verbluten (Pathologischer Befund 126), das Leben nahm.«

In dem Augenblick kam Garzón mit weiteren Papieren herein.

»Habe ich Ihnen nicht gesagt, Sie sollen mir nichts weiter anschleppen?« Aber dann merkte ich, dass er ernst war. Ich erschrak. »Was ist los, Subinspector?«

Er hielt ein Päckchen in der Hand. Es war ein ganz ähnliches Päckchen wie die der makabren Serie. Und es war an mich adressiert, ohne Absender. Ich sah meinen Kollegen fragend an.

»Und das?«

»Keine Ahnung, Petra, wirklich nicht.«

»Aber das kann nicht sein! Was sollen wir denn machen?«

»Machen Sie es auf. Was sonst.«

Während meine Finger angewidert die Schnur ablösten, hatte ich das Gefühl, dass ich in diesem Päckchen etwas vorfinden würde, das ich sehr gut kannte: einen abgeschnittenen Penis in einem Plastiktütchen mit Formol. Der Subinspector stieß einen schrecklichen Fluch aus, schnappte sich den Briefbeschwerer und schmiss ihn auf den Boden. Da entdeckte ich in dem Schächtelchen ein zusammengefaltetes Papier. Ich las es und sagte:

»Keine Panik, es handelt sich nur um ein delikates Geschenk.«

Ich las ihm die Notiz vor.

»Liebe Petra, weil niemand die sterblichen Überreste von Iwanow haben möchte und nirgendwo festgehalten ist, dass dieses Glied einsam herumirrt, habe ich gedacht, dass Sie es vielleicht als Erinnerungsstück aufbewahren wollen. Herzlichen Gruß und verzeihen Sie mir den Scherz. Unterschrieben: Joaquín Montalbán.«

Ich lachte herzlich auf. Mein Kollege brummelte:

»Ich finde das nicht witzig.«

»Aber das muss man diesem Doktor lassen: Er hat Sinn für Humor.«

»Und was machen Sie jetzt mit dieser Schweinerei?«

»Als Jagdtrophäe an die Wand hängen. Soll doch jeder seine eigenen Schlüsse daraus ziehen.«

Er schätzte offensichtlich auch meinen Sinn für Humor nicht.

»Also, Petra ...«

»Werden Sie nicht gleich böse, Fermín. Ich lade Sie zu einem Kaffee ins La Jarra de Oro ein.«

»Lassen Sie dieses Ding einfach so im Büro rumliegen? Wenn das jemand findet, sind Sie dran.«

»Richtig, ich stecke es lieber in die Tasche.«

»Oh nein, das zeugt von schlechtem Geschmack!«

»Mir bleibt doch gar nichts anderes übrig«, grinste ich.

Er sah mich grollend an.

»Sie finden das alles wunderbar, nicht wahr?«

»Garzón, entspannen Sie sich! Ein Schwanz ist auch nicht gerade was Heiliges.«

Dank

Dank an Frau Doktor Itzíar Idiaquez, Gerichtsmedizinerin der 11. Kammer am Landesgericht Barcelona, die mich über die vielfältigen und komplizierten medizinischen Probleme aufklärte, die mit dem Schreiben des vorliegenden Romans einhergingen, die nie die Geduld verlor und keinen Moment lang entsetzt war.

An Mari Luz Sanz und Joaquín Pastor, Apotheker und Chemiker, die mich in den chemischen Fragen berieten und immer bereit waren, meine häufigen Anrufe zu beantworten.

Dem Journalisten und Schriftsteller Pepe Rodríguez, Kenner der echten und falschen Spiritualität des Menschen, für seine zahlreichen Bücher mit wichtigen Informationen, die nicht nur ich, sondern die ganze Gesellschaft ihm danken sollte.

Dem Schriftsteller und Kritiker Alberto Hernando, dem ich den Initialfunken für den Handlungsstrang der »Boten der Finsternis« verdanke und der mich auf die Spur einer Bibliografie brachte, die sich als unentbehrlich herausstellte.

An Pilar Fraguas von der Buchhandlung Síntesis, spezialisiert auf spirituelle, psychologische und esoterische Themen, die für mich vergriffene Bücher, ohne die ich nicht hätte arbeiten können, aufgespürt hat.

An Conchita Martínez und José Ramón Ollés, die mir mit ihren profunden Bibelkenntnissen halfen, die passenden Zitate für meinen Roman auszuwählen. Ihnen allen meinen aufrichtigen Dank.

PS: Auch wenn es unwahrscheinlich klingt: Alles in diesem Roman entstammt direkt der Realität. Das Leben ist stärker als die Dichtung.

»Kriminalliteratur ist ein ganz und gar unreines Genre«

Interview mit Alicia Giménez-Bartlett

Thomas Wörtche: Bekanntlich hat Spanien eine lange Tradition komischer Romane, aber, daran gemessen, fast überhaupt keine Tradition von Kriminalromanen, geschweige denn von komischen Kriminalromanen, wie Sie sie jetzt schreiben ...

Alicia Giménez-Bartlett: Ja, wir haben in der Tat eine lange Geschichte des literarischen Humors, aber überhaupt keine des Kriminalromans. Fragen Sie mich bloß nicht, warum. Vielleicht, weil wir spanische Menschen immer gegen Autoritäten, Polizei und Detektive rebelliert haben. Wir sind ja sehr romantische Leute und vielleicht sind wir deswegen eher auf der Seite der Gesetzesbrecher statt auf der der Gesetzeshüter.

Apropos spanische Menschen ... Was ist das eigentlich für eine Gesellschaft heute, und macht es überhaupt Sinn, bei den vielen autonomen Regionen von »Spanien« zu reden?

Klar gibt es so etwas wie »die spanische Gesellschaft«. Und natürlich gibt es gewisse Unterschiede zwischen den »autonomías«, aber das sind eher Nuancen – eben wie Äste desselben Baums. Die Psychologie der Menschen ist gleich und die Massenmedien machen sie Schritt für Schritt noch gleicher. Aber wie können sie auch unterschiedlich sein in einer globalisierten Welt? Das moderne Leben radiert die Unterschiede weg, wie in den anderen Ländern auch.

In »Boten der Finsternis« ergeht sich Fermín Garzón in harscher Kritik an der katholischen Kirche. Wie mächtig ist denn der Katholizismus noch im Spanien des Jahres 2001?

Der Katholizismus ist noch sehr einflussreich in Spanien. Natürlich nicht mehr so stark wie zu Francos Zeiten, aber er steckt noch in den Köpfen der Leute einer bestimmten Generation. Petra und Fermín sind in einer Gesellschaft aufgewachsen, in der Religion fast das Wichtigste war. Sie hat so private Lebensbereiche wie Moral, Sex, das Denken und die Kultur beeinflusst. Ein solcher Einfluss verschwindet nicht einfach – im ganzen langen Leben nicht. Deswegen attackiert Fermín immer wieder.

Petra und Fermín – mögen Sie die beiden eigentlich gleichermaßen? Oder spricht Alicia Giménez-Bartlett durch eine der Figuren? Oder kommt es darauf an, wer was zu sagen hat?
Meine Lieblingsfigur ist Garzón. Er ist viel aufrichtiger und offener als Petra, man kann ihn viel leichter verstehen – er ist näher dran an den Menschen. Petra ist so widersprüchlich, so launisch. Dummerweise finde ich eine ganze Menge meiner eigenen Charakterzüge bei ihr, tja ...

Die spanische Kriminalliteratur scheint mir eine ziemlich männlich dominierte Bastion zu sein – und jetzt kommen Sie daher und schreiben Bestseller.
Ja, stimmt, es gibt praktisch kaum Kriminalschriftstellerinnen in Spanien, aber ich muss schon sagen, dass mich meine Herren Kollegen ohne Probleme akzeptiert haben.

Haben Sie eigentlich viel Kontakt untereinander?
Nein, ich treffe eigentlich kaum Kollegen. Manchmal in einer Talkshow oder einer Diskussion im Radio. Aber regelmäßige Treffen gibt es nicht in Barcelona. Stattdessen hatte ich letztes Jahr das Vergnügen mit P. D. James und Anne Perry. Ich habe sie und ihre aktuellen Bücher in Barcelona präsentiert. Das war nett ...

Noch mal zur spanischen Kriminalliteratur ... die ist ja meistens sehr offen und direkt politisch. Sie weniger ...
Auf der Universität hatte ich einen Professor, der immer gesagt hat: »In der spanischen Literatur gibt es kein anderes Thema außer Politik. Cervantes und Quevedo und Lope de Vega – sie sind alle politische Schriftsteller.« Na also, was soll ich da noch sagen? Ich zum Beispiel bin nicht so politisch wie Vázquez Montalbán. Für politische Verbrechen interessiere ich mich nicht so

sehr, auch nicht für den Kriminalroman als politische Anklageschrift, aber natürlich möchte ich es genau analysieren, wenn ein Verbrechen politische Hintergründe hat.

Nun sind ja die meisten spanischen Kriminalromane näher am »roman noir« als am Polizeiroman.
Richtig, die spanischen Autoren haben eine Vorliebe für die »novela negra«, das spanische Pendant zum »roman noir«. Aber ich weiß nicht genug über allerniedrigste Lebensformen und über blöde Privatdetektive und Blondinen, um darüber zu schreiben.

Aus Petra und Fermín wurde eine erfolgreiche Fernsehserie. Waren Sie damit zufrieden, und hat sie geholfen, die Bücher bekannt zu machen?
Na ja, eine Sternstunde des Fernsehen war »Petra Delicado« nicht gerade, aber immerhin solide. Am Tag nach der ersten Folge war die Serie bei allen Leuten Gesprächsthema. Ich hatte den Klempner im Haus, und als er gesehen hat, wie ich am Computer schreibe, hat er gefragt: »Entschuldigen Sie, Señora, was machen Sie denn beruflich?« »Ich bin Schriftstellerin.« »Unter welchem Namen schreiben Sie denn? Vielleicht kenn ich Sie ja.« Natürlich hatte er noch nie von mir gehört. Aber als ich dann gesagt habe, dass ich die »Mutter« von Petra Delicado bin, hat er fast gebrüllt: »Ist ja unglaublich! Ich bin ein Glückspilz!« Wirklich wahr ...

Der TV-Garzón schien mir ein bisschen zu jung. Der Garzón aus den Romanen ist ja ein älterer Herr, der seinen Beruf noch unter Franco gelernt hat. Von ihm aber kommt die schärfere Gesellschaftskritik ...
... aber er ist kein ideologischer Polizist. Er käme nie auf die Idee, sich als Franquist zu verstehen. Im Gegenteil – seine Sozialkritik zeigt, wie fortschrittlich er im Grunde ist. Ist es dann wirklich wichtig, was er in der Vergangenheit getrieben hat? Lasst den armen Kerl bloß in Ruhe und Frieden.

Die spanische Polizei musste den Sprung in die Demokratie ja auch machen. Hat sie das wirklich geschafft?
Die Polizei und die Polizisten haben sich seit Franco sehr verändert. Ich

weiß natürlich nicht ganz genau, ob sie jetzt alle brave Demokraten sind, aber sie werden heutzutage von den Leuten ganz anders wahrgenommen. Ich kenne ein paar Polizisten aus Barcelona, die mir sehr geholfen haben und sehr, sehr nette Menschen sind. Der Polizeichef von Katalonien hat die »Boten der Finsternis« vor zwei Jahren der Öffentlichkeit vorgestellt. Und diese Melange von Polizei und Intellektuellen kam sehr gut an. Alle Zeitungen waren voll davon.

Ihr Barcelona hat so gar keinen touristischen Touch. Es unterscheidet sich doch sehr von den schicken Hochglanzbildern und dem Avantgarde-City-Hype, den man so kennt – für mich ein großer Vorzug Ihrer Romane.
Barcelona ist eine moderne Stadt, in der sehr auf Tradition geachtet wird. Durch die Olympischen Spiele 1992 hat sie sich natürlich verändert – neue Straßen, neue Gebäude, neue Viertel. Aber Maragall, der sozialistische Bürgermeister, hatte schon entscheidenden Einfluss, und Clos, sein Nachfolger, verfolgt dieselbe Politik.

Wieso schreiben Sie eigentlich nicht katalanisch?
Weil ich keine Katalanin bin. Ich komme aus Almansa in Albacete. Ich habe zwar ein großes Stück meines Lebens in Barcelona verbracht und kann auch ohne Probleme Katalanisch sprechen, aber ich habe keine Ahnung, wie man es schreibt. Meine eigene Sprache ist castellano und ich liebe sie.

Wie sieht die Zukunft für Petra Delicado aus?
Die Zukunft plane ich nie. Jetzt, zur Zeit, lebt Petra. Ich bin gerade dabei, einen neuen Roman fertig zu machen. Das nächste Buch wird eines ohne Petra sein. Mehr kann ich noch nicht sagen.

Aha – aber Sie haben ja ein breiteres Spektrum als Schriftstellerin. Warum also Genre?
Moderne Kriminalliteratur ist ganz und gar unreines Genre. Sie kann alles sein: Gesellschafts- und Sittenkomödie, Sozialtragödie, politische Literatur. Alles wird gerne genommen. Es gibt nur eine einzige Regel: Literarische Perfektion. Sie wissen genauso gut wie ich, dass eine Menge Krimis, die auf

der ganzen Welt produziert werden, Mist sind. Wenn Schriftsteller, gerade die berühmten Namen, sehr erfolgreich sind, dann hauen sie zu viele Bücher zu schnell heraus. Das Ende dieser Entwicklung ist dann der totale Niedergang. Ich denke gerade an so eine wichtige Autorin wie Patricia Cornwell. Am Anfang war sie fantastisch gut und jetzt am Ende ist sie ganz schauderhaft. Sie schreibt zwei Bücher pro Jahr.

Bibliografie

Die Petra-Delicado-Romane:
Ritos de muerte (1996, dt. *Spanische Blumen,* 1998); *Día de perros* (1997, dt. *Hundstage,* 2001); *Mensajeros de la oscuridad* (1999, dt. *Boten der Finsternis,* 2001); *Muertos de papel* (2000).

Weitere Werke:
El elefante herido (1982); *Torrente Ballester* (1983); Exit (1984); *El salón amurallado* (1985); *Pájaros de oro* (1986); *Caídos en la valles* (1989); *El cuarto corazón* (1991); *La última copa del verano* (1995); *Vida sentimental de un camionero* (o.J.); *Una habitación ajena* (1997); *El misterio de los sexos* (2000); *Corazones cruzados* (in Zusammenarbeit mit J.J. Bigas Luna, 2000).

Die Inspectora-Delicado-Romane wurden 1999 unter der Regie von Julio Sánchez Valdés mit Ana Belén und Santiago Segura in den Hauptrollen in einer 13-teiligen Fernsehserie mit großem Erfolg verfilmt.

Die Übersetzerin

Sybille Martin, 1958 in Sachsen geboren, studierte in Hamburg Germanistik und Hispanistik. Seit dem Magisterabschluss ist sie als freiberufliche Übersetzerin tätig und hat unter anderen Alicia Giménez-Bartlett, Mayra Montero, Antonio Soler, Eliseo Alberto sowie Silvia Arazi übersetzt und einen Förderpreis der Freien und Hansestadt Hamburg erhalten. Sie lebt und arbeitet in Hamburg und Madrid.

UT *metro*

»Die metro-Bände gehören auf jeden Fall zum Besten, was derzeit an so genannter Spannungsliteratur zu haben ist.«
Michaela Grohm, Südwestrundfunk

Mongo Beti
Sonne, Liebe, Tod

Blue Lightning

Pierre Bourgeade
Das rosa Telefon

R. Bradley, S. Sloan
Temutma

Jerome Charyn
Der Tod des Tango-Königs

Jon Ewo
Torpedo

Santiago Gamboa
Verlieren ist eine Frage der Methode

Alicia Giménez-Bartlett
Hundstage; Boten der Finsternis

Chester Himes
Die Geldmacher von Harlem; Lauf Mann, lauf!; Der Traum vom großen Geld; Fenstersturz in Harlem; Heiße Nacht für kühle Killer; Plan B

Jean-Claude Izzo
Total Cheops; Chourmo; Solea

Stan Jones
Weißer Himmel, schwarzes Eis

Yasmina Khadra
Morituri

Brian Lecomber
Letzter Looping

William Marshall
Manila Bay

Bill Moody
Solo Hand

Christopher G. Moore
Haus der Geister; Nana Plaza

Walter Mosley
Socrates in Watts

Katy Munger
Beinarbeit – Ein Fall für Casey Jones

Celil Oker
Schnee am Bosporus; Foul am Bosporus

Jerry Raine
Frankie Bosser kommt heim

M. K. Wren
Medusa Pool

Helen Zahavi
Donna und der Fettsack; Schmutziges Wochenende

Noch mehr Spannung im Unionsverlag:

Guillermo Arriaga
Der süße Duft des Todes

Pablo De Santis
Die Übersetzung

Garry Disher
Drachenmann

Friedrich Glauser
Schlumpf Erwin Mord; Matto regiert; Die Fieberkurve; Der Chinese; Die Speiche; Der Tee der drei alten Damen

Walter Mosley
Socrates' Welt